HOLLY HEPBURN

LES ÉTOILES FILANTES DE SIXPENCE

Traduit de l'anglais
par Raphaëlle Pache

ÉDITIONS PRISMA

Titre de l'édition originale :
A YEAR AT THE STAR AND SIXPENCE

ISBN : 978-2-266-33646-8
Dépôt légal : septembre 2023

HOLLY HEPBURN

Holly Hepburn est une romancière britannique. *Les Nuits enneigées de Castle Court* (2020), *Le Cinéma de rêve face à la mer* (2021), *Dernière séance au cinéma de rêve* (2021), *Les Nuits étoilées de Sixpence* et *Les Étoiles filantes de Sixpence* (2022) ont paru aux Éditions Prisma et sont repris chez Pocket. Holly Hepburn vit près de Londres.

Retrouvez l'autrice sur sa page Facebook :
www.facebook.com/HollyHepburnBooks/
ou sur Twitter :
twitter.com/hollyh_author

LES ÉTOILES FILANTES
DE SIXPENCE

ÉGALEMENT CHEZ POCKET

Les Nuits enneigées de Castle Court
Le Cinéma de rêve face à la mer
Dernière séance au cinéma de rêve
Les Nuits étoilées de Sixpence
Les Étoiles filantes de Sixpence

Automne au *Star and Sixpence*

Vous êtes invités au
bal masqué d'Halloween au *Star and Sixpence*
Little Monkham
Shropshire

Joignez-vous à nous pour une soirée de musique,
de mystère et de magie
à **20 heures**
samedi 29 octobre
cocktails, canapés et sang caillé
jusqu'à l'heure du crime

Chapitre 1

— Nessie ?

Nessie Blake leva les yeux du drap qu'elle était en train de lisser sur le lit à baldaquin de l'une des chambres d'hôtes. Connor, le nouveau caviste, se tenait dans l'embrasure de la porte. Elle devait arrêter de penser à lui comme à un « nouveau », se morigéna-t-elle en se redressant : il travaillait au *Star and Sixpence* depuis juin, un remplaçant temporaire qui était devenu permanent après que Joss Felstead leur avait fait comprendre qu'il ne reviendrait pas. On était maintenant début octobre et Connor faisait autant partie de l'équipe que sa sœur Sam et elle.

— Tout va bien ? demanda-t-elle en fronçant les sourcils.

Ce n'était pas le genre de Connor de s'aventurer jusqu'aux chambres d'hôtes : le bar et la cave étaient son territoire habituel. En fait, si elle ne l'avait pas mieux connu, elle aurait dit qu'il avait l'air déstabilisé, ou aussi déstabilisé qu'un ancien pompier de quarante ans, bien charpenté, pouvait l'être.

— Il y a un homme au bar qui te demande, répondit-il.

— Moi ? fit Nessie, de plus en plus surprise.

Ça ne pouvait pas être l'un des habitués du pub : Connor n'aurait pas l'air si méfiant s'il s'agissait de quelqu'un qu'il connaissait. Un journaliste peut-être, qui fouinait dans le coin pour dégoter des ragots sur Sam ? La plupart avaient lâché l'affaire, à présent, bien qu'ils aient été assez acharnés dans les jours qui avaient immédiatement suivi la parution des gros titres. Ils essayaient constamment de piéger Nessie pour qu'elle commente la tristement célèbre aventure de sa sœur avec lord Pargeter. Mais la presse pouvait se montrer tenace, même quand l'histoire était devenue froide comme la pierre.

— Il t'a demandée par ton nom, précisa Connor. Mme Nessie Blake. Pas de nom de société ou de carte professionnelle. Il a juste dit que tu saurais qui il était en le voyant.

Avant que le scandale Pargeter ne bouleverse leur vie, Nessie aurait pu envoyer Sam en éclaireur. Mais ces jours-ci, sa sœur se tenait autant qu'elle le pouvait à l'écart du bar. Et de toute façon, elle n'était pas sur place : elle se faisait couper les cheveux. Nessie était seule.

Elle faisait preuve d'une prudence excessive, décida-t-elle. C'était probablement un représentant de commerce, ou quelqu'un d'autre qui avait vu son nom au-dessus de la porte du pub.

— D'accord, fit-elle en carrant les épaules. Donne-moi une minute pour finir ici et j'arrive.

Le temps de descendre l'escalier menant au pub, Nessie était parvenue à la conclusion qu'il devait s'agir d'un émissaire de la brasserie, même s'il était pratiquement impossible que ces gens-là passent un samedi. Elle n'était donc pas du tout préparée au choc qu'elle reçut lorsque, de l'autre côté du bar, elle rencontra le regard de son mari. Comme il souriait, ses yeux bleus se plissèrent d'une façon qu'elle avait un jour trouvée irrésistible.

— Bonjour, Nessie, lança Patrick. Je suis content de te revoir.

— Je n'arrive pas à croire que tu sois si belle, s'émerveilla-t-il. Tu as toujours été aussi magnifique ?

Il balayait son visage et ses cheveux du regard, avec une admiration non dissimulée. Nessie sourit, mal à l'aise. Ils s'étaient installés dans l'un des petits recoins du pub, à l'abri des regards curieux des habitués du déjeuner, mais, même ainsi, elle savait que la rumeur selon laquelle son mari était venu la chercher se répandrait dans tout le village. Cette visite ne voulait rien dire, bien sûr. Pourquoi Patrick ne lui rendrait-il pas visite ? Ils s'étaient séparés à l'amiable, l'année précédente. Au bout de quinze années, leur relation avait lentement dérivé de l'amour à l'amitié, puis ils étaient devenus des colocataires qui partageaient une histoire, mais plus grand-chose d'autre. C'était étrange de le voir ici, son visage si familier et pourtant si incongru. Cela étant, elle ne pouvait nier un petit pincement au cœur en le revoyant. Sa propre réaction ainsi que la flatterie, attitude si peu coutumière chez son époux, la mettaient mal à l'aise.

— Qu'est-ce que tu veux, Patrick ?

La question était sortie, plus sèche qu'elle ne l'avait prévu. Le sourire de son interlocuteur s'effaça.

— Qui t'a dit que je voulais quelque chose ? Je suis peut-être juste ici pour parler.

Elle le dévisagea.

— Notre jugement provisoire arrive dans quelques semaines. Je ne t'ai pas revu depuis que je suis partie l'année dernière et je ne saisis pas ce que nous avons à nous dire qui ne puisse l'être au téléphone ou par mail.

Il plongea ses yeux dans les siens.

— Tu me manques.

Nessie sentit son estomac se retourner. C'était bien la dernière chose à laquelle elle s'attendait : pendant les dernières années de leur mariage, il remarquait à peine sa présence. Il ne pouvait pas être sincère.

— Patrick…

— Écoute, l'interrompit-il en se penchant en avant. Je sais que nous avons eu nos problèmes, mais ce divorce a été un signal d'alarme pour moi. Quel est le vieux dicton, déjà : on ne sait pas ce qu'on a jusqu'au moment où on ne l'a plus ? (Il se pencha en avant et lui prit la main.) Dis-moi que ce n'est pas trop tard.

Un rugissement sourd emplit les oreilles de Nessie. Ça ne pouvait pas être en train d'arriver. Patrick avait signé les papiers de demande de divorce sans broncher. Elle avait attendu plus d'un mois durant l'été avant de déposer cette demande, parce qu'elle voulait d'abord lui parler et qu'il avait pris son temps pour la rappeler. Même à ce moment-là, il paraissait tout prêt à convenir que c'était la meilleure solution pour eux deux. Alors qu'est-ce qui l'avait fait changer d'avis ?

— C'est à propos de la maison ? demanda-t-elle. Parce que je t'ai dit qu'il n'y avait pas urgence à me la racheter ?

Il lui lança un regard frustré.

— Non, bien sûr que non. Tu ne m'écoutes pas. Je te dis que je t'aime toujours, Ness. Je veux que tu me donnes… que tu nous donnes une autre chance.

Nessie lui retira la main.

— Je ne pense pas que ce soit…

— Ne réponds pas tout de suite, insista Patrick. Prends le temps d'y réfléchir. Vous avez des chambres ici, n'est-ce pas ? Je vais en prendre une.

— Elles sont réservées, répliqua Nessie. Et même si elles ne l'étaient pas…

— Dans ce cas, je dormirai sur le canapé, la coupa-t-il. Tous les moyens sont bons. Je suis sérieux, Ness. Je veux que tu reviennes et je me fiche du temps qu'il me faudra pour te convaincre.

Elle devrait lui parler d'Owen… Nessie tenta de contrôler les battements de son cœur. Patrick affichait une détermination inhabituelle. Il ne semblait pas avoir envisagé le fait qu'il puisse y avoir quelqu'un d'autre. *Typique de Patrick, ça*, murmura une petite voix dans la tête de Nessie. Cependant, il avait l'air si désespéré et si vulnérable qu'elle ne pouvait se résoudre à l'en informer. Elle devrait s'y résoudre, bien sûr, même si Owen et elle n'avançaient qu'à tout petits pas dans leur relation. Mais pas ici. Et pas maintenant.

— Je ne suis pas sûre que Sam sera ravie de te voir, lâcha-t-elle finalement, faute de trouver meilleur argument.

Patrick prit une gorgée de sa pinte et sourit.

— Elle changera d'avis. Après tout, elle ne veut que le meilleur pour toi, non ?

C'était exactement ce dont elle avait peur : Sam voulait ce qu'il y avait de mieux pour sa sœur et Nessie était bien placée pour savoir que Patrick ne correspondait pas à cette description. Il aurait de la veine si Sam le laissait passer la nuit chez elles.

— Accorde-moi une chance, insista-t-il encore en lui lançant son regard de chiot triste qui fonctionnait si bien quand ils étaient plus jeunes. Au bout de quinze ans, tu me dois au moins ça.

Elle ne voulait pas accepter. Mais vu la tournure prise par les événements, elle n'avait pas le choix.

— D'accord, capitula-t-elle en essayant de ravaler un soupir. Mais cela ne veut rien dire, et je ne sais pas comment Sam va réagir.

Patrick eut un petit sourire plein d'assurance.

— Laisse-moi gérer Sam.

— Tu as perdu la tête ? (Sam jeta un regard incrédule à Patrick, assis sur le canapé du salon, avant de s'en prendre à nouveau à sa sœur.) Sérieusement, tu es folle ?

— Parle moins fort, lui enjoignit Nessie en entraînant Sam sur le palier, hors de portée de voix de Patrick. Il va t'entendre.

— Et alors ? répliqua Sam. Tu es en train de divorcer, bon sang. Ce que Patrick ressent ne devrait plus être en tête de tes priorités.

— Ça ne l'est pas, se défendit Nessie, qui se sentit rougir. Mais ça ne m'oblige pas à être impolie avec lui. Il a fait tout le trajet depuis le Surrey pour me voir. Le moins que je puisse faire, c'est de l'écouter.

Sam croisa les bras.

— Soit. Et qu'est-ce qu'il a à dire pour sa défense ? Est-ce qu'il essaie d'éviter de te payer ta part de la maison ? Parce que si c'est le cas…

Nessie prit une profonde inspiration. C'était le moment qu'elle redoutait. Elle jeta un coup d'œil par-dessus son épaule en direction de son futur ex-mari.

— Non, il prétend qu'il ne s'agit pas d'argent. Il dit qu'il n'est pas sûr de vouloir divorcer.

— Quoi ?! explosa Sam.

— Il trouve que tout s'est passé trop vite. Il veut qu'on en parle avant qu'il ne soit trop tard.

— Mais il est trop tard, constata Sam non sans une certaine satisfaction. Tu as Owen maintenant.

— Je sais, concéda Nessie en se mordillant la lèvre.

Elle n'osait pas mentionner l'autre déclaration de Patrick, à savoir qu'il l'aimait toujours.

— Alors tout ce que tu as à faire, c'est de l'annoncer à Patrick et l'affaire est pliée, non ?

Sauf que ce n'était pas si simple, s'affligea Nessie. En théorie, Sam avait raison : Patrick accepterait sûrement la fatalité du divorce s'il savait qu'elle avait rencontré quelqu'un d'autre. Alors pourquoi n'avait-elle pas l'impression que c'était la bonne solution ?

— Pas vrai, Nessie ? insista Sam, qui fixa sur elle un regard légèrement scrutateur.

— D'accord, répondit Nessie d'une voix plus douce. Mais pas maintenant. Il veut m'emmener dîner ce soir. Je le lui dirai à ce moment-là.

— T'emmener dîner ? répéta Sam avec incrédulité. C'était quand, la dernière fois où Patrick t'a emmenée quelque part ?

Nessie réfléchit un moment. Elle ne se rappelait vraiment pas à quand remontait la dernière fois où Patrick et elle avaient fait quelque chose ensemble. Il était absorbé par la création de son entreprise et elle… eh bien, elle ne supportait pas les silences gênants quand ils se trouvaient l'un en face de l'autre, ou le sentiment d'être manifestement beaucoup moins intéressante que le téléphone de son conjoint.

— Pour mes trente ans, répondit-elle en repoussant ces souvenirs. On est allés au *Dirty Duck*… Tu sais, cet endroit dirigé par un chef qui fait de la cuisine expérimentale. Et Patrick a refusé tout ce qu'il y avait au menu. Il appelait ça de la « merde bien habillée ».

— Merveilleux, murmura Sam qui laissa échapper un gros soupir bien sonore. Bon, je suppose qu'il peut rester ce soir, puisqu'il est là. Mais tu dois me promettre que tu vas étouffer ça dans l'œuf.

Nessie convoqua une image mentale d'Owen, travaillant dans la forge voisine, les étincelles qu'il faisait jaillir d'un morceau de métal incandescent alors qu'il se penchait sur l'enclume. Il était grand et musclé, avec des boucles noires sauvages et des yeux sombres qui étincelaient, autant d'attraits dont ne disposait pas Patrick. Quand Owen la regardait, parfois, elle sentait un frisson de quelque chose d'indescriptiblement délicieux la parcourir. Le problème, c'était qu'il n'avait peut-être pas oublié Eliza, sa femme et son premier amour, qui était morte quelques années plus tôt, le laissant seul pour élever leur fils Luke. C'était la raison pour laquelle Nessie et lui prenaient leur temps, consolidant d'abord une amitié qui pourrait s'épanouir une fois qu'ils seraient tous les deux sûrs que c'était la bonne voie. Mais Nessie mentirait en affirmant qu'elle ne trouvait pas de temps en temps difficile de chercher constamment à deviner ce qu'Owen ressentait pour elle. Parfois elle aurait souhaité ressembler davantage à Sam, qui décidait ce qu'elle voulait et le prenait. Sauf qu'il fallait voir où cette attitude l'avait menée avec Will Pargeter…

Et puis il y avait Patrick… un Patrick stable et fiable, dont le crime principal avait été de ne plus remarquer la présence de Nessie. Il n'avait pas toujours été comme ça : à une époque, il l'avait courtisée et lui avait dit tous les mots qu'il fallait. Ils avaient été assez heureux au début, mais le temps, la routine et une dose malsaine d'indifférence avaient usé Nessie et leur mariage. Elle n'était pas certaine que leur relation puisse être ravivée, même si elle en avait eu envie. Sam avait raison : Patrick faisait partie de son passé et il n'était pas juste de lui laisser croire le contraire.

— D'accord, consentit-elle en esquissant un sourire fragile. Je lui dirai ce soir qu'il n'y a aucun espoir.

Chapitre 2

Sam ouvrit son ordinateur portable sur la table de la cuisine, tout en s'efforçant de ne pas s'offusquer du fait que son beau-frère soit assis à sa place, sur le canapé près de la porte. Ce n'était pas qu'elle n'aimait pas son beau-frère… Mais plutôt qu'elle n'aimait pas la façon dont Nessie avait progressivement perdu confiance en elle, au cours des années passées avec Patrick, effet secondaire du désintérêt de son époux. Et elle avait dû tenir plus d'une fois sa langue en constatant qu'il s'attendait à voir Nessie prendre en charge toute la cuisine et le ménage en plus de son emploi à plein temps et de l'aide qu'elle lui apportait dans la gestion de son entreprise de support informatique. Pourtant, Sam ne le détestait pas en tant que personne. Elle pensait simplement que Nessie serait bien mieux avec Owen Rhys. Aidée de Kathryn, la sœur de ce dernier, Sam avait gentiment poussé Nessie dans les bras du beau forgeron. Aussi l'arrivée soudaine de Patrick à Little Monkham et le peu d'empressement qu'il manifestait à divorcer déplaisaient-ils souverainement à Sam. Plus tôt Nessie lui annoncerait que leur mariage était terminé, mieux ce serait.

Aiguillonnée par une pointe d'irritation, Sam vérifia sa boîte mail. Elle contenait un message de Nick Borrowdale, confirmant sa présence au bal masqué d'Halloween prévu pour la fin octobre. Sam ressentit un frisson d'impatience, en partie lié à la fête, mais en partie seulement. Sourire aux lèvres, elle envoya une réponse rapide à Nick et passa au compte du *Star and Sixpence*. Elles avaient reçu plusieurs messages à propos de l'Oktoberfest, le week-end de la fête de la Bière et du Cidre que Nessie et elle avaient prévu d'ici une semaine. La boîte mail contenait aussi un message émanant de l'Association des vrais amateurs de bière. Sam cliqua, s'attendant à ce qu'il s'agisse de l'Oktoberfest. Mais le message lui arracha un cri.

— Sam ? lança Patrick en passant la tête par la porte de la cuisine. Tout va bien ?

— Mieux que bien, répondit-elle en se levant avec un sourire enthousiaste. Le *Star and Sixpence* a été élu Pub régional de l'année par l'Association des vrais amateurs de bière !

Serrant son ordinateur portable contre sa poitrine, elle passa devant lui et descendit chercher Nessie.

— Vraiment ? s'exclama sa sœur en apprenant la nouvelle. Mais je ne savais même pas qu'un jury avait évalué notre pub.

— Moi non plus, convint Sam en haussant les épaules. Je leur avais envoyé un courriel quand on avait rouvert, pour le leur faire savoir, mais ils nous avaient envoyé ce qui ressemblait à une réponse standard et je n'avais pas eu de nouvelles depuis.

— Je me demande qui est venu, murmura Nessie. Et quand ?

— La visite a eu lieu au cours de l'été, répondit Sam. Mais quoi qu'il en soit, ils ont aimé ce qu'ils ont vu. Je m'en vais de ce pas apposer le logo « Pub primé » sur notre site web. Et on devrait accorder une augmentation de salaire à Connor : la qualité de la bière a sans doute joué un grand rôle dans cette récompense.

Nessie rayonnait.

— On devrait, en effet. Bon sang, je n'arrive pas à y croire. On va recevoir un trophée ou quelque chose du genre ?

Sam parcourut une nouvelle fois le courriel.

— D'après le message, on aura un certificat encadré et on sera invitées aux finales nationales en décembre.

— Alors vous pourriez être élues Meilleur pub de tout le pays ? demanda Patrick dans son dos.

Une partie de l'exaltation de Sam se dissipa au son de sa voix. Elle avait presque oublié sa présence.

— En théorie, concéda-t-elle. Mais je pense que la concurrence est assez féroce et on n'existe que depuis neuf mois. Je ne crois pas qu'on puisse gagner.

— N'empêche, ce n'est déjà pas mal d'avoir tenu neuf mois, lâcha Patrick, impressionné. Cet endroit doit être une vraie petite mine d'or.

Nessie remua, mal à l'aise.

— Ça n'a pas été une partie de plaisir.

— Mais vous rentrez très bien dans vos frais, insista Patrick en lui jetant un regard admiratif. Tu es incroyable, Ness.

— Il ne s'agit pas seulement de moi, protesta Nessie, visiblement confuse.

— C'est ton nom au-dessus de la porte, nuança-t-il en haussant les épaules. Donc je pense que tu peux en savourer la gloire. J'avais oublié à quel point tu es intelligente. Toutes les deux, en fait.

Sam fronça les sourcils. Patrick n'avait jamais été un adepte de la flatterie à tout-va auparavant : il était vraiment en train de sortir le grand jeu. Et bien qu'elle soit la première à reconnaître que sa sœur était intelligente et pleine de ressources, elle espérait Nessie assez sage pour voir clair dans l'offensive de charme de Patrick.

— Nous avons eu beaucoup de soutien local, lança-t-elle d'un air entendu. Des amis que nous nous sommes faits dans le village.

Elle regarda Nessie en ajoutant les derniers mots, dans l'espoir que sa sœur saisirait l'allusion. Patrick commençait à susciter la curiosité de quelques habitués du pub – une fois qu'ils auraient compris qui il était, sa présence ferait jaser à Little Monkham. Deux taches roses apparurent sur les joues de Nessie : elle avait parfaitement compris où Sam voulait en venir.

— Seuls les employés du pub sont autorisés à passer derrière le bar, Patrick, lui glissa-t-elle, embarrassée, alors qu'il s'avançait vers elle. Hygiène et sécurité, tu sais ce que c'est.

Patrick sourit.

— Pas de problème, dit-il en se dirigeant vers le côté des clients. Quelle boisson la propriétaire recommande-t-elle ?

Sam réprima la réponse sarcastique qui lui venait et laissa Nessie lui verser une pinte de Thirsty Bishop. Mais elle ne regagna pas non plus l'étage : installant son ordinateur portable à une extrémité du bar, elle décida de garder un œil sur son beau-frère. Si Nessie ne faisait pas comprendre à Patrick qu'il n'était pas le bienvenu au *Star and Sixpence*, elle s'en chargerait.

La soirée était inhabituellement calme pour un samedi. La pluie s'était invitée dans l'après-midi, accompagnée de vents violents qui sifflaient autour du *Star and Sixpence* et sur l'esplanade du village, queue d'un ouragan venu des États-Unis dont tout le monde avait espéré qu'il s'essoufflerait en traversant l'Atlantique. Patrick et Nessie s'étaient rendus dans la bourgade voisine de Purdon pour leur repas.

— Je préfère être à ma place qu'à la tienne, avait lâché Sam avec un frisson alors qu'ils disparaissaient dans le crépuscule lugubre.

Et elle ne parlait pas seulement de la météo. Elle ne voyait pas ce qui lui serait plus désagréable que de s'asseoir en face de Patrick pour lui faire la conversation.

Elle avait allumé un grand feu dans l'immense cheminée au cœur du pub et autant de bougies qu'elle avait pu en trouver pour créer une atmosphère chaleureuse, même si elle doutait que beaucoup de villageois bravent le vent et la pluie pour se joindre à elle et à Tilly, la barmaid. Les soirs comme celui-ci, lorsque le vent soufflait autour de l'ancien relais de poste et que les poutres grinçaient en se tassant, Sam sentait presque rôder les ombres des anciens occupants des lieux. On prétendait que le pub était hanté par le fantôme d'un bandit de grand chemin, histoire que Sam avait racontée à certains de ses clients les plus crédules et qui lui avait également donné l'idée du bal masqué d'Halloween. Très pragmatique, et bien que ne croyant pas aux fantômes, elle n'hésitait pas à en exploiter l'idée. Cela étant, par une nuit comme celle-ci, elle pouvait facilement croire que les craquements et les gémissements n'étaient pas tous causés par la vieille bâtisse qui s'installait pour la nuit…

Néanmoins, il y avait une habituée sur laquelle Sam pouvait toujours compter : Ruby Cabernet, qui refermait justement la porte du pub en secouant les gouttes de pluie de sa capuche garnie de fourrure.

— Quelle horrible soirée ! marmonna-t-elle. C'est une tempête digne de Prospero.

Elle décrocha sa cape qui avait l'air pesante et la suspendit à l'une des chaises en face du feu pour la faire sécher. *C'est tout à fait Ruby, ça*, pensa Sam en regardant la robe vert sapin et les talons aiguilles de son aînée : n'importe qui d'autre aurait enfilé des bottes et un imperméable, mais Ruby avait des « standards », dont elle ne démordait pas, et ne se montrait jamais autrement que sous un jour extraordinaire. Ses cheveux roux étaient toujours parfaitement coiffés, son maquillage impeccable. Elle était l'icône du style de Little Monkham, et la responsable des relations publiques qui sommeillait en Sam brûlait d'en savoir plus sur elle. *Un jour…*, se promit-elle.

Ruby balaya le bar de ses grands yeux écarquillés.

— Ne me dis pas que je suis la seule personne assez courageuse pour affronter les éléments ?

Sam lui répondit par un sourire en coin.

— C'est bien ce qu'on dirait. Je pourrais avoir George Clooney ici ce soir qu'on serait toujours toutes seules, vous et moi.

— Alors je ferais mieux de commander un double gin tonic, si je suis ta seule cliente, conclut Ruby, en arquant un sourcil délicatement dessiné. Et peut-être un pour George, aussi.

Tilly servit le verre de Ruby, tandis que Sam la rejoignait à une table près du feu. La vieille femme prit une longue gorgée de gin, avant de marquer son contentement d'un claquement de langue.

— La première gorgée est toujours la meilleure.

Sam esquissa un sourire, doutant fort que Ruby en soit à son premier verre de la journée.

— Nous faisons de notre mieux.

Ruby s'adossa à son siège.

— Nessie n'est pas là, ce soir ?

Sam hésita. Les rumeurs allaient-elles déjà bon train à propos de Patrick ? Mais elle ne décela qu'un intérêt amical dans les yeux de Ruby : si elle venait à la pêche aux informations, elle le cachait bien.

— Elle est sortie dîner avec un vieil ami.

— Ah, les vieux amis ! soupira Ruby. Ce sont les meilleurs. Bien sûr, quand tu arrives à mon âge, la plupart de tes vieux amis sont déjà partis au ciel, pour de vertes prairies.

— Ruby ! s'exclama Sam. Vous n'êtes pas vieille.

Son interlocutrice secoua la tête, les yeux pétillants.

— Pour citer ce cher Harrison Ford, ce ne sont pas les années qui comptent, ma chérie, c'est le kilométrage.

Sam s'esclaffa.

— Je suis sûre que chaque kilomètre en a valu la peine.

La porte s'ouvrit à nouveau, livrant cette fois passage à Owen. Il resta planté là quelques secondes, la pluie scintillant dans ses boucles noires. Les lèvres écarlates de Ruby se retroussèrent sur un sourire.

— Qui a besoin de George Clooney quand on a Owen Rhys ? lança-t-elle avec un clin d'œil à Sam.

— Une pinte de Thirsty Bishop, Owen ? l'interrogea Tilly en s'emparant d'un verre.

Il acquiesça avant d'ôter son manteau.

— Ce serait impoli de refuser, surtout après avoir entendu dire que cette bière vous a valu un prix. (Il jeta un coup d'œil autour de lui.) C'est bien calme, ici.

— Toutes les personnes importantes sont présentes, répliqua vivement Ruby. Les piliers.

— Le noyau dur, renchérit Owen en se dirigeant vers le bar.

Il décocha un rapide sourire à Sam.

— Mais si tu cherches Nessie, tu vas être déçu, ajouta Ruby. Sam dit qu'elle est en ville.

— Ah bon ? fit Owen. Je suis navré de l'avoir manquée.

Sam ne pensait pas que Nessie y verrait un inconvénient, pour sa part : elle n'avait certainement aucune envie de tomber sur Owen avant d'avoir donné ses consignes à Patrick. Peut-être que Sam allait passer la visite d'Owen sous silence. À moins, bien sûr, que Nessie n'ait pas annoncé la nouvelle à Patrick… Sam pourrait alors s'en servir pour rappeler à sa sœur où se trouvait son avenir. Et que Patrick n'en faisait pas partie.

Muni de sa pinte, Owen alla rejoindre Ruby et Sam auprès du feu. La conversation porta sur les plans concoctés par Sam pour l'Oktoberfest et la gamme de bières que Connor prévoyait de servir. Les choses auraient-elles été différentes si Joss était toujours là ? se demanda brièvement Sam, mais elle s'interdit de s'appesantir sur la question. Grâce à Connor, elles se débrouillaient très bien sans son aide. Ruby s'était lancée dans une histoire scandaleuse du Soho des années 1980 lorsque la porte se rouvrit et que Nessie entra. Elle s'arrêta net en avisant Owen.

— Nessie, lança-t-il en se levant, grand sourire aux lèvres. Je croyais que tu étais sortie pour la soirée.

Nessie posa un regard paniqué sur Sam.

— Un arbre tombé bloque la route de Purdon, donc on a fait demi-tour.

Ruby tapota une chaise vide à côté d'elle.

— Eh bien, ce que Purdon perd est tout bénéfice pour nous.

Sam vit Nessie jeter vaguement un regard par-dessus son épaule et comprit que Patrick devait être en train d'arriver. Son cerveau passa aussitôt en mode « Limitation des dégâts ».

— Vous avez réussi à peaufiner les derniers détails tous les deux ?

— Quoi ? fit Nessie, toujours distraite. Oh… non, pas vraiment.

Ruby bondit comme un tigre.

— Des détails ? Ton ami et toi, vous étiez en train d'organiser une réunion d'anciens élèves ?

Sam prit une grande inspiration.

— Pas exactement. Bon, d'accord, j'ai dit que Nessie était sortie dîner avec un vieil ami. En fait, il s'agissait de son ex-mari.

Patrick apparut dans l'encadrement de la porte.

— Pas tout à fait, Sam. (Il s'avança et tendit la main à Owen.) Bonjour, je suis Patrick. Le mari de Nessie.

La dernière phrase fit tiquer Owen, qui prit presque machinalement la main tendue de Patrick, tout en coulant un regard à Nessie.

— Owen Rhys. Je suis… (Il s'interrompit un bref instant et un message tacite sembla passer entre eux.) Je suis son voisin.

Chapitre 3

La sonnerie du réveil tira Nessie du sommeil à six heures et elle resta un moment à fixer le plafond fissuré au-dessus de son lit. La veille, à la même heure, tout allait bien. Sa vie n'était pas parfaite, mais elle s'orientait dans la bonne direction. Puis l'arrivée de Patrick avait tout chamboulé, comme une rafale agite les feuilles des arbres, et elle n'était pas du tout sûre que la vie reviendrait exactement à son état initial.

Ses pensées retournèrent à la veille au soir… et elle referma les yeux sur un gémissement irrité. Elle s'était crue au bord de l'arrêt cardiaque quand, en entrant dans le bar, elle y avait avisé Owen. Sam avait fait de son mieux pour sauver la situation, mais Nessie avait compris que le mal était fait dès l'instant où Patrick s'était présenté : Owen s'était éclipsé peu de temps après avoir vidé sa pinte. Nessie l'avait regardé partir, le cœur lourd, brûlant de le suivre pour tout lui expliquer, mais impossible, pas sous les yeux de Patrick. Elle avait donc passé une nuit agitée à s'inquiéter, à écouter les hurlements du vent, auxquels se mêlait l'avertissement que Sam lui avait chuchoté en lui souhaitant bonne nuit : « Parle à Patrick demain, sans quoi, c'est moi qui m'en charge. »

Avec un profond soupir, Nessie repoussa ses couvertures et enfila sa robe de chambre. Patrick dormait dans le salon : elle entendait ses ronflements de l'autre côté de la porte. Vu la quantité de Thirsty Bishop qu'il avait engloutie, elle pouvait espérer le voir dormir encore pendant qu'elle préparait le petit déjeuner pour leurs hôtes à l'étage. Mais il ne dormirait pas éternellement : elle devrait l'affronter à un moment ou à un autre et mettre les choses au clair entre eux. Elle devrait aussi parler à Owen, lui expliquer que ce n'était pas ce dont ça avait l'air, que Patrick n'était pas de retour dans sa vie comme il l'avait insinué.

Mais avant toute chose, songea-t-elle en traversant à pas feutrés le palier jusqu'à la cuisine, il lui fallait mettre du pain au four.

Elle frappa à la porte du Cottage des Perce-neige juste après huit heures trente. Le vent et la pluie s'étaient calmés, laissant derrière eux un air propre et frais, pourtant Nessie avait cru détecter une note de fumée automnale en traversant la cour de la forge. Il lui fallut attendre plusieurs longues secondes pour que la porte s'ouvre, et non pas sur Owen, mais sur Kathryn. Ses boucles sombres, si semblables à celles de son frère, étaient inhabituellement désordonnées. À l'évidence, elle venait tout juste de se lever.

— Bonjour, Nessie, lança-t-elle avec son accent gallois très prononcé, avant d'achever sa phrase dans un bâillement plus ou moins dissimulé. Tu es bien matinale pour un dimanche. Tu as besoin de quelque chose ?

Nessie secoua la tête.

— Je suis venue voir Owen. Il est dans les parages ?

Kathryn afficha une grimace compatissante.

— Non, il a emmené Luke au foot, expliqua-t-elle. Il ne sera pas de retour avant une heure.

Nessie sentit ses épaules s'affaisser. Elle aurait dû le savoir, Owen accompagnait son fils au football tous les dimanches matin. Mais elle était tellement perturbée qu'elle l'avait oublié. Elle se mordilla la lèvre : il était hors de question pour elle de retourner au pub, maintenant que Patrick avait toutes les chances d'être réveillé. Elle voulait d'abord avoir une entrevue avec Owen, afin de trouver la force de dire à Patrick que c'était terminé. Mais la chance ne semblait pas de son côté.

— Pourquoi ne pas entrer l'attendre ? proposa Kathryn, comme si elle lisait dans ses pensées. On pourra se faire une tasse de thé et bavarder un peu.

Nessie fronça les sourcils.

— Mais tu viens juste de te lever.

— Et alors ? répliqua Kathryn, qui ouvrait plus largement la porte. J'ai des cookies aux trois chocolats, tout droit sortis de chez Martha.

— Tu me connais trop bien, constata Nessie en souriant.

Ce fut seulement une fois installée dans la cuisine confortable de son amie, à siroter une tasse de thé bien chaud, que Nessie se demanda si Owen avait parlé de la soirée de la veille à sa sœur. Probablement pas, car Kathryn se caractérisait par sa franchise. Si elle avait été au courant, elle aurait abordé le sujet dès que Nessie avait franchi son seuil.

— Comment ça va, toi ? demanda-t-elle.

Kathryn enroula les mains autour de sa tasse de thé et soupira.

— Ça va, je suppose. Les répétitions du groupe donnent lieu à l'habituelle rivalité d'ego et de postures artistiques, mais que peut-on attendre d'une bande de musiciens ? (Elle esquissa un petit sourire en coin.) Je me dis parfois que je suis la seule personne saine d'esprit parmi eux.

Nessie sourit à son tour : les concerts des Sonic Folk auxquels elle avait assisté l'avaient toujours impressionnée, mais elle tenait de Kathryn que, derrière leurs chansons énergiques et réglées au cordeau, se cachaient de nombreuses tensions.

— Ah bon ?

— Les réservations sont en hausse, ce qui est génial, précisa Kathryn. Ou ça le serait si nos concerts n'étaient pas dispersés à travers tout le pays. Certains d'entre nous ont des responsabilités. On ne peut pas partir pour Édimbourg sur un claquement de doigts.

Nessie se sentit mal à l'aise. Il y avait comme une pointe de ressentiment derrière les paroles de Kathryn, quelque chose qu'elle n'avait jamais entendu auparavant. Elle savait que Kathryn avait consenti à beaucoup de sacrifices pour aider son frère à s'occuper de Luke après la mort d'Eliza. Se pourrait-il qu'elle commence à se sentir entravée par Owen et Luke ? Après tout, elle n'avait qu'une trentaine d'années. Aspirait-elle à mener enfin sa propre vie ?

— Tu en as parlé à Owen ? demanda-t-elle.

Kathryn haussa les épaules.

— Tu connais mon frère. Il me dirait d'y aller et oublierait de récupérer Luke à l'école en fin de journée.

Nessie éclata de rire.

— Je pense qu'il a plus de bon sens, tout de même.

— Tu as probablement raison, admit Kathryn. Mais il aurait quand même du mal si je n'étais pas là pour l'aider. Je ne suis même pas sûre qu'ils mangeraient, pour commencer.

— Ils s'en sortiraient à merveille. Honnêtement, prends un peu de temps pour toi. Tu l'as bien mérité.

— Je ne sais pas, fit Kathryn, sceptique. Je ne sais pas…

— Parle-lui-en, au moins, insista Nessie avec un sourire. On ne sait jamais, il pourrait être aussi désireux que toi de voler de ses propres ailes.

— Mais si je décidais d'en faire… un arrangement plus permanent ?

Nessie la dévisagea fixement.

— Tu veux dire « déménager » ?

Kathryn détourna les yeux.

— Peut-être. Je ne sais pas, admit-elle en soupirant. Peut-être que j'ai juste besoin d'un peu d'espace. Ou il s'agit juste d'une humeur étrange : l'automne me fait cet effet parfois. Le changement de saison, les arbres qui perdent leurs feuilles, ça me rend un peu nerveuse.

Nessie hocha la tête. Le passage de l'été à l'automne était probablement le plus spectaculaire des changements de saison : en plus des signes visuels, l'air semblait se modifier lui aussi, devenir plus riche, comme chargé de notes d'incendie, d'une odeur de fumée où les senteurs du bois se mêlaient à celle de délicates épices, même si rien ne brûlait à des kilomètres à la ronde. Contrairement à Kathryn, ces changements ne perturbaient pas Nessie. Elle avait juste envie d'attraper un pull de laine bien chaud et de se blottir au coin d'une cheminée avec un bon livre et une tasse de chocolat chaud qui ne désemplirait jamais.

— Parles-en à Owen, lui conseilla-t-elle encore. Il comprendra.

Kathryn hocha la tête, puis poussa l'assiette de biscuits vers Nessie.

— On ferait mieux de les manger avant que Luke ne revienne, parce qu'il est capable de détecter le chocolat à deux villages à la ronde, ce chenapan.

La conversation bifurqua vers les derniers potins du village : selon la rumeur, Franny Forster pensait à emménager avec Henry Fitzsimmons, dénouement sur lequel Nessie n'aurait jamais parié lorsqu'elle avait rencontré la vieille femme acariâtre pour la première fois.

— C'est chouette pour elle, il me semble, dit Kathryn. Cela montre qu'il n'est jamais trop tard.

Il y eut un grondement dehors quand la vieille Land Rover d'Owen entra dans la cour. Nessie entendit Luke jacasser près de la porte de derrière, puis il déboula à l'intérieur, petite bouille rosie, constellée de taches de rousseur, sous une tignasse de cheveux blonds ébouriffés.

— J'ai marqué trois buts, annonça-t-il fièrement. J'aurais pu en marquer quatre si Robbie Henderson n'avait pas fait une faute sur moi, juste au moment où j'allais tirer. Papa a dit que c'était un sale petit…

— Peu importe ce que j'ai dit, le coupa Owen d'un éclat de rire, avant de poser ses yeux sombres sur Nessie. Bonjour.

Tous les remords que Nessie avait conçus à propos de la nuit précédente lui revinrent en mémoire. Elle fit de son mieux pour sourire, mais ses efforts se révélèrent piteux.

— Bonjour. On était en train de ragoter, Kathryn et moi.

Les yeux de Luke s'illuminèrent quand il vit l'assiette couverte de miettes.

— Vous avez mangé des cookies aux trois chocolats ! Tu en as gardé un pour moi ?

Kathryn fronça les sourcils.

— Peut-être. (Elle examina ses genoux couverts de boue et sa tenue de football crottée.) Mais tu n'auras rien tant que tu n'auras pas pris une douche, déclara-t-elle en le poussant vers la porte de la cuisine. Et merci pour le conseil, Nessie, ajouta-t-elle par-dessus son épaule tandis que Luke s'engageait dans l'escalier. Je t'en suis très reconnaissante.

Le bavardage de Luke ne fut bientôt plus qu'un murmure assourdi, qui laissa derrière lui un silence pesant. Nessie s'éclaircit nerveusement la gorge.

— Je pense que je te dois une explication.

— Tu ne me dois rien, répliqua Owen en secouant la tête.

— Si, insista Nessie. Et ce n'est vraiment pas ce que tu crois. Patrick est… il n'est pas… oh, mon Dieu, je ne sais pas. C'est compliqué.

Il y eut un bruit sourd au-dessus de leurs têtes, suivi d'un cri de Luke et d'un grommellement agacé de Kathryn. Owen fronça les sourcils.

— Ça te dirait d'aller faire un tour ?

L'esplanade du village étincelait de rosée, avec son herbe d'un vert émeraude encore plus profond qu'à l'accoutumée. Nessie sentait l'humidité s'infiltrer dans ses chaussures de toile, mais cet inconfort n'était rien comparé à l'anxiété qui lui nouait le ventre. Elle s'éclaircit à nouveau la gorge et fixa son regard sur le lointain monument aux morts.

— J'ignorais tout de la venue de Patrick, commença-t-elle. Il a débarqué hier à l'improviste, en prétendant vouloir parler. Et comme je ne pouvais pas vraiment refuser, il m'a semblé préférable d'avoir cette conversation loin du pub et des regards indiscrets du village.

Un sourire se dessina sur les lèvres d'Owen.

— Ça me semble sensé.

— Il n'y a rien entre nous, s'empressa de préciser Nessie, qui sentit qu'elle s'empourprait. Entre Patrick et moi, je veux dire. On est toujours séparés.

Owen resta silencieux pendant quelques secondes.

— C'est peut-être ce que tu penses, mais ce n'est pas l'impression que Patrick m'a donnée hier soir. Il m'a bien fait comprendre que tu étais toujours sa femme.

Nessie se sentit de nouveau submergée par l'embarras.

— Je n'ai aucune idée de ce qui lui passe par la tête. Honnêtement, durant les dernières années de notre vie commune, je ne pense pas qu'il ait seulement remarqué ma présence, du moment que son dîner était sur la table. Et maintenant, il se comporte comme si nous étions Richard Burton et Elizabeth Taylor.

— Il ne veut plus divorcer ?

— Il est trop tard, répliqua Nessie. Il a signé tous les papiers voici des lustres. Non, je pense qu'il veut juste s'assurer que c'est la bonne chose pour nous deux.

Owen lui coula un regard en coin.

— Et qu'est-ce que ça t'inspire ?

Nessie donna un coup de pied dans une touffe d'herbe, ce qui projeta une petite pluie de rosée sur sa chaussure déjà détrempée.

— De l'agacement, surtout. S'il s'était montré aussi attentionné avant mon départ, on serait peut-être encore ensemble. Sam veut que je le renvoie chez lui. C'est ce que j'étais censée faire hier soir.

Owen ne répliqua rien et Nessie en conçut une légère frustration. Les déclarations passionnées n'étaient pas son style, mais il aurait tout de même pu manifester un semblant d'émotion, lui montrer que la réapparition soudaine de son mari le préoccupait. Une envie irrationnelle d'attiser sa jalousie naquit dans l'esprit de Nessie. Elle la repoussa, mais l'idée refusa de disparaître. Peut-être qu'Owen avait besoin d'un peu d'émulation, lui murmurait cette entêtée. Elle secoua la tête : ce genre de comportement était plutôt typique de Sam.

— Mais s'il le pense vraiment ? insista Owen. Et s'il t'aimait encore ? Est-ce que tu envisagerais de retourner avec lui ?

Nessie s'immobilisa pour le regarder fixement. Ce qu'il était raisonnable, s'agaça-t-elle. Toujours à se montrer impartial, comme un ami loyal qui n'aurait aucun intérêt à voir la balance pencher d'un côté ou d'un autre. Ce qui était très bien, mais l'amitié n'était pas forcément ce dont elle avait besoin pour l'instant – pas de sa part à lui, en tout cas. *Un peu de passion ne serait pas de refus*, murmura la petite voix. *Un comportement qui te montrerait qu'il ressent davantage qu'un simple intérêt amical pour toi.* Nessie lui jeta un regard en coin. Peut-être était-il temps de lui forcer la main.

Elle prit une grande inspiration.

— Il affirme vouloir que je revienne. Et prétend qu'il fera tout pour que ça arrive.

La dernière phrase resta suspendue entre eux. *Allez*, l'encouragea mentalement Nessie, *dis-moi de ne pas écouter Patrick. Dis que toi aussi, tu veux m'avoir à tes côtés.* Mais le regard d'Owen s'assombrit et il recula d'un pas.

— Je ne me mettrai pas en travers de ton chemin. Si tu veux sauver ton mariage, alors fais-le.

Sa mâchoire se contracta, comme s'il avait l'intention d'ajouter quelque chose, mais il se ravisa et se retourna pour s'éloigner.

Nessie sentit son ventre se nouer.

— Owen, attends…, le rappela-t-elle.

Il continua à s'éloigner.

Nessie sentit ses épaules s'affaisser. Super ! Au lieu d'avoir provoqué la réaction enflammée qu'elle attendait, elle avait effectivement insinué à Owen qu'elle voulait se remettre avec Patrick et il l'avait prise au mot. Aurait-elle pu gérer la situation de façon plus désastreuse ? Elle aurait dû lui courir après, lui expliquer que ce n'était pas Patrick qu'elle voulait. Mais elle aurait alors dû préciser pourquoi elle venait de suggérer le contraire. Non, la meilleure façon de gérer la situation, c'était de tirer les choses au clair avec Patrick et de le renvoyer dans le Surrey. Owen et elle seraient alors en mesure de réparer les dégâts et tout redeviendrait comme avant.

Gémissant de frustration, elle retourna au *Star and Sixpence*. Elle n'en était plus qu'à quelques mètres quand elle remarqua une silhouette dans l'encadrement de la fenêtre du salon, en train de la regarder. Patrick.

L'avait-il vue parler à Owen ? Il agita la main à son intention. Ce ne serait pas plus mal, après tout. Cela lui donnerait des munitions supplémentaires pour le convaincre que leur mariage était terminé.

Chapitre 4

Sam poussa la porte de Weir Cottage, qui grinça sur ses gonds. Levant les yeux vers les fenêtres, elle hésita : les rideaux étaient encore tirés, ce qui n'était pas vraiment surprenant vu la quantité de gin que Ruby avait ingurgitée la veille. Mais un rapide coup d'œil à son téléphone indiqua à Sam qu'il était presque onze heures trente, autrement dit Ruby devait sûrement être levée maintenant, non ? Et dans le cas contraire, son réveil ne saurait tarder.

Ruby répondit au deuxième coup de sonnette de Sam. Elle ouvrit, vêtue d'une tunique imprimée de marguerites et d'un corsaire couleur citron que Sam lui envia aussitôt. Lunettes de soleil perchées sur le sommet du crâne, elle tenait une truelle terreuse dans une main gantée… Autrement dit, l'image même de la santé, sans rien de commun avec l'ivrogne instable que Sam avait ramenée chez elle la nuit précédente.

— Sam, ma chérie ! s'exclama-t-elle, ravie. Quelle joie de te voir ! Entre donc.

Sam la suivit dans le vestibule. Une fois à l'intérieur, elle se rendit compte que le cottage était en fait un bungalow, et plus grand qu'il ne paraissait de l'extérieur. Mais ce qui l'étonnait le plus, c'était la forme éclatante de Ruby. Sam avait perdu le compte du nombre de doubles-gins que son amie avait bus, mais il était élevé. Assez pour assurer une gueule de bois carabinée au commun des mortels.

— Quel est votre secret, Ruby ? demanda-t-elle dans la kitchenette du cottage. Comment pouvez-vous être aussi fraîche ce matin ?

Ruby s'appuya contre le plan de travail et se tapota les joues.

— Une crème de beauté sur mesure fabriquée par une personne de génie, dont le nom est tenu secret de peur que tout le monde ne se rue sur elle.

Sam haussa les sourcils, incrédule.

— Une crème de beauté qui combat la gueule de bois ? Pas étonnant que vous désiriez en conserver l'exclusivité.

— J'ai aussi été aidée par une recette que ce vieux dépravé d'Ollie Reed m'a révélée, il y a des années, répliqua Ruby avec un sourire. Ça s'appelle une huître des prairies. Tu en as entendu parler ? (Sam secoua la tête.) J'en préparais une à ton père, pour calmer ses maux de tête après une nuit agitée. Il te faut un jaune d'œuf, du Tabasco, de la sauce Worcestershire et un peu de vinaigre. Oh, et plus important que tout, ajouta-t-elle avec un clin d'œil, un verre d'eau-de-vie.

Sam blêmit.

— Je crois que je vais rester à l'eau, marmonna-t-elle. Je suis venue m'assurer que vous allez bien, mais je vois que vous êtes plus en forme que moi.

— Je peux te proposer un café ? suggéra Ruby, en tapotant une machine à espresso chromée. On irait le boire au jardin…

Il y avait quelque chose derrière ces mots, comme le souffle d'un manque que Sam faillit ne pas percevoir. Ruby n'était peut-être pas aussi sûre d'elle qu'elle le prétendait, après tout.

— Bien sûr. J'en serais ravie.

Le soleil avait asséché la rosée automnale et la matinée était chaude. Sam s'assit à la petite table chic du patio et laissa la chaleur s'insinuer sous sa peau.

— J'espère que tu t'es tartinée d'écran solaire, Sam, l'interpella Ruby en finissant de planter des bulbes dans un pot de céramique bleue qui scintillait sous les rayons du soleil.

— Ne vous inquiétez pas, répliqua Sam. Ma crème pour la peau présente un indice de protection élevé et tout un tas d'autres choses encore. Notamment plus de vitamines que mes cinq fruits et légumes par jour.

— Très bien. À l'époque où nous travaillions pour la Royal Shakespeare Company, dans les années 1970, Helen Mirren m'a déconseillé de sortir sans. « Ruby chérie, disait-elle, le soleil est le plus vicieux des critiques. Évite-le à tout prix. » Et j'ai retenu la leçon.

Sam sourit. Si le penchant de Ruby pour les alcools forts n'avait pas émoussé sa mémoire, il avait eu d'autres impacts : sa main avait indubitablement tremblé lorsqu'elle avait tenu les petites tasses sous le jet de café de la machine à espresso. Le sourire de Sam s'effaça lorsqu'elle se souvint de la façon dont les mains de son père tremblaient au matin, après une nuit de beuverie. Il avait lui aussi été enclin à soigner le mal par le mal, ce qui avait inévitablement alimenté sa dépendance et causé la ruine de son mariage tout en l'éloignant de ses filles. Ruby buvait-elle déjà avant de rencontrer Andrew Chapman ou l'avait-il entraînée dans la boisson ? Sam l'ignorait, mais l'ancienne actrice semblait bel et bien sur la même pente glissante que son père.

Elle secoua légèrement la tête.

— Je n'arrive pas à croire qu'on soit déjà en octobre. Vous venez au bal masqué ?

— Je ne manquerais l'événement pour rien au monde. Je crois que j'ai encore mon masque du *Marchand de Venise* de 1982. C'est très malin de votre part de nous donner la chance de nous déguiser pour Halloween.

— Et puis Noël ne tardera pas à arriver ensuite, observa Sam. Quels sont vos projets ? Vous avez de la famille ?

— Pas de projets, à part soutenir votre charmant bar et voir qui je peux attraper sous le gui, répondit Ruby sans lever les yeux.

Était-ce le fruit de l'imagination de Sam ? Le ton insouciant de son interlocutrice lui avait paru légèrement forcé. Avait-elle de la famille quelque part ? Ou souffrait-elle simplement de l'absence d'Andrew ? Noël n'était pas toujours une période de franche gaieté, en tout cas pas pour tout le monde.

Ruby se releva en époussetant la terre de ses gants.

— Mais bon, c'est encore loin, lâcha-t-elle. D'ici là, qui sait ce qui peut arriver ? Je recevrai peut-être une invitation de ce charmant Hiddleston que j'ai tant vu à la télévision. Ou, probabilité encore plus faible, mon fils pourrait me passer un coup de fil.

Elle s'assit sur une des chaises et se saisit de sa tasse de café pendant que Sam la regardait fixement.

— Votre fils ? J'ignorais que vous en aviez un.

Ruby soupira.

— Je n'en ai plus vraiment, en fait. Il a été une sorte d'événement inattendu, vois-tu, et j'étais à l'apogée de ma carrière. À l'époque, un bébé était incompatible avec une carrière réussie, alors j'ai laissé son père s'occuper de l'éducation de notre fils. Lorsque j'ai eu moins de travail et que j'ai pu respirer, il était trop tard pour être mère.

— Mais il aurait dû comprendre en grandissant, s'insurgea Sam, que le sort de Ruby indignait. Vous aviez besoin de travailler.

Ruby inclina la tête.

— Il a bien tenté de le faire, précisa-t-elle. Mais il n'était pas non plus fan de ma consommation d'alcool. J'ai peur de… de l'avoir un peu dégoûté.

Pour la deuxième fois en quelques minutes, Sam demeura interloquée.

— Mais il… vous…

Ruby lui tapota la main.

— Vraiment, Sam, ce n'est pas si difficile à comprendre. Tu es passée par là, toi aussi. C'est pour cela que tu as perdu le contact avec ton père, il y a des années.

Sam sentit le rouge lui monter aux joues. Ruby avait raison, elle avait ressenti de la répulsion en voyant son père ivre et titubant. Mais elle n'était alors qu'une enfant et Andrew Chapman n'avait jamais écrit après son départ, ni permis à ses filles de rester en contact avec lui. En grandissant, si elle avait compris qu'il était dépendant à l'alcool, la profonde aversion qu'elle éprouvait à son souvenir était restée gravée en elle, de sorte qu'elle essayait de ne jamais penser à lui. Et peut-être qu'à un niveau subconscient, elle avait choisi de se concentrer sur le parent qui voulait d'elle plutôt que sur celui qui ne la voulait pas. Peut-être avait-elle plus en commun avec le fils de Ruby qu'elle n'était prête à l'admettre.

— Vous avez raison, admit-elle doucement, c'est exactement ce que je ressentais. Mais vous n'êtes pas comme mon père. Je sais que vous l'aimiez, mais, même vous, vous devez savoir quel monstre il était quand il buvait.

Ruby la dévisagea pendant de longues secondes.

— Je sais qu'il vous a fait du mal, reprit-elle en s'emparant à nouveau de la main de Sam. Il vous a donné beaucoup de raisons de le détester. Mais je sais aussi qu'il vous aimait et qu'il a voulu arrêter de boire un nombre incalculable de fois. Le problème, c'est qu'une fois ses griffes plantées dans une proie, l'alcool n'aime pas lâcher prise. Pas sans un violent combat.

— Et vous ? demanda Sam qui serra les doigts de Ruby. Est-ce qu'il a planté ses griffes en vous ?

Ruby retira sa main et inclina la tête vers le soleil.

— Oh non, ma belle, je peux y renoncer sans problème. Allons, je ne veux pas te retenir. Je suis sûre qu'une fille occupée comme toi a autre chose à faire.

Nessie laissa Sam et Connor gérer la foule du dimanche midi et entraîna Patrick dans un tour du village. Les feuilles commençaient tout juste à changer de couleur sur les arbres qui bordaient la rivière, abandonnant leur vert brillant pour une symphonie d'ambre, d'or et de rouille. Le cimetière de l'église St Mary était jonché des premières victimes du coup de vent de la nuit précédente. Elle désigna la tombe de son père, passa devant la sépulture d'Eliza Rhys et ramena Patrick vers l'esplanade du village, en accélérant le pas devant la poste, pour le cas où Franny serait à l'affût.

— Tu aimes vraiment cet endroit, hein ? constata Patrick, après qu'elle se fut extasiée devant les pâtisseries dans la vitrine de la boulangerie et qu'elle eut parcouru les noms de famille sur le monument aux morts.

— Oui, se contenta de répondre Nessie avant de prendre une profonde inspiration. C'est d'ailleurs pour ça que je vais rester ici.

Patrick s'immobilisa.

— D'accord, dit-il. Et tu veux dire toute seule. Sans moi.

Elle hocha la tête, puis jeta un coup d'œil vers le *Star and Sixpence*.

— Sam et moi, on a travaillé dur pour que le pub redevienne ce qu'il est. Je ne veux pas tout abandonner et retourner dans le Surrey avec toi. Je suis désolée.

Il lui prit la main pour y exercer une brève pression.

— Mais tu n'aurais pas à le faire. Je pourrais m'installer ici.

Elle le dévisagea, choquée.

— Mais ton travail ? Tes affaires ?

— Je viendrais travailler avec vous, répondit-il, un grand sourire aux lèvres. Vous auriez besoin d'un nouveau système de caisse informatisé, le vôtre semble fonctionner à la vapeur. Et je pourrais le connecter à votre système de gestion des stocks, afin de faciliter les réassorts. Votre site web a l'air un peu bas de gamme, lui aussi, si je peux me permettre.

Heureusement que Sam n'avait pas entendu, elle qui avait dépensé une petite fortune pour faire bâtir leur site par des professionnels et en gérait tout le contenu elle-même. Patrick, lui, avait continué à énumérer les « dysfonctionnements » du *Star and Sixpence*.

— Si je viens m'établir ici, acheva-t-il en portant la main de Nessie à ses lèvres pour y déposer un baiser, tu n'auras pas à quitter Little Monkham. C'est moi qui abandonnerais tout pour toi.

Nessie sentit le monde tourbillonner autour d'elle.

— Patrick, je ne pense pas que ce soit une très bonne idée.

Le visage de son « époux » se décomposa.

— Évidemment, je ne parle pas de faire ça tout de suite. On ira doucement, on réapprendra à se connaître et puis j'emménagerai. (Il plongea ses yeux dans les siens.) Je sais qu'au fond de toi, tu m'aimes toujours, Ness.

— Mais…

Il lui posa un doigt sur les lèvres.

— Ne réponds pas maintenant.

Elle écarta sa main et recula d'un pas.

— Non. Je pense qu'on devrait être vraiment honnêtes l'un envers l'autre…

— Tu as raison, la coupa-t-il, on devrait. Je ne voulais pas te le dire, ni te mettre la pression, mais puisqu'il s'agit d'être honnêtes l'un envers l'autre… Mes affaires ne vont pas très bien. En fait, je suis au bord de la faillite.

— Mais elles étaient tellement florissantes ! s'exclama Nessie. Que s'est-il passé ?

— Tu es partie, répondit Patrick en écartant les mains. Tout est allé de travers à partir de là. J'ai essayé de m'occuper des rendez-vous et des factures, mais j'ai commis des erreurs : j'ai indiqué de mauvais montants ou bien je me suis trompé de jour. Les clients ont commencé à annuler leurs contrats et je n'arrivais pas à les persuader de rester.

Nessie le regardait fixement, incapable de comprendre.

— Pourquoi tu n'as pas fait appel à quelqu'un pour t'aider ? Une ou un assistant ?

Il rougit et haussa les épaules.

— Je ne voulais pas reconnaître l'ampleur du travail que tu accomplissais, ni admettre que j'avais besoin d'être secondé. Le temps que je me ressaisisse, il était trop tard et je n'avais plus les moyens d'embaucher quelqu'un.

— Voilà donc la véritable raison de ta venue ici, conclut Nessie, de plus en plus mal à l'aise. Tu veux que je règle les problèmes.

— Non ! s'écria Patrick, effaré. Non, c'est juste un effet indésirable de la situation, mais qui m'ôte une raison supplémentaire de rester dans le Surrey. Je suis là pour toi, Ness. Je ne suis rien sans toi.

Il la regardait, démuni, et elle fut horrifiée de voir des larmes apparaître dans ses yeux.

— Je t'aime, chuchota-t-il. Je t'ai toujours aimée et je t'aimerai toujours. Ne ferme pas la porte sur notre histoire.

Nessie sentit un frisson de peur s'insinuer en elle quand elle perçut du désespoir dans sa voix. Comment lui parler d'Owen maintenant ? Que ferait-il ?

Elle se raccrocha à la première planche de salut.

— Tu ne peux pas rester ici, lâcha-t-elle d'une voix rauque et étrange, même à ses propres oreilles. Sam nous tuerait tous les deux. En revanche, je vais jeter un coup d'œil à tes comptes et voir si je peux intervenir. (Il voulut l'interrompre à nouveau, mais elle leva une main.) N'abuse pas, Patrick.

Lequel lui saisit une nouvelle fois les doigts, les serrant si fort que ses articulations lui firent mal.

— Merci. Je savais que tu me sortirais de là. Comme toujours.

Nessie esquissa un sourire dépité. À l'évidence, les problèmes de Patrick étaient à nouveau les siens, du moins jusqu'à ce qu'elle trouve comment le pousser à la laisser partir.

Le club de lecture de Little Monkham se réunissait au *Star and Sixpence* le premier mardi du mois. Officiellement, ses membres se retrouvaient pour discuter du livre que Franny avait choisi, mais Nessie soupçonnait nombre des participants d'y voir un prétexte à dégustation de vin, du moment qu'ils feignaient d'avoir lu plus que les premières pages de l'ouvrage concerné.

Elle s'efforçait de ne pas lever les yeux avec espoir chaque fois que la porte s'ouvrait, mais elle ne parvenait pas à s'en empêcher. Owen se joignait parfois au club, si le livre choisi lui plaisait, et elle pensait que le titre de ce mois-ci – un suspense psychologique à rebondissements – pourrait lui avoir plu. Naturellement,

Franny était là pour régenter son monde. Autour des tables disposées devant le feu se trouvaient Martha de la boulangerie, Henry Fitzsimmons, Barbara Smith, dont la fille, JoJo, avait organisé sa réception de mariage au *Star and Sixpence* en juin, et Ruby. Henry se sentait-il intimidé par les femmes qui l'entouraient ? Pas du tout : il semblait plutôt s'amuser, couvé du regard attentif de Franny. Et puis, juste au moment où la postière ouvrait la séance, Owen arriva.

Nessie fit de son mieux pour sourire quand il s'approcha du bar.

— Comme d'habitude ?

Il hocha la tête.

— S'il te plaît, oui. Je n'étais pas sûr de pouvoir venir : Kathryn pensait avoir des projets pour ce soir, mais ils sont tombés à l'eau à la dernière minute.

— Ah bon ? fit Nessie.

Kathryn avait-elle suivi son conseil et annoncé à son frère qu'elle avait besoin de prendre un peu de temps loin de Luke et de lui ?

— Comme quoi, à quelque chose malheur est bon… (Il jeta un coup d'œil par-dessus son épaule et baissa la voix.) Martha m'a avoué qu'elle avait cherché quelques critiques du livre sur Google et lu les dernières pages. Je te parie dix livres que Franny va la démasquer avant la fin de la soirée.

Nessie éclata de rire.

— Je ne pense pas que tu trouveras un habitant de Little Monkham assez fou pour prendre ce pari. Franny ferait parfois passer Sherlock pour un idiot un peu lent à la comprenette.

Elle posa le verre qu'il avait commandé sur le bar. Il prit une gorgée puis embrassa la salle du regard, comme s'il cherchait quelqu'un.

— Tu es toute seule ce soir ?

Essayait-il de savoir où se trouvait Patrick ? À moins qu'il ne s'interroge sur l'absence de Sam ?

— Oui, répondit-elle. C'est le soir de congé de Connor et Sam est en haut, en train de travailler sur un communiqué de presse. Tu as su qu'on avait gagné le prix de l'Association des vrais amateurs de bière ?

— Non, répondit Owen, ravi. Mais ça ne me surprend pas. Franny est au courant ?

— Pas encore. Je pense que Sam garde l'information sous le coude, au cas où nous trouverions le moyen de l'agacer, dans les semaines à venir.

Owen s'esclaffa.

— Très judicieux. Créer une diversion marche à merveille sur Franny.

Il regarda à nouveau autour de lui et parut sur le point de lui demander autre chose quand la voix impérieuse de la postière se fit entendre :

— Owen, tu es ici pour parler livres ou pour faire la cour à la propriétaire ?

En guise d'excuse, Owen fit une petite grimace amusée à Nessie et se dirigea vers la table, où Henry lui tapa sur l'épaule.

— Je ne savais pas qu'on avait cette possibilité, plaisanta-t-il.

— Pas toi, non, répliqua Franny, en le fixant sévèrement par-dessus ses lunettes à monture métallique. Maintenant, passons aux choses sérieuses. Qui a trouvé que le héros était un abruti gâté et pleurnichard ?

Elle brandissait un exemplaire du livre, soigneusement divisé par des Post-it de différentes couleurs. La discussion s'engagea et les propos s'envenimaient entre Franny et Ruby lorsque, sur un clic sonore, la pièce se retrouva plongée dans l'obscurité.

Nessie soupira, au comble de l'irritation. L'électricité était capricieuse lorsqu'elles avaient emménagé au *Star and Sixpence* et elles avaient dépensé une petite fortune pour faire remettre l'installation électrique à neuf. Pourtant, c'était la deuxième fois que les plombs sautaient, ce mois-ci.

— Ne paniquez pas, lança-t-elle en tâtonnant sous le bar. J'ai une torche par ici.

Les réfrigérateurs étant restés allumés, tout comme les pompes à bière, Nessie savait que ce n'était pas une coupure de courant. Dans le rougeoiement du feu, elle vit Owen se lever et se diriger vers elle.

— Tu as besoin d'aide ?

— Non, sauf si tu as une torche sur toi, répondit Nessie. Hors de question que je descende à la cave dans le noir… Ah, voilààà !

Elle brandit un fin cylindre noir et poussa le bouton. Un rayon de lumière fendit l'obscurité.

— Viens donc, enjoignit-elle à Owen. En route pour que tu m'apprennes le fonctionnement d'une boîte à fusibles, ô grand sage !

C'était étrange de se retrouver à la cave avec Owen. Nessie veillait à garder ses distances, mais elle ne pouvait pas trop s'éloigner, sans quoi il serait plongé dans un noir d'encre. Ils descendirent l'escalier, contournèrent les fûts et passèrent devant les caisses de vin empilées pour l'Oktoberfest, avant d'atteindre le coin le plus éloigné de la cave. Owen souleva le boîtier en plastique et passa les doigts sur les interrupteurs jusqu'à ce qu'il trouve le problème… Et la cave fut soudain inondée de lumière. Owen et Nessie durent cligner des paupières.

— En général, c'est celui du milieu, expliqua Owen en montrant un petit levier en plastique, semblable à tous les autres. C'est celui qui contrôle les lumières.

Nessie soupira.

— Je pensais que les électriciens avaient réparé ça quand ils ont refait l'installation.

— Probablement, confirma Owen en haussant les épaules. Mais les interrupteurs sautent parfois sans raison apparente.

— Et parfois, avec une très bonne raison, objecta Nessie. On va garder un œil là-dessus, merci.

Elle s'apprêtait à rebrousser chemin quand Owen posa une main sur son bras.

— Avant que tu ne partes, je voulais te demander une chose.

Nessie sentit les battements de son cœur s'accélérer. Allait-il l'interroger sur Patrick ? Ou – elle en frémissait – allait-il l'inviter quelque part ?

— Je t'écoute, répondit-elle, méfiante.

Owen la fixa du regard.

— Je ne sais pas si tu es au courant, mais une pluie de météorites très fournie est prévue à la mi-octobre. On les appelle les Orionides et, habituellement, Kathryn, Luke et moi, on sort vers minuit pour les observer depuis l'un des champs, loin de la pollution lumineuse du village.

Nessie fronça les sourcils. Elle avait entendu parler de l'autre pluie de météorites, celle qui se produisait habituellement en août, mais elle n'avait pas songé à sortir pour les observer.

— Et comme Kathryn ne peut pas venir cette année, Luke se demandait – enfin, on se demandait tous les deux, en fait – si tu aimerais venir observer les étoiles avec nous.

Nessie hésita. La proposition était merveilleuse, mais elle n'était pas sûre de pouvoir supporter le romantisme d'une nuit sous les étoiles dans l'état de confusion qui était le sien ces jours-ci. Cela étant, Luke serait là et, après la réaction d'Owen la dernière fois qu'ils avaient discuté, elle était presque certaine que les effusions sentimentales ne figuraient pas à son programme.

— Tu peux proposer à Patrick de nous accompagner, si tu veux, ajouta-t-il, mettant fin aux dernières inquiétudes de Nessie.

— Je peux y réfléchir ? demanda-t-elle avant de se repasser leurs paroles dans sa tête et de grimacer. Non, je n'ai pas l'intention de réfléchir à la possibilité d'amener Patrick : il est retourné dans le Surrey. Je veux juste peser le pour et le contre de ta proposition. Nous avons l'Oktoberfest ce week-end, puis Sam devra organiser le bal d'Halloween, ce qui signifie que je serai probablement plus occupée que d'habitude.

— Je comprends, dit Owen.

Il marqua une pause et Nessie se demanda s'il allait chercher à en savoir plus au sujet de Patrick. Néanmoins, il se contenta de sourire.

— Ce serait formidable si tu pouvais te joindre à nous, mais, même si tu ne viens pas, je peux te demander de croiser les doigts pour que le ciel soit dégagé ? Ce n'est pas drôle de regarder les étoiles pendant une tempête.

Ainsi soit-il, pensa Nessie en gravissant l'escalier pour retourner au bar. La dernière chose dont ils avaient besoin, c'était d'un temps plus agité, aussi bien à l'intérieur qu'à l'extérieur de leur relation.

Chapitre 5

— Ooh, je parie qu'il va te présenter sa Grande Ourse ! s'exclama Sam, le lendemain matin, lorsque Nessie lui annonça la nouvelle au petit déjeuner.

Celle-ci lui jeta un regard dénué d'expression.

— Vraiment, Sam, tu ne pourrais pas te dispenser de faire des allusions sexuelles à la moindre occasion ?

— Non, répondit Sam avec un sourire impénitent. Continue à me donner des idées et je continuerai à t'en sortir de belles. Mais s'asseoir sous les étoiles, c'est très romantique, voilà tout ce que je dis.

— Luke sera là, lui fit remarquer Nessie.

— C'est là que se blottir sous des couvertures prendra tout son sens, répliqua Sam. Elles dissimulent une multitude de péchés.

— Ce n'est pas un rendez-vous galant, insista Nessie. Owen a été très clair à ce sujet. Il aurait même invité Patrick, s'il avait été là.

Sam soupira. Qu'est-ce qui clochait chez sa sœur et Owen ? Ils semblaient faire tout leur possible pour s'inventer des raisons de ne pas être ensemble. C'était exaspérant.

— Il a voulu se montrer poli, puisque tu as plus ou moins suggéré que tu songeais à te remettre avec Patrick.

— Mais je ne le pensais pas ! protesta Nessie en s'empourprant. J'ai juste cherché à le rendre jaloux, c'est tout.

Sam regarda sa sœur avec un mélange d'amusement et d'affection.

— Tu es ma sœur et je t'adore, Nessie, mais tu es nulle pour ce genre de choses. L'honnêteté est la meilleure politique en la matière : dis la vérité à Owen, point barre.

Nessie s'enfouit la tête dans les mains.

— Je ne sais pas quoi dire. C'était plus facile quand je pensais que Patrick voulait juste me récupérer, mais maintenant que je connais tous ses autres problèmes, j'ai plus de scrupules à me détourner de lui.

Sam fronça les sourcils. N'aurait-elle pas gravement sous-estimé son beau-frère ? Il se révélait plus manipulateur qu'elle ne l'aurait cru.

— Tu aimes toujours Patrick ?

— Non, répondit Nessie sans hésiter. Je veux dire, j'ai de l'affection pour lui, évidemment. Mais je ne suis plus amoureuse de lui.

— Alors tu devrais lui laisser l'opportunité de se trouver quelqu'un qui le soit, tu ne crois pas ? suggéra Sam d'une voix légèrement réprobatrice. Plus il espère que tu le tires du pétrin, plus longtemps il mettra à se débrouiller seul et à passer à autre chose.

Nessie la dévisagea sans rien dire pendant quelques secondes, puis hocha la tête.

— Tu as raison.

— Et désormais, tu es libre de suivre ton propre cœur avec Owen, poursuivit Sam. Tu mérites aussi d'être heureuse.

Les yeux de Nessie s'emplirent de larmes.

— Je sais.

— Sois sincère avec Owen, insista Sam en exerçant une petite pression sur son bras. Et fais-le vite, avant qu'il ne se persuade de t'avoir perdue. Tu pourras alors laisser la magie des étoiles opérer et nous pousserons tous un soupir de soulagement.

Le vendredi midi arriva plus vite que Sam ne l'aurait souhaité et, avec lui, les derniers préparatifs de l'Oktoberfest. Elle finit de draper le tissu rouge, jaune et noir au plafond du pub, puis descendit de l'escabeau.

— Qu'est-ce que tu en penses ? demanda-t-elle à Connor, qui avait veillé à la stabilité de son marchepied pendant qu'elle travaillait. Est-ce que ça fait tente à bière bavaroise, selon toi ?

Le caviste jeta un regard méditatif aux rideaux colorés, aux nappes à carreaux rouges et blancs sur les longues tables à tréteaux et aux décorations typiquement allemandes qui ornaient les murs.

— J'espère que tu ne t'attends pas à ce que je porte des culottes courtes.

— Rassure-toi, je ne serai pas non plus habillée en serveuse de bière tyrolienne, dit Sam avec une grimace. Je nous ai pris des chapeaux, cela dit. Comment sont les fûts ?

Une extrémité du pub était occupée par une rangée de tonneaux en acier, installés par Connor et remplis d'authentiques bières allemandes. Les clients achèteraient des jetons au bar, que Connor leur échangerait ensuite contre une chope de bière coiffée de sa mousse. Un kiosque avait été installé dans le jardin, où les visiteurs pourraient goûter une large variété de saucisses et de choucroute. Le week-end s'annonçait bien, mais Sam savait que Connor s'inquiétait de la qualité du breuvage contenu dans les tonneaux bavarois. Car au bout du compte, un festival de la bière était réussi si la bière était bonne.

— Ça va, commenta-t-il. La bière est de qualité, c'est tout ce qui importe.

Sam se rendit derrière le bar et lança la playlist de fanfare traditionnelle qu'elle avait spécialement concoctée pour le week-end de l'Oktoberfest. Connor eut l'air chagriné.

— On va devoir écouter ça tout le week-end ?

Sam acquiesça.

— Bien sûr. Quand on est en Bavière, Connor…

Le caviste grommela quelque chose à propos de l'usage de bouchons d'oreilles et se dirigea vers les fûts. *Attends de voir sa tête quand il entendra les reprises version fanfare que j'ai glissées ici et là*, pensa Sam, amusée. Le *Toxic* de Britney version fanfare ? Génial !

La foule afflua à flots réguliers à partir de l'heure du déjeuner pour devenir conséquente vers dix-sept heures trente. À mesure que la soirée avançait, Sam eut le plaisir de repérer de nombreux habitués du village parmi les badauds : Owen, Franny et Henry, Rob, le mari de Martha, et deux des gars de la boucherie d'à côté, ainsi que des visages moins familiers, tous occupés à déguster les délices de l'Oktoberfest. Même le père

Goodluck fit une apparition et Sam fut heureuse de le voir. Il les avait toujours soutenues, Nessie et elle, et s'était souvent chargé d'inscrire les points pendant la soirée mensuelle de quiz. Sachant qu'il avait un faible pour la Guinness, Sam l'encouragea à goûter l'une des bières brunes allemandes et fut ravie du sourire qui se dessina sur le visage du pasteur.

— Excellente, Sam, approuva-t-il en prenant une autre longue gorgée. Vraiment délicieuse.

Elle était si occupée qu'elle ne vit pas Joss entrer. Il fallut que Nessie lui indique le bar d'un signe de tête pour que Sam remarque sa présence et constate qu'il avait une jolie brune à son bras. Le voir là, avec ce qui était manifestement une nouvelle petite amie, lui fit l'effet d'un coup de massue dans le ventre. *C'est fini, entre lui et toi*, se rappela-t-elle, tout en s'efforçant de détourner les yeux du visage rasé de frais de son ancien petit ami. Joss avait toujours eu une barbe, bien entretenue, mais pas trop, et c'était l'une des choses qui avaient attiré Sam. Elle trouvait très étrange de le voir sans barbe à présent, comme s'il avait oublié de s'habiller complètement, ce matin-là. Il avait l'air presque juvénile, rajeuni d'au moins cinq ans. Sam n'était pas sûre d'apprécier.

— Qui est la fille qui l'accompagne ? chuchota Nessie pendant une brève accalmie dans le flot de clients.

Sam leur coula un autre regard, presque certaine de n'avoir jamais vu la fille auparavant. *Sans doute pas une habitante de Little Monkham*, décida-t-elle. Sauf si elle avait vécu cachée sous un rocher pendant les dix derniers mois. Qui qu'elle soit, sa présence ici signifiait que Joss était heureux et passait à autre chose, ce qui, Sam le savait, aurait dû la réjouir : ça n'avait pas fonctionné entre eux, mais elle ne lui en conservait pas la moindre rancune. Le problème, c'était qu'elle ne se sentait pas heureuse pour autant, que sa réaction immédiate avait été une émotion différente, aussitôt identifiée : la jalousie.

Elle se secoua.

— Je ne sais pas, mais elle a l'air sympathique.

Nessie glissa un bras autour de ses épaules.

— Courage, Sam. Je sais que c'est dur.

Sam chassa d'un battement de cils l'humidité naissante sous ses paupières.

— Il a l'air épanoui, tu ne trouves pas ?

— Il me paraît différent, nuança sa sœur en haussant les sourcils. Qu'est-ce qui a bien pu le pousser à se raser la barbe ?

— Peut-être que sa nouvelle petite amie n'aime pas, suggéra Sam, se rappelant la douceur soyeuse des cheveux blonds de Joss sous ses doigts. Certaines femmes détestent.

— On dirait qu'il a douze ans, répliqua dédaigneusement Nessie. C'est une bonne chose qu'il ne travaille plus derrière le bar, personne ne croirait qu'il a l'âge requis.

Craignant que Joss ne les surprenne à le reluquer, Sam changea de sujet et fit de son mieux pour le chasser de son esprit. La tâche lui fut facilitée par une arrivée inattendue, juste avant vingt et une heures.

— Nick ! s'exclama Sam quand il surgit devant le bar. Qu'est-ce que tu fiches ici ?

Le sourire par lequel il lui répondit fit se pâmer plusieurs femmes alentour.

— Que veux-tu que je te dise ? répondit-il avec nonchalance. Tu me manquais et tu m'as clairement fait comprendre que tu ne pouvais pas quitter le pub ce week-end, alors… me voilà.

Sam sentit son moral remonter. Vu qu'il tournait de nouveau en Cornouailles, il avait dû conduire des heures pour la rejoindre.

— Ça me fait plaisir de te voir, admit-elle en souriant. Je peux t'offrir un verre ?

Il souleva son sac.

— En fait, j'aimerais plutôt que tu me conduises à ma chambre.

Elle secoua la tête.

— Tu veux dire *ma* chambre ?

Le sourire de Nick s'élargit encore.

— Non, répondit-il. Je veux dire *ma* chambre. Si tu vérifies tes réservations, tu verras que la chambre avec le lit à baldaquin est réservée au nom d'un certain M. Turner, qui a annoncé une arrivée tardive, vers vingt et une heures.

— C'est vrai ! s'écria Nessie. Je me demandais justement ce qu'il fabriquait.

Nick plongea les yeux dans ceux de Sam.

— Je voulais te surprendre.

Sam n'avait jamais vu autant de femmes défaillir en même temps. Perdue dans les profondeurs sombres des yeux de Nick, elle sentit son état d'esprit se modifier. C'était vraiment bon de le voir.

— On peut dire que tu as réussi, convint-elle en souriant. Viens, je te montre le chemin.

Nessie lui lança un clin d'œil au passage.

— Prends ton temps.

Les lumières étaient tamisées dans la chambre d'hôtes. Nessie avait dû s'y faufiler à un moment donné au cours de la dernière heure, car, près du lit, une bouteille de prosecco trônait dans un antique seau à champagne rempli de glace et des biscuits tout juste sortis du four agrémentaient la table sous la fenêtre.

Nick déposa son sac près de la porte et passa une main sur sa barbe naissante.

— Ça ne te dérange pas ? demanda-t-il d'une voix incertaine. Que je débarque à l'improviste comme ça, je veux dire ?

Sam le fixait. Elle ne l'avait jamais vu hésiter auparavant : Nick Borrowdale était habituellement extrêmement assuré dans tout ce qu'il faisait.

— Pourquoi ça me dérangerait ? J'aime que tu viennes ici et Dieu sait que tu contribues à la bonne marche de nos affaires.

— Certes, mais je ne me suis encore jamais pointé sans être invité, objecta-t-il. J'ai aussi réservé la chambre pour demain, mais je peux m'en aller, si tu préfères.

— Bien sûr que tu peux rester, protesta-t-elle sur un petit rire. Bon sang, Nick, qu'est-ce qui te prend ? Tu te comportes comme un adolescent éperdu d'amour.

Une pointe de l'aisance qui le caractérisait revint avec son sourire.

— Je suis désolé. La semaine a été longue.

Sam traversa la pièce pour lui planter un baiser sur la joue.

— Tu m'en diras tant ! Mais te voir arrange tout.

Il la dévisagea un moment.

— Bien. Maintenant, je suppose qu'on ferait mieux de redescendre avant que Franny n'aille s'imaginer qu'on fait les polissons.

Ses yeux s'attardèrent un peu trop longtemps sur les siens, juste assez pour rappeler à Sam les nuits qu'ils avaient partagées par le passé, et elle réalisa brusquement que des polissonneries, c'était exactement ce dont elle avait envie. Chassant cette pensée, elle s'obligea à sourire.

— Non, il ne faudrait surtout pas. Je suis sûre qu'à cause de toi, certaines femmes du village sont déjà en train de planter des aiguilles dans une poupée à mon effigie.

Il désigna d'un signe de tête la bouteille dans le seau à champagne.

— Tu vas m'aider à la boire ?

Sam hésita. Le prosecco et Nick formaient une combinaison dangereuse.

— Repose-moi la question plus tard.

Un sourire se dessina sur les lèvres de Nick, qui avait visiblement recouvré toute sa confiance.

— Ne t'inquiète pas, je n'y manquerai pas.

***

Sam savait que Joss allait l'observer quand elle redescendrait avec Nick. Ils n'étaient pas partis depuis assez longtemps pour être soupçonnés de quoi que ce soit – non que ce soient les oignons de Joss, de toute façon –, n'empêche qu'elle sentit quand même son regard la brûler. Il avait toujours soupçonné que sa relation avec Nick était plus sérieuse qu'elle ne voulait bien l'admettre, n'avait jamais été pleinement convaincu par l'« amitié » à laquelle se cantonnerait leur relation, malgré les tentatives répétées de Sam pour le rassurer. Sans doute éprouvait-il une satisfaction tordue à voir les photos de Nick et elle dans les journaux, la joie d'avoir eu raison. *Arrête de t'en préoccuper*, s'intima-t-elle. *Il a fait son choix en te quittant.*

Nick, quant à lui, ne semblait pas avoir remarqué la présence de Joss : il était trop occupé à charmer le reste des villageois. Sam vit Joss et sa nouvelle conquête partir peu de temps après. Dépit ou crainte de perdre une autre petite amie au profit de l'acteur ?

Il fallut plus de temps que d'habitude pour que les lieux se vident à l'heure de la fermeture, mais tout le monde finit par déserter le bar. Nick adressa un signe de tête à Connor.

— Je suis étonné que Sam ne t'ait pas obligé à passer un costume, plaisanta-t-il. Un grand garçon comme toi tout de cuir vêtu, ça attirerait certainement les dames.

Connor sourit.

— Je ne suis pas sûr que ma femme aurait approuvé.

— On garde les costumes pour le bal masqué, répliqua Sam. Ce week-end, on laisse le devant de la scène à la bière. (Elle reporta les yeux sur Nick.) En parlant de costumes, tu as choisi ta tenue ?

— Surprise ! répondit Nick avec des airs de cachottier.

— Le truc, c'est que plusieurs dames du village m'ont demandé si tu comptais recréer la scène torse nu de *L'Auberge des contrebandiers* et j'ai promis de t'interroger, lâcha Sam en toute innocence.

Nick soupira.

— Heureusement que je ne me formalise pas quand on me traite en objet, hein ?

Sam lui renvoya un regard sceptique.

— Tu adores ça, voyons. Et ne va surtout pas prétendre le contraire !

— Ne t'inquiète pas, j'ai déjà mon costume, répliqua-t-il avec un clin d'œil. Tu ne seras pas déçue.

Peu après, Connor et Tilly leur souhaitèrent bonne nuit et s'en furent. Nessie s'excusa, laissant Sam et Nick assis près du feu, à causer du bon vieux temps, jusqu'à ce que Sam bâille et s'étire.

Nick lui prit la main.

— Tu n'es pas obligée, tu sais.

Sentant qu'elle rougissait, Sam détourna le regard. *C'est ridicule*, pensa-t-elle. Elle avait déjà passé de nombreuses nuits avec Nick et ces heures avaient toujours été fort agréables. Pourquoi se sentait-elle soudain timide et embarrassée ?

— Je sais.

— Je t'ai placée dans une situation embarrassante en venant ici, constata Nick après l'avoir observée attentivement.

— Non, ce n'est pas ça. C'est…

Sam n'acheva pas sa phrase, faute de savoir précisément ce qui la troublait. Et puis elle se rendit compte que le problème, c'était Joss. Elle était sur son territoire : si elle couchait avec Nick ici, ce serait manquer de respect envers son ancien petit ami. *Mais Joss t'a manqué de respect en amenant sa nouvelle petite amie au pub*, lui soufflait une voix dans sa tête. Alors, était-ce vraiment grave si elle recouchait avec Nick ? Joss était passé à autre chose, il était temps qu'elle l'imite. Et qui de mieux pour franchir cette étape qu'un homme aussi sexy que Nick le magnifique ?

Avec une lenteur délibérée, elle pencha son visage tout près du sien.

— Ce n'est rien, déclara-t-elle fermement. On va s'amuser un peu ?

Il l'attira encore, en lui prenant le visage dans une main.

— À condition que tu sois sûre de le vouloir.

Elle lui effleura les lèvres des siennes, ce qui alluma une lente combustion dans son ventre.

— Je suis sûre.

Nick l'attira à lui et l'embrassa. C'était familier et nouveau à la fois. Lorsqu'ils s'écartèrent au bout de quelques secondes, Sam avait le souffle coupé. Bon sang, elle avait oublié comme c'était bon !

— À ton avis, le prosecco sera assez frais, maintenant ? demanda-t-elle en le regardant dans les yeux.

Nick sourit.

— Je pense qu'il va être pile à la bonne température.

— Super, murmura Sam, en l'aidant à se lever. Allons vérifier ça.

Chapitre 6

Il fallut à Sam quelques clignements de paupières pour se rappeler qu'elle se trouvait dans la chambre d'hôtes à l'étage, et deux autres pour se souvenir de la séquence d'événements qui l'y avait conduite. Elle se tourna sur le flanc et vit Nick allongé à côté d'elle : sa tignasse de cheveux bruns contrastait avec la blancheur des draps de coton égyptien. Il y avait eu du prosecco, elle s'en souvenait, et de longs baisers. Puis Nick et elle s'étaient mutuellement déshabillés, prenant plus de temps pour s'explorer qu'ils ne l'avaient jamais fait lors de leurs précédentes rencontres. Bien que plus tonique et plus musclé que dans son souvenir, il n'avait pas beaucoup changé : c'était pour l'essentiel le même Nick. Ce qui était différent, c'était qu'il accordait plus d'importance qu'autrefois à leur étreinte, Sam le sentait. Auparavant, c'était l'occasion qui faisait le larron, couplée à un même désir de s'amuser, mais cette fois-ci, Nick avait délibérément cherché à passer cette nuit avec elle, il avait effectué un long voyage dans ce but. Bref, l'enjeu était plus élevé et Sam en était troublée.

Elle consulta sa montre : sept heures trente. Nessie devait être à la cuisine, en train de préparer le petit déjeuner. Sam n'avait aucun moyen de se faufiler jusqu'à sa chambre sans se faire prendre, avec les lattes grinçantes qui jalonneraient son parcours. De toute façon, elle était certaine que Nessie avait déjà fait le rapprochement, soupçon bientôt confirmé lorsqu'un petit déjeuner pour deux fut déposé devant la porte juste après huit heures.

Sam réveilla Nick, évitant le bras qui essayait de s'enrouler autour de sa taille.

— Réveille-toi. Il y a un petit déjeuner anglais complet, avec ton nom dessus si tu as faim.

Elle souleva la cloche argentée au-dessus de l'assiette, ce qui libéra aussitôt des effluves de bacon. Nick sourit.

— Oh, que oui ! Mais si mon coach personnel t'interroge, j'ai pris une boisson protéinée et du beurre de cacahuète sur des toasts de pain complet, d'accord ?

Nessie ne fit aucun commentaire lorsque Sam, les cheveux encore humides de sa douche, rapporta les plateaux vides une heure plus tard. Elle leva les yeux de son journal pendant que Sam chargeait le lave-vaisselle et se versait une tasse de thé.

— Il fait quel temps ? demanda-t-elle en s'asseyant à la table de la cuisine.

— Ça va, répondit Nessie. Un peu frais, mais ça devrait se réchauffer avec l'arrivée du soleil. Comment va notre M. Turner ?

Sam ne put s'empêcher de sourire.

— Bien, pour autant que je sache. Il trouve le lit très confortable et affirme vouloir rester une deuxième nuit.

Nessie lui coula un regard intrigué.

— Et ?

— Et quoi ? Je vais bien, moi aussi.

— Je ne te parle pas de ça, répliqua dédaigneusement Nessie. Je te parle du lit. Qu'est-ce que tu en as pensé ?

— Oh, fit Sam. Très bien. Ses colonnes ont été très utiles quand on…

Nessie la coupa d'une main frémissante.

— Épargne-moi les détails. Tant que tu n'as rien cassé, je n'ai pas besoin de savoir.

La seule chose que Sam redoutait de briser, c'était son amitié avec Nick. Mais ce n'était pas la première nuit qu'ils passaient ensemble, ce n'était donc pas un problème, si ?

— On n'a rien cassé, certifia-t-elle à sa sœur. Bon alors, quel est le programme pour aujourd'hui ?

Elles en discutèrent dans la foulée : Connor allait proposer quelques nouvelles bières pour encourager les aficionados à revenir et, qu'il pleuve ou qu'il vente, elles vendraient des saucisses et des bretzels dans le kiosque du jardin. Pour la soirée, Sam avait réservé une fanfare, avec l'espoir qu'ils interpréteraient quelques-unes des reprises effrontées qu'elle avait ajoutées à la playlist du pub, car enfin elle n'avait pas l'endurance nécessaire pour écouter de la musique traditionnelle bavaroise en continu.

— Et toi ? demanda Sam à sa sœur. Est-ce qu'Owen va revenir goûter à la bière, ce soir ?

— Non, Kathryn a un concert et Owen doit garder Luke. Il a dit qu'il essaierait de passer demain aux environs de midi.

— Bien, commenta Sam avec satisfaction. Comme ça, tu lui diras que tu acceptes sa gentille invitation à se bécoter sous les étoiles.

Nessie éclata de rire.

— Ce n'est pas du tout ça. Mais oui, je lui dirai que j'aimerais beaucoup y aller.

Sam lui adressa un sourire malicieux.

— Tout vient à point à qui sait attraper, Nessie. Fais-moi confiance là-dessus.

— Tu as vraiment l'esprit mal tourné, protesta l'intéressée, en lui frappant le bras avec son journal replié. Mais je suis contente de te voir à nouveau heureuse avec quelqu'un, ajouta-t-elle, radoucie. Surtout après ce qui s'est passé avec Will.

Sam ravala la douleur qu'elle éprouva tout à coup en repensant au prix qu'elle avait eu à payer pour cette erreur.

— Ça fait du bien, admit-elle. À ton tour, maintenant.

En voyant Nessie ouvrir la bouche, Sam devina qu'elle était sur le point de faire un commentaire plein d'autodérision. Pourtant, elle dut se raviser, car elle sourit.

— J'espère bien. Vraiment même. Il y a juste le petit problème de mon divorce à régler d'abord.

Patrick, pensa Sam. Une pointe d'irritation venait gâcher son propre contentement. Plus tôt le divorce de Nessie serait prononcé, mieux ce serait.

Sam revenait de la boucherie avec une nouvelle cargaison de saucisses lorsqu'elle vit Joss arriver en sens inverse dans Star Lane. Elle hésita, pensa à faire demi-tour, puis redressa les épaules. Il était temps qu'ils agissent tous les deux en adultes et mettent les choses au clair, au lieu de s'éviter en permanence. Le *Star and Sixpence* était le seul pub du village, il faisait partie intégrante de leur communauté, et elle ne voulait pas que Joss s'y sente mal accueilli. Mais celui-ci était manifestement sur une tout autre longueur d'onde : à l'instant où il la vit, il fit demi-tour et rebroussa chemin.

Sam continua sa route vers le pub en soupirant. Les explications devraient attendre.

Chapitre 7

Les comptes de Patrick rendaient Nessie folle. Il n'avait pas exagéré en affirmant que son entreprise risquait de faire faillite : ses revenus avaient diminué de façon alarmante et lui-même avait, à première vue, de sérieux problèmes de trésorerie. *Pas étonnant qu'il ait songé à déménager à Little Monkham*, pensa Nessie en se passant une main lasse sur le visage. L'opération devait lui apparaître comme la réponse à tous ses problèmes et suffire à le convaincre qu'il l'aimait toujours. Le désespoir avait d'étranges effets sur les gens, après tout, et Patrick et elle ne s'étaient jamais vraiment brouillés. Ils s'étaient juste éloignés.

Elle s'étira et s'approcha pour regarder par la fenêtre du salon. Les arbres de l'esplanade avaient revêtu leurs atours automnaux, à présent, offrant une magnifique symphonie de fauve, de roux et de rouge. Quelques feuilles tourbillonnaient paresseusement avant d'atterrir sur la pelouse, mais la plupart s'étaient accumulées au pied des troncs. Nessie éprouva l'envie soudaine d'en ramasser de grandes brassées pour les jeter en l'air. L'hiver n'allait plus tarder, cela ferait bientôt un an que Sam et elle étaient arrivées au *Star and Sixpence*. Tant de choses avaient changé…

Elle n'avait toujours pas expliqué à Owen la situation dans laquelle elle se trouvait avec Patrick. Quand il était passé au bar, quelques jours après l'Oktoberfest, pour l'informer que Luke et lui avaient prévu d'observer les météorites le vendredi 21, elle avait failli lui en parler. Mais le pub était un endroit trop public pour une conversation aussi personnelle, quand bien même elle l'aurait menée à voix basse. Aussi s'était-elle contentée de répondre qu'elle verrait si elle pouvait se libérer. Sam l'avait accusée de se dégonfler, ce que Nessie n'avait pu nier. On était désormais le 18. Si elle voulait se joindre à Owen et Luke pour admirer les étoiles, elle devait se hâter de tout lui expliquer.

— Je donnerais cher pour connaître tes pensées, lança Sam, en entrant dans le salon.

Nessie se retourna et son regard tomba sur la paperasse désordonnée qui s'entassait sur la table basse, à côté de l'ordinateur.

— Il va falloir que tu casses ta tirelire, dans ce cas, lâcha-t-elle sur un soupir.

— Laisse-moi deviner, dit Sam en grimaçant. Encore un problème avec Patrick ?

Nessie hocha la tête.

— C'est le chaos total. Je n'arrive pas à croire qu'il n'ait pas sollicité de l'aide.

— Il l'a dit lui-même, il refusait d'admettre qu'il en avait besoin, répliqua Sam. Réaction typiquement masculine.

— Je me suis d'ailleurs demandé s'il est vraiment sincère, ajouta Nessie d'une voix hésitante. Sur lui et moi, je veux dire.

— Je dois admettre que je me suis aussi posé la question, avoua Sam. Évidemment, je pense qu'il a eu tort de te laisser filer au départ, mais il y a quelque chose de louche dans sa façon d'agir, tu ne trouves pas ? S'il est si désireux de raviver votre relation, pourquoi ne s'est-il pas manifesté plus tôt ? Quand tu as demandé le divorce, par exemple ?

— D'après lui, il a compris tout à coup qu'il ne voulait pas me perdre.

Sam parut dubitative.

— Ça n'avait pas l'air de le préoccuper beaucoup, quand tu es partie. Écoute, Ness, loin de moi l'idée de lui prêter des arrière-pensées machiavéliques, mais tu devrais quand même veiller à ne pas te faire avoir. Fais bien sûr tout ce que tu peux pour assainir ses comptes, mais ne cherche surtout pas à renflouer ses caisses. Il s'est mis tout seul dans le pétrin, qu'il se tire d'affaire lui-même, conclut-elle, ironique.

Sam avait raison, se dit Nessie. Elle élaborerait un plan d'action pour redresser l'entreprise de Patrick, mais elle ne ferait pas le travail à sa place.

— Tu en as déjà touché deux mots à Owen ? s'enquit Sam.

Nessie s'efforça de rester impassible. Comment sa sœur faisait-elle pour deviner ses pensées ?

— Non, avoua-t-elle.

Sam regarda son téléphone, puis fixa Nessie d'un œil plein de détermination.

— Va le chercher. C'est presque l'heure du déjeuner, il doit être prêt à prendre une pause. Finis-en une bonne fois pour toutes avec cette histoire.

— Il est sans doute dans sa forge, objecta Nessie. Je ne veux pas le déranger.

Sam grogna, frustrée.

— Bon sang, Nessie, mais comment peut-on tergiverser autant ? Vas-y. Maintenant.

Prenant une profonde inspiration, Nessie obéit. Elle savait par expérience que Sam ne lâchait jamais prise. Et de toute façon, sa sœur avait raison. Il était temps pour Owen et elle d'avoir cette conversation.

Même si, à l'autre bout de la pièce, le feu sous la large hotte d'acier n'offrait que de petites flammes inclinées d'un rouge maussade au lieu de l'orange incandescent habituel, la température dans la forge était élevée quand elle s'y faufila. Comme toujours, il flottait dans l'air de légers effluves de fumée et de soufre. Son T-shirt gris couvert de poussière, Owen se tenait du côté de l'établi, polissant une fourchette à griller aux belles torsades, qu'il avait serrée dans un étau. Il affichait la plus grande concentration pendant qu'il transformait l'acier noirci en argent bruni. Fascinée, Nessie s'accorda quelques secondes d'observation : elle aimait voir Owen au travail, son absorption totale dans la tâche à accomplir. Il lui était déjà arrivé de trouver incroyablement sexy le spectacle qu'il offrait, quand il balançait le marteau assez fort pour faire jaillir des étincelles d'une pièce de métal incandescente. C'était donc sans doute une bonne chose qu'il soit engagé dans une tâche moins active ce jour-là. Elle n'avait pas besoin de se laisser déconcentrer.

Elle s'éclaircit la gorge, ce qui amena Owen à lever les yeux… Et il sourit.

— Bonjour, Nessie, lança-t-il en soulevant ses lunettes de protection. Quel bon vent t'amène ?

Nessie sentit sa bouche devenir sèche. Maintenant qu'elle était là, elle n'avait plus la moindre envie de parler de Patrick. Peut-être pourrait-elle inventer une excuse, une raison pour sa visite sans lien aucun avec son mari… Mais il lui faudrait ensuite affronter Sam. La gorge nouée, elle s'obligea à répondre :

— Il faut que je te parle. Tu as une minute ?

Il s'éloigna de l'établi, visiblement inquiet.

— Bien sûr. Laisse-moi juste une minute, le temps de me nettoyer, et on s'installera dans un endroit plus confortable.

Ils optèrent pour une promenade jusqu'au pont. Nessie ne perdit pas de temps, devinant que, si elle ne commençait pas à parler immédiatement, sa résolution faiblirait. Quand elle eut terminé, Owen s'appuya contre le parapet de pierre et l'étudia attentivement.

— Tu es sûre que tu ne veux pas donner une autre chance à votre couple ?

Nessie s'arma de courage et croisa son regard interrogateur.

— J'en suis sûre, répondit-elle. Et avec le temps, il verra que c'est mieux ainsi. D'après Sam, l'heure est venue qu'on aille tous de l'avant.

Owen inclina la tête.

— Ta sœur est pleine de sagesse.

Bercés par le clapotis de la rivière sous le pont, ils restèrent plusieurs secondes sans rien dire, à regarder les branches se balancer sous la brise.

— J'ai l'impression qu'il n'y a pas cinq minutes, toutes leurs feuilles étaient vertes, constata Owen au bout d'un moment, devant une nuée de feuilles marron qui tombaient sous leurs yeux. Rien ne dure longtemps, hein ?

Nessie hésita. Parlait-il des arbres ou de la vie en général ?

— Quand j'étais jeune, je me sentais triste en voyant les feuilles mortes, toutes recroquevillées, dit-elle en regardant celles qui tourbillonnaient devant eux. Et puis un jour, ma mère m'a expliqué que leur dépérissement faisait partie d'un schéma plus grand. Pour que l'arbre puisse grandir, les vieilles feuilles doivent laisser place à celles qui vont éclore au printemps.

Owen la regarda d'un œil amusé.

— La nature a beaucoup à nous apprendre, tu ne crois pas ?

Cette fois, Nessie était sûre qu'il ne parlait pas seulement des arbres. Soutenant son regard, elle sourit.

— Oui, probablement.

Incrédule, Sam fixait le sac à dos plein à craquer sur la table de la cuisine.

— Bon sang, Nessie, tu pars pour quelques heures, pas pour une semaine !

Nessie croisa ses bras.

— Owen m'a prévenue qu'il faudrait sans doute se couvrir chaudement, se défendit-elle. Alors j'ai pris notre couverture de pique-nique et le plaid. J'ai aussi emporté une Thermos de chocolat chaud, au cas où Luke aurait envie d'en boire, trois bouillottes et quelques encas.

— Bref, presque rien du tout, commenta Sam en secouant la tête d'un air amusé. En cherchant bien, tu devrais trouver un peu de place pour emporter aussi de quoi faire la vaisselle.

— Vas-y, grommela Nessie. Moque-toi de moi. Mais si je dois passer les deux prochaines heures assise dans un champ obscur à regarder le ciel, je veux être correctement préparée.

— D'accord, concéda Sam. Mais tu ferais mieux d'y aller, non ? Il est déjà vingt-trois heures.

Nessie enfila son manteau le plus chaud et hissa le sac à dos sur ses épaules, non sans se demander si les bouillottes n'étaient pas une erreur.

— Bon, déclara-t-elle. Je suis prête.

Sa sœur sourit.

— Que la force soit avec toi ! Ou quelle que soit cette citation ridicule. Et s'il y a moyen de se peloter sous la couverture, n'hésite pas.

— Sam ! protesta Nessie, même si elle ne put s'empêcher de rire. Soit, peut-être.

— Bravo ! Tu n'es donc pas un cas totalement désespéré.

Owen et Luke attendaient à la porte du Cottage des Perce-neige.

— Prête ? demanda Owen quand Nessie les rejoignit.

— J'ai hâte, répondit-elle, enthousiaste.

Luke ne montra aucun signe de fatigue sur le trajet, même si, Nessie le savait, son heure de coucher était largement dépassée. Il fixait le ciel avec des yeux pleins d'espoir.

— On pourrait voir quelques météorites maintenant, si on regarde bien.

À la sortie du village, quand ils eurent laissé la lueur des lampadaires derrière eux, Owen leur distribua des lampes frontales.

— On peut marcher à la lumière de la lune, mais mieux vaut éviter les accidents.

Luke sourit, le visage blanchi par l'éclat de sa torche.

— Une année, papa a marché dans une bouse de vache.

— Beurk ! s'exclama Nessie.

Et Sam qui lui avait prédit une soirée romantique ! La bouse de vache ne s'accordait guère au tableau. En tout cas, elle était contente d'avoir opté pour ses bottes en caoutchouc. Si elle n'avait guère envie de s'allonger dans un champ jonché de bouses – couverture de pique-nique ou pas –, elle y ferait face le moment venu.

Une fois dans le champ, elle s'aperçut néanmoins qu'elle aurait pu se dispenser d'apporter ses plaids. De toute évidence, Owen était venu là un peu plus tôt dans la journée : trois chaises longues étaient installées au milieu des bosses de l'étendue herbeuse, équipées de coussins et d'épaisses couvertures molletonnées. Un panier de pique-nique en osier trônait à côté d'elles.

Nessie se tourna vers Owen.

— Ce n'est pas une première pour toi.

— Je l'ai déjà fait une fois ou deux, répondit-il avec un sourire. Je ne vais pas te mentir, regarder les météorites des Perséides en août est généralement plus agréable, mais au moins il ne pleut pas.

Luke jeta un regard méprisant à son père.

— C'est évident. On ne pourrait pas voir le ciel s'il pleuvait.

Nessie était sur le point de répondre quand une traînée argentée traversa le ciel.

— Oh ! s'exclama-t-elle. Qu'est-ce que c'était ?

Owen souleva la couverture de la chaise la plus proche et l'y fit asseoir.

— On dirait bien que le spectacle va commencer. Installons-nous confortablement.

Il drapa la couverture sur ses jambes, prenant le temps de s'assurer qu'elle était bien enveloppée, avant de s'installer dans le fauteuil à côté d'elle. Luke se hissa sur le dernier siège et ils demeurèrent plusieurs minutes à fixer le ciel.

— Oh ! s'écria Nessie en fouillant dans son sac à dos. J'allais oublier. On devrait boire ça avant que ça ne refroidisse.

Elle sortit sa Thermos. Owen sourit et fouilla dans le panier en osier.

— Les grands esprits se rencontrent ! fit-il en brandissant sa propre Thermos. Je pense qu'on est prêts pour le chocolat chaud.

Nessie sourit.

— Mais est-ce que tu as aussi pensé à apporter l'ingrédient magique ? demanda-t-elle en sortant un sac de miniguimauves.

— Génial ! s'exclama Luke dont les yeux s'étaient illuminés. Tu auras le droit de revenir avec nous, Nessie !

Une fois le chocolat chaud versé, ils éteignirent leur torche et s'installèrent pour observer le ciel. Nessie appuya la tête contre son coussin et leva les yeux, heureuse de la chaude couverture molletonnée qui la protégeait de l'air froid de la nuit. Les étoiles semblaient beaucoup plus brillantes ici, loin du village, et elles scintillaient d'une manière inédite à ses yeux, comme si elles faisaient des efforts supplémentaires.

— Les pluies de météorites sont nommées d'après la constellation d'où elles proviennent, expliqua doucement Owen. Dans ce cas, c'est Orion. Il s'agit de débris de comètes qui se consument à l'entrée dans notre atmosphère.

— Combien en verrons-nous ? demanda Nessie, en scrutant le ciel à la recherche de flamboiements révélateurs.

— C'est difficile à dire – parfois, il n'y en a qu'une ou deux. Mais par une nuit claire comme celle-ci, on peut espérer en voir entre dix et vingt par heure.

— Là ! cria soudain Luke.

Nessie entrevit un vif éclat.

— Vu ! lança-t-elle, tout excitée. Oh, et encore une autre !

Et ils en repérèrent ensuite une presque toutes les deux minutes. Certaines étaient plus brillantes que d'autres et Nessie trouva plus facile d'attendre leur surgissement dans le calme que de chercher activement leurs traces flamboyantes.

— Waouh, elle était énorme, celle-là ! s'exclama Luke, aussi ravi qu'elle. N'oublie pas de faire un vœu !

J'aimerais savoir ce qu'Owen ressent, pensa Nessie, en tournant les yeux vers lui, même si elle ne voyait rien d'autre qu'un léger contour pâle. Et soudain, elle sentit qu'on tirait légèrement sur sa couverture, puis les doigts d'Owen se faufilèrent en dessous et s'enroulèrent autour des siens. Nessie sourit dans l'obscurité, en proie à une soudaine bouffée de chaleur. *Waouh !* pensa-t-elle en levant de nouveau les yeux vers le ciel. L'univers ne manquait pas d'efficacité.

Chapitre 8

— Alors ? demanda Sam quand elle croisa Nessie sur le palier, le lendemain matin.

— C'était super, répondit Nessie en souriant. Je pense qu'au bout du compte, on en a vu plus de vingt, ce qui, d'après Luke, est mieux que l'année dernière.

— Je ne parle pas des météorites, grommela Sam avec exaspération. Ce qui m'intéresse, c'est Owen et toi. Il s'est passé quelque chose ?

Nessie repensa à la nuit précédente, quand Owen lui avait pris la main sous la couverture. Sam s'attendait clairement à plus, mais pour Nessie, c'était suffisant.

— Peut-être.

Sam gémit.

— J'ai l'impression de regarder un de ces affreux films en costume, où tout le monde est trop coincé pour flirter. Pourquoi vous ne pouvez pas prendre une chambre tous les deux, qu'on en finisse et qu'on puisse reprendre le cours de notre existence ?

Sa sœur rougit.

— Il n'y a pas urgence, Sam. Owen et moi, on aime prendre notre temps.

— Il y a quand même une différence entre prendre son temps et prendre l'éternité, répliqua Sam avec un soupir. Les glaciers ont dégelé plus vite que vous.

Nessie passa devant lui pour se réfugier dans la salle de bains.

— Si tu veux savoir, il m'a tenu la main.

— Et ?

— Et c'est tout, répondit Nessie. Comme je te l'ai dit, on prend notre temps.

Elle referma la porte, laissant une Sam incrédule sur le palier. C'était un pas dans la bonne direction, certes, mais à ce rythme, elle aurait cinquante ans avant qu'ils ne sortent ensemble. Il était temps de tenir un autre conseil stratégique avec Kathryn.

Sam se rendait au Cottage des Perce-neige, le samedi après-midi suivant, quand elle vit Joss arriver. Son premier réflexe fut de continuer à marcher comme si de rien n'était, mais il affichait un air si déterminé qu'elle ne pourrait pas s'esquiver, impossible.

— Comment vas-tu, Joss ? demanda-t-elle d'un ton brusque.

Il la fixa de ses yeux bleus.

— Pas mal. Et toi ?

— Bien. Débordée, comme toujours.

— L'Oktoberfest s'est bien passée, constata-t-il. Vous avez proposé une bonne sélection de bières.

Sam haussa les épaules.

— Je n'y suis pour rien : tout le mérite revient à Connor. Il est génial.

Pas autant que toi, eut-elle envie de nuancer, mais elle savait que les compliments ne serviraient à rien. Il avait fait son choix pendant l'été.

Joss se balançait d'un pied sur l'autre.

— En tout cas, comme je te l'ai dit, ça a eu l'air de bien se passer.

Sam ne répondit rien. De près, il paraissait encore plus jeune sans sa barbe, même si les ridules autour de ses yeux trahissaient son âge réel. Elle avait vu le rire plisser ces yeux un nombre incalculable de fois lorsqu'ils étaient en couple. Car ils avaient beaucoup ri.

— Je t'ai vue avec Nick.

C'était un constat, sans reproche caché, mais Sam connaissait Joss. Il la provoquait dans le but d'obtenir une réaction.

— Oui, et moi, je t'ai vu avec ta nouvelle petite amie. Où veux-tu en venir ?

Il la dévisagea.

— Nulle part. Je… je regrette juste que tu n'aies pas été honnête avec moi depuis le début, Sam. Si j'avais su, pour Nick et toi, je n'aurais jamais commencé à sortir avec toi, et on aurait pu s'épargner pas mal de chagrin.

Son masque d'indifférence glissa un peu, ce qui permit à Sam d'entrevoir la blessure dissimulée dessous, qu'il n'avait manifestement toujours pas fini de soigner.

— Il n'y avait rien à dire, répliqua Sam.

— Je lis les journaux. Je sais que c'est faux.

Sam grogna de frustration.

— Ce n'était rien de plus que de la comédie : Nick et moi, on était juste amis. Et si tu n'avais pas piqué une crise, c'est tout ce qu'on serait encore maintenant.

Elle savait qu'elle aurait mieux fait de se taire, mais la réplique était sortie toute seule : les accusations de Joss la faisaient autant souffrir que quelques mois plus tôt.

Il se ferma, l'expression butée.

— Tu agis comme si j'étais un enfant, Sam, alors que je suis à peine plus jeune que toi. Et que tu le veuilles ou non, tu es autant à blâmer que moi dans cette histoire. (Il serra les poings.) Tu m'as caché des choses, tu t'es bien abstenue de me parler de Will ou du fait que tu allais retrouver Nick à Londres. Vu toutes tes cachotteries, qu'est-ce que j'étais censé en conclure ?

— Tu as raison, admit Sam dans un murmure. Je suis également à blâmer. Et pour ce que ça vaut, je suis désolée.

Il resta quelques instants silencieux, avant de répliquer :

— Tu es sincère ?

Elle posa une main sur son bras.

— Bien sûr que oui, Joss. On était bien ensemble. Tu me manques.

Joss la regarda une seconde ou deux, puis lui retira la main.

— Je ne comprends pas. Tout ce que j'ai toujours voulu, c'est que tu me laisses entrer, que tu baisses ta garde. Mais comme tu ne m'as jamais vraiment fait confiance, je n'ai pas réussi à le faire de mon côté.

Sam le regarda avec consternation.

— Mais si, je te faisais confiance !

— Pas assez, gronda Joss en lançant un regard au *Star and Sixpence*. Et tu te fiais davantage à Nick Borrowdale.

Sur quoi, il pivota sur ses talons.

— Il a été là pour moi, lui au moins, lança-t-elle. Il m'a montré qu'il tenait à moi !

Joss s'immobilisa et fit volte-face pour planter son regard dans le sien.

— Je tenais à toi, Sam. C'était bien là le problème.

Et il s'éloigna à grandes enjambées, laissant Sam sous le choc. *Je tenais à toi, moi aussi*, avait-elle envie de crier, sauf qu'il ne la croirait pas, elle le savait. À partir du moment où il avait découvert l'existence de Will, il s'était forgé une idée fausse à son sujet, et rien ne saurait le convaincre du contraire.

— On dirait que tu as vu un fantôme, constata Kathryn en ouvrant la porte à Sam. Ne me dis pas qu'Elijah Blackheart t'a joué un de ses vieux tours éculés ?

Sam se laissa tomber dans le canapé du salon et enfouit son visage entre ses mains.

— Pourquoi faut-il que tout soit si compliqué dans ma vie ? demanda-t-elle. Pourquoi les choses ne pourraient pas se passer en douceur pour une fois ?

Kathryn s'assit en face d'elle.

— De quoi on parle, là ? De travail ? De relations amoureuses ? D'une nouvelle recette de cocktail un peu délicate ?

Sam secoua la tête.

— Des hommes. Je viens de croiser Joss et… disons pour faire simple qu'on n'est pas près de redevenir amis.

— Il est têtu, commenta Kathryn. Et fier, avec ça. Il doit avoir du mal à te voir dans tous les journaux au bras de Nick. (Elle leva les mains pour intimer le silence à Sam.) Je sais pourquoi tu l'as fait. Je dis juste que ça a attisé la colère de Joss, c'est tout.

— Une colère infondée, objecta Sam. Cette histoire avec Will a eu lieu bien avant que je rencontre Joss, je te rappelle.

— Je sais, répondit Kathryn. Mais il a toujours été un peu jaloux de Nick et il s'est toujours senti un peu en danger, avec toi. Alors maintenant que vous êtes ensemble, Nick et toi, ça risque d'être difficile pour lui, surtout s'il réalise qu'il ne peut s'en prendre qu'à lui-même.

— Tu crois que c'est le cas ? s'enquit Sam, perplexe.

— Quoi ? Qu'il a agi comme un idiot ? ironisa Kathryn. Beaucoup de gens le lui ont dit, en tout cas, donc j'imagine que l'idée a fait son chemin. Ne t'inquiète pas, il va finir par se calmer… Un jour ou l'autre.

Sam prit une profonde inspiration et chassa Joss de son esprit.

— Enfin, ce n'est pas comme si ça avait vraiment de l'importance. Et toi, comment ça va ?

Kathryn s'installa plus confortablement dans le canapé.

— Ça va. J'ai parlé à Owen, je lui ai dit que je voulais faire plus de concerts.

— Et ?

— Il l'a bien pris. Donc il ne nous reste plus qu'à trouver le moyen de le faire sortir de cette maison afin que Nessie y soit requise pour faire du baby-sitting. Des idées ?

Sam visualisa mentalement le programme du mois à venir.

— On a le bal d'Halloween dans quelques jours, mais il est évident qu'ils y assisteront tous les deux, et Luke aussi. Tu ne peux pas inviter Owen à un concert, comme tu l'as fait une fois ?

Kathryn réfléchit.

— Si. Je ne pense pas qu'il ait vraiment apprécié, mais je pourrais lui mettre un peu la pression, le culpabiliser de ne pas me soutenir davantage.

Sam lui jeta un regard admiratif.

— J'aime bien ta façon d'aborder les problèmes. C'est quand, ton prochain concert ?

Elles comparèrent leurs agendas et choisirent une date à laquelle Nessie avait toutes les chances d'être libre, selon les supputations de Sam. Kathryn promit de travailler Owen au corps dès que possible et Sam d'amadouer Nessie, même si elle savait que sa sœur, qui adorait Luke, aimait beaucoup s'occuper de lui. Plus Owen et Nessie seraient poussés l'un vers l'autre, plus ils seraient enclins à céder à leur attirance évidente et plus leur entourage serait heureux.

Après avoir comploté avec Kathryn, Sam se rendit à Weir Cottage pour rendre une petite visite à Ruby. Celle-ci n'était pas venue au pub, la veille au soir, et bien que cela se soit déjà produit, c'était assez inhabituel. Une méchante grippe ayant circulé parmi les habitants du village, Sam tenait à s'assurer que Ruby ne l'avait pas attrapée.

Personne ne répondit aux coups qu'elle frappa à la porte. Inquiète, Sam jeta un coup d'œil aux fenêtres, toujours occultées par des rideaux alors que l'après-midi était déjà bien entamé. Elle décida de passer par le portillon latéral : peut-être Ruby était-elle dans son jardin et ne l'avait-elle pas entendue frapper.

Personne non plus là-bas et la porte de derrière était fermée, elle aussi. Sam en tourna la poignée : verrouillée. La main en visière sur ses yeux, elle regarda par la fenêtre. Ce qu'elle découvrit lui glaça le sang. Ruby gisait, immobile, sur le sol de la cuisine, une bouteille brisée à ses côtés.

Sam frappa un coup brusque à la fenêtre.

— Ruby ! cria-t-elle. Vous m'entendez ?

L'intéressée parut sourde à son appel. Sortant son téléphone, Sam appela Nessie.

— Tu sais si quelqu'un a la clé du cottage de Ruby ? demanda-t-elle, dès que sa sœur eut décroché.

— Euh… aucune idée, balbutia Nessie. Franny en a peut-être une, ou Joss… Il la ramenait souvent chez elle, quand il travaillait encore ici. Pourquoi, que s'est-il passé ?

Joss, pensa Sam. *Pourquoi faut-il que ce soit Joss ?* Mais ce n'était pas le moment de se tourmenter avec ce genre de questions.

— Appelle-les tous les deux et vois si l'un d'entre eux peut venir tout de suite à Weir Cottage ! aboya Sam. Ruby a eu une sorte d'accident, mais je ne peux pas entrer pour l'aider. Elle ne bouge pas.

Et raccrochant au nez de Nessie, elle composa immédiatement le numéro des urgences, en priant pour qu'il ne soit pas trop tard.

Chapitre 9

Joss parvint, essoufflé, devant le portail du cottage, où Sam l'attendait.

— Qu'est-ce qui se passe ? s'enquit-il, hors d'haleine. Nessie dit que Ruby s'est blessée ?

— Je pense qu'elle est tombée, répondit Sam en le conduisant à l'arrière de la maisonnette. L'ambulance est en route, mais je suis inquiète, car elle ne bouge pas.

Joss regarda par la fenêtre, l'air inquiet.

— Recule, lança-t-il à Sam.

Il lui fit signe de s'écarter et se planta devant la porte.

— Qu'est-ce que tu fais ? s'inquiéta-t-elle. Tu n'as pas la clé ?

Il secoua la tête.

— Je la lui ai rendue quand j'ai quitté le pub. Maintenant, écarte-toi. Il ne manquerait plus que tu sois blessée, toi aussi.

Sam obéit, non sans jeter un coup d'œil à l'allée, dans l'espoir de voir arriver Franny ou l'ambulance. Mais aucun signe de l'une ou de l'autre à l'horizon et chaque minute qui passait pouvait faire la différence pour Ruby. Elle vit Joss bander ses muscles puis donner un coup d'épaule contre la porte.

La menuiserie craqua, mais tint bon sous le premier assaut. Joss serra la mâchoire et se précipita de nouveau. Au troisième coup, le bois céda, le battant s'ouvrit à la volée. Joss trébucha et tomba à l'intérieur.

— Ça va ? fit Sam en se ruant à sa suite.

Joss se frotta l'épaule et la fit rouler.

— C'est bon, lâcha-t-il. Va plutôt voir Ruby.

Sam s'agenouilla avec précaution parmi les débris de verre et regarda son amie. Celle-ci, quoique livide, respirait encore. Ses yeux papillotaient sous des paupières inhabituellement vierges de maquillage.

— Elle est toujours en vie, annonça Sam. Est-ce qu'on devrait essayer de la déplacer ? De la mettre en position latérale de sécurité ?

Du bruit se fit entendre à l'extérieur et Franny apparut, précédant les ambulanciers.

— Dieu merci ! s'écria Sam, qui échangea un regard soulagé avec Joss.

Elle accompagna Ruby dans l'ambulance, sans avoir pu remercier Joss pour son aide, car il était en pleine conversation avec Franny et puis, de toute façon, ils n'auraient pas eu le temps : les urgentistes voulaient emmener Ruby à l'hôpital le plus vite possible. Selon eux, elle s'était cogné la tête en tombant sur le sol carrelé de sa cuisine et elle avait perdu connaissance. Ce qui les inquiétait vraiment, c'était une fracture probable de la hanche, mais ils ne pouvaient rien diagnostiquer avec certitude sans une radiographie.

Sam s'était donc contentée d'adresser un sourire reconnaissant à Joss lorsque les portes de l'ambulance s'étaient refermées, heureuse qu'il ait acquiescé en réponse. Peut-être – oui, peut-être – était-ce le début d'un cessez-le-feu entre eux.

Nessie resta pour nettoyer le désordre. Franny proposa son aide, mais Nessie décela dans ses yeux une lueur suggérant qu'elle brûlait de fouiner ici ou là et refusa en se disant que Ruby n'apprécierait certainement pas.

Elle ramassa le verre brisé – une bouteille de chablis plutôt correcte – et épongea le vin répandu sur le sol. Il y avait une bouteille de gin vide non loin de là, qu'elle emporta à la poubelle de recyclage… Et ce qu'elle y vit la fit réfléchir. Le panier noir contenait cinq bouteilles de vin vides et une grande bouteille de gin, tout au fond. Comme le camion de recyclage passait le jeudi matin, il fallait en conclure que Ruby avait bu tout cela en deux jours. Nessie se mordit la lèvre. Elle n'avait pas réalisé que leur amie consommait autant d'alcool. Pas étonnant qu'elle ait fait une chute.

De retour dans le cottage, elle ouvrit les placards, à la recherche de produits de nettoyage. Si elle ne trouva pas beaucoup de M. Propre, elle mit en revanche la main sur une énorme quantité d'alcool. Il y en avait partout : caché sous l'évier, dans les placards à côté des boîtes de soupe, au congélateur. Elle avisa même une bouteille de gin à moitié vide à côté du lit de Ruby, flanquée d'un verre avec une tranche de citron ratatinée tout au fond.

Nessie rassembla tout son butin et le déposa dans l'égouttoir : vingt-huit bouteilles de vin, de porto, de vodka et de gin au total, certaines ouvertes, d'autres encore intactes. Elle observa l'ensemble avec une horreur muette. Ruby n'aimait pas seulement boire, elle était alcoolique, comme l'avait été leur père, à Sam et elle.

Nauséeuse, elle versa le contenu des bouteilles ouvertes dans l'évier. Puis elle trouva des sacs et emballa ce qui restait. À un moment donné, Ruby allait rentrer chez elle et Nessie ne voulait pas qu'il reste une seule goutte d'alcool dans la maison.

Elle fit un dernier tour avant de partir, pour s'assurer de n'avoir rien oublié. Une pièce était fermée à clé, à l'avant du cottage. Nessie fouilla la coiffeuse de Ruby, en prenant soin de ne pas déranger son précieux maquillage, jusqu'à ce qu'elle trouve la clé. Redoutant ce qu'elle s'apprêtait à découvrir, elle tourna lentement la poignée.

C'était un sanctuaire dédié aux années que Ruby avait passées sur les planches. Il n'y avait pas de lit. Les murs étaient tapissés de photos encadrées – certaines en noir et blanc, d'autres en couleur – d'une Ruby beaucoup plus jeune, aux côtés d'une pléthore de visages célèbres. Nessie reconnut tous les grands : Laurence Olivier, Cary Grant, Judi Dench toute jeune et bien d'autres encore. Il y avait aussi des photos de Ruby et d'un petit garçon, tous deux souriant à l'appareil, et d'un homme que Nessie ne parvint pas à identifier, mais qui avait dû être son mari. S'ensuivaient enfin des photos qu'elle ne se serait jamais attendue à trouver : de Sam et elle, enfants. Les clichés avaient dû appartenir à leur père et Ruby les avait sans doute récupérés au pub, après sa mort.

— Ruby ! murmura Nessie en regardant les photos, le cœur serré.

Ses yeux se promenèrent sur le bureau où se trouvaient les photos de sa sœur et elle et se posèrent sur un paquet d'enveloppes manuscrites, ficelées avec soin. Elles étaient adressées à Sam et Nessie Chapman, chez leur mère. Toutes portaient la mention « Retour à l'expéditeur » tracée d'une encre rouge pleine d'arrogance.

Nessie ne se rendit pas compte du temps qu'elle passa à scruter les enveloppes. Sa mère avait toujours prétendu que leur père avait disparu sans laisser de traces et n'avait jamais essayé de contacter ses filles. Ces lettres prouvaient qu'elle avait menti. Nessie tendit la main et suivit le tracé de son nom sur l'enveloppe au sommet du paquet. Pendant un instant, elle fut tentée d'en ouvrir une, mais, même si elles étaient destinées à Sam et elle, il semblait indélicat de les lire dans le dos de Ruby. Une fois que celle-ci serait remise sur pied, Nessie l'interrogerait à leur sujet. En attendant, les lettres resteraient à attendre, non lues, là où elles se trouvaient.

L'hôpital confirma que Ruby s'était cassé la hanche. La pose d'une broche dans la fracture ne pouvait pas être réalisée tant que le sang de Ruby contenait de l'alcool et, en attendant, celle-ci se montrait tour à tour charmante et difficile. Au cours des jours suivants, Sam et Nessie se rendirent à l'hôpital à tour de rôle, mais leur amie ne manquait pas de visiteurs : lorsqu'il s'agissait de s'occuper des siens, Little Monkham savait se mobiliser.

Le soir du bal d'Halloween, Sam et Nessie avaient envie de tout, sauf de décorer le *Star and Sixpence*. Mais les clients allaient bientôt arriver, déguisés et s'attendant à une soirée dégoulinante d'hémoglobine : impossible d'annuler.

Nick débarqua au moment où Sam suspendait des araignées scintillantes au plafond. Coiffé d'un tricorne noir qui lui couvrait les yeux, il posa sur elle un regard menaçant.

— Elijah Blackheart, à votre service, m'dame, lâcha-t-il d'une voix gutturale. Si vous pouviez me remettre tous vos bijoux et objets de valeur, j'vous en serais très reconnaissant.

Sam descendit de son escabeau et l'examina d'un air suspicieux.

— Voilà un chapeau très convaincant. C'est celui que tu portes dans *L'Auberge des contrebandiers* ?

— Ça se pourrait, répondit Nick avec un sourire. Ne le dis surtout pas au service des accessoires.

Sam éclata de rire.

— Tu ferais bien de le tenir fermement, alors. Tu sais comment sont tes fans : elles feraient n'importe quoi pour posséder un accessoire des *Contrebandiers*.

— Comment seras-tu déguisée ? s'enquit Nick en l'embrassant sur la joue. (Il avait aussi rasé son habituelle courte barbe pour coller à son rôle.) S'il te plaît, dis-moi que c'est quelque chose de fabuleux.

Sam sourit en pensant au costume moulant de Catwoman qui attendait dans son armoire à l'étage.

— Avec moi, ton bandit de grand chemin sera élevé au rang de super-héros.

— Attends de voir ça, lança Nessie de l'autre côté du bar. Je suis presque sûre que Franny va nous faire un infarctus.

— À moins que ce ne soit Henry, dit Sam, avec un sourire malicieux. Comment ça va, sinon ? Les chambres d'hôtes sont toutes réservées, j'en ai bien peur. JoJo et sa sœur séjournent chez nous, donc tu devras partager ta couche avec moi. Ça ne te dérange pas ?

— Je suis sûr que je survivrai, répondit Nick, les yeux pétillants. Je peux faire quelque chose pour vous aider ? ajouta-t-il en désignant le bar.

Sam sourit et lui tendit une poignée de punaises.

— Merci d'avoir posé la question. Tu es un expert en chauves-souris ?

À vingt et une heures trente, Sam regrettait déjà son choix de costume. Il était trop chaud, trop serré et laissait à désirer en termes de confort. En revanche, oui, il faisait tourner les têtes, c'était indéniable. Les yeux de Nick s'étaient illuminés lorsqu'elle avait franchi la porte de la chambre et il l'avait embrassée d'une manière qui ne laissait aucun doute sur ce qu'il en pensait. Il y avait eu un moment de silence gratifiant lorsqu'elle était entrée dans le bar bondé, interrompu par un long sifflement qui l'avait presque fait rougir. N'empêche, Sam commençait à regretter de ne pas avoir opté pour un costume de vampire vénitien classique, comme Nessie – bref, tout costume qui ne lui faisait pas perdre une demi-heure, chaque fois qu'elle se rendait aux toilettes.

Owen et Luke étaient venus en Batman et Robin – trop mignon. Connor faisait un élégant Zorro, avec sa rapière à l'air menaçant. Franny paraissait habillée en Elizabeth Ire et Henry ressemblait beaucoup à Henry VIII, autrement dit un couple bizarrement incestueux aux yeux de Sam. Nick-Elijah Blackheart faisait l'objet d'une attention incroyable. Comme Sam l'avait prédit, les inconditionnelles de *L'Auberge des contrebandiers* avaient presque aussitôt reconnu l'authenticité du chapeau et elle avait entendu plus d'une invitée surexcitée comploter pour le voler à la fin de la nuit. Inévitablement, certains invités avaient revêtu des tenues similaires, mais la plupart en rirent. Un ou deux costumes étaient si habilement conçus que Sam ne parvenait même plus à identifier qui se trouvait dessous. Quant à Joss, elle ne le repéra nulle part et supposa donc qu'il avait décidé de ne pas venir.

À vingt-deux heures trente, la fête battait son plein. Les cocktails Tempête de ténèbres de Connor étaient très appréciés. Le mélange cidre et rhum avec un soda au gingembre s'avéra si puissant que plus d'un invité avait l'air mal en point. Le groupe de musique que Sam avait réservé fit danser tout le monde grâce à des reprises de morceaux choisis au fil de toutes les décennies. Nick entraîna Sam dans cette machine à remonter le temps, mais elle dut sortir ensuite prendre l'air. Et puis, juste avant vingt-trois heures, les lumières s'éteignirent.

— Pas de panique, lança-t-elle en maugréant en son for intérieur. Les plombs viennent de sauter. Laissez-moi trouver une torche et la lumière reviendra en un clin d'œil.

Dans la cave, il ne lui fallut qu'un instant pour actionner l'interrupteur. Un cri de joie à l'étage lui indiqua que la lumière était revenue, bien que la cave reste obstinément plongée dans l'obscurité. Perplexe, elle fixa le tableau électrique, vérifiant si un autre interrupteur avait disjoncté, mais tout semblait en ordre. Peut-être que l'ampoule avait claqué, pensa-t-elle en braquant sa torche vers le plafond. Dans ce cas, ça attendrait jusqu'au matin.

Elle rebroussa prudemment chemin vers l'escalier. Une ombre se dessina dans l'embrasure de la porte : une silhouette coiffée d'un tricorne.

— Bon sang, Nick, tu m'as fait peur !

Elle atteignit le haut de l'escalier, mais s'arrêta, car Nick n'avait pas bougé. Le visage dissimulé dans l'ombre, il la regarda en silence pendant quelques secondes, puis brusquement, il lui passa un bras dans le dos pour l'attirer à lui et l'embrasser avec fougue.

Une déflagration de chaleur se propagea à travers Sam. Elle se cramponna d'une main à la rampe pour ne pas chuter, tandis que l'autre s'enroulait autour du cou de Nick. Leur baiser se prolongea, de plus en plus profond et passionné à chaque seconde, jusqu'à ce que Sam en vienne à se dire qu'il pourrait la prendre dans ses bras pour l'emporter à l'étage et aller plus loin. Ce baiser était différent de tous ceux que Nick lui avait donnés jusqu'à présent : étrange et ardent, mais familier en même temps.

Puis il s'écarta, aussi brusquement qu'il avait commencé. Dans un tourbillon de cape, il tourna les talons et partit. Sam le regarda s'éloigner, sidérée. Il ne s'était encore jamais autant investi dans un rôle, pensa-t-elle en effleurant ses lèvres meurtries, pas même lorsqu'elle lui avait rendu visite sur le tournage. Peut-être était-ce à mettre en rapport avec le déguisement. Ou bien cette effusion provenait-elle de sa tenue de Catwoman. On l'avait complimentée de nombreuses fois à ce sujet.

À minuit, Nessie annonça qu'ils allaient fermer et les invités commencèrent à partir à contrecœur. Nick était toujours entouré d'une foule de fans en adoration. Sourire aux lèvres, Sam se glissa à ses côtés.

— Ce baiser de tantôt, ce n'était pas de la gnognote, monsieur le Bandit de grand chemin, lui murmura-t-elle à l'oreille. On pourrait presque croire que vous êtes acteur.

Nick eut l'air interloqué.

— Quoi ? Quand ?

— À la porte de la cave, répondit Sam, perplexe. Juste après que les lumières se sont éteintes.

Il fronça les sourcils.

— Sam, je ne sais pas qui tu as embrassé, mais ce n'était pas moi. Martha m'a cloué ici toute la soirée.

Sam recula d'un pas inquiet. Elle n'avait pas douté un seul instant qu'il s'agissait de Nick : même tricorne, même masque en tissu, même tout. Pourtant, il n'était pas impossible que quelqu'un d'autre ait assisté au bal dans un costume identique… En fait, pourquoi n'y avait-elle pas pensé plus tôt ? Ce baiser ne ressemblait pas à ceux de Nick en temps normal, il avait été plus dur, plus désespéré. Un baiser opportuniste, volé par quelqu'un qui savait exactement où elle se trouvait…

Tournant la tête, Sam scruta les derniers invités. Pour commencer, elle ne repéra aucun autre bandit de grand chemin, puis elle en avisa un qui se dirigeait vers la porte. Son chapeau était différent, visiblement bon marché, en plastique. Alors qu'il l'ôtait, elle se rendit compte que l'homme avait les cheveux clairs, et pas foncés comme ceux de Nick. Il jeta un coup d'œil par-dessus son épaule et croisa son regard : des yeux bleus, de la couleur d'un ciel d'été. Et soudain, elle sut qui l'avait embrassée avec autant de mystère et pourquoi ce baiser lui avait semblé à la fois différent et familier : Joss avait assisté à la soirée, déguisé lui aussi en Elijah Blackheart.

Chapitre 10

Luke bâillait, luttant pour garder les yeux ouverts. L'heure était venue pour Owen et Nessie de se souhaiter bonne nuit dans l'entrée du *Star and Sixpence*.

— Et tu es sûre que ça ne te dérange pas ? demanda Owen pour la troisième fois, en regardant Nessie d'un air anxieux.

Elle s'esclaffa.

— Je te l'ai dit, ça me fait plaisir de te rendre service. Profite du concert de Kathryn. Luke et moi, on va passer un bon moment pendant ton absence, n'est-ce pas ? (Luke hocha la tête et bâilla de nouveau.) Si tu as besoin d'aide, ajouta-t-elle en baissant la voix, n'hésite pas. Je sais que Kathryn aime s'occuper de Luke, mais elle aussi a besoin d'avoir un peu de temps pour elle.

— Merci, répondit Owen avec un sourire. Je n'y manquerai pas.

Il la dévisagea, les yeux pleins de chaleur derrière leur masque. Nessie retint son souffle. Était-il sur le point de l'embrasser ? Mais Luke laissa échapper un troisième bâillement, plus sonore que les précédents, et le charme fut rompu.

— Alors, à jeudi, conclut Owen, en regardant Luke d'un air préoccupé. Vers dix-neuf heures trente ?

— J'espère qu'on se verra avant, cela dit, répliqua Nessie, soudain enhardie par son costume.

Si on ne pouvait pas se comporter effrontément quand on était habillée en vampire vénitien, quand le pouvait-on ?

Une lueur flamboya dans le regard d'Owen.

— Je l'espère bien, moi aussi. Bonne nuit, Nessie.

Elle le regarda traverser la cour et rentrer dans le Cottage des Perce-neige. *Un pas après l'autre*, se rappela-t-elle en souriant dans son for intérieur. Elle devrait former le vœu que les pluies de météorites soient plus fréquentes.

Quand elle regagna le bar, l'atmosphère était tendue. À l'évidence en pleine dispute, Sam et Nick s'interrompirent à son approche.

— Tout va bien ? demanda-t-elle prudemment, en les examinant tour à tour.

— Ça va, dit Sam.

— À condition de considérer qu'elle peut rouler une pelle au premier venu et que cela ne constitue pas un problème, rétorqua Nick sèchement.

— Je te l'ai déjà dit, je me suis trompée de personne. Il faisait sombre, il m'a embrassée et j'ai cru qu'il s'agissait de toi. Donc j'ai répondu à son baiser. C'est seulement bien plus tard que j'ai réalisé qu'il s'agissait de Joss.

— Joss ? s'étonna Nessie. Mais il joue à quoi ?

— Aucune idée, répondit Sam en secouant la tête. Il m'a peut-être prise pour quelqu'un d'autre.

— Ben voyons ! ironisa Nick. Il t'a confondue avec l'autre Catwoman de la soirée.

Nessie fixa sa sœur avec un mélange de consternation et de pitié. Pourquoi Sam attirait-elle autant les drames ? On aurait dit que toutes ses relations tournaient de la même façon.

— Écoute, Nick, je ne pense pas que tu puisses blâmer ma sœur, en l'occurrence, intervint-elle.

Nick la regarda, puis posa les yeux sur Sam, avant de soupirer.

— Sans doute que non. Tu es sacrément superbe dans ce costume, je ne suis pas surpris qu'il ait été tenté.

Sam n'en revenait toujours pas.

— J'ai vraiment cru que c'était toi, lâcha-t-elle, puis elle se tourna vers Nessie. Je vous ai vus, Owen et toi, à l'instant. Ça avait l'air de rouler, entre vous.

— Je garde Luke jeudi pour qu'il puisse aller au concert de Kathryn, expliqua-t-elle. On était juste en train de régler les derniers détails.

— À propos de régler les derniers détails, il faut que tu appelles Patrick, déclara Sam d'un ton sévère. Tu lui as concocté un nouveau business plan, le moment est venu de le lui remettre et de lui souhaiter fermement bon vent.

— Je sais, admit Nessie en soupirant. C'est juste que…

— Rien, la coupa Sam. Il va essayer de t'embobiner, Nessie. Ne te laisse pas faire.

— D'accord, capitula-t-elle. Je l'appelle demain.

Satisfaite, Sam jeta un coup d'œil à Nick.

— Bon alors, on ne boude plus, monsieur le Bandit de grand chemin, ou on préfère dormir sur le canapé ?

Nick baissa la tête.

— On ne boude plus, Catwoman. Je suis désolé.

— Génial ! Ça ne te dérange pas de fermer le pub, Ness ?

— Pas de problème. Et vous deux, montez.

Sam se dirigea vers l'escalier derrière le bar.

— Oh… Nick ? lança-t-elle par-dessus son épaule. Apporte ton chapeau, d'accord ?

Nessie attendit que les hôtes des chambres de l'étage soient partis avant d'appeler Patrick. La chambre de sa sœur demeurait silencieuse, ce qui n'avait rien d'étonnant, vu le regard de Sam quand elle avait entraîné Nick jusqu'à son lit. Emportant son téléphone dans le bar désert, Nessie composa le numéro de Patrick, les doigts tremblants.

— C'est moi, dit-elle, quand il répondit. Nessie.

— Ness ! s'exclama-t-il d'une voix aussitôt pleine de chaleur. Comment vas-tu, ma chérie ?

Nessie grimaça. La conversation allait être plus difficile que prévu. Mieux valait s'armer de courage.

— Tout va bien. Écoute, j'ai regardé tes comptes et je pense avoir trouvé un moyen de t'en sortir.

Elle lui expliqua le business plan qu'elle avait élaboré avec Sam, expliquant à Patrick en termes simples comment il pouvait réparer les dommages causés à ses finances et à sa réputation. Quand elle eut terminé, un long silence lui répondit à l'autre bout du fil.

— Patrick ? demanda Nessie au bout de quelques secondes. Qu'est-ce que tu en penses ?

Nouveau silence.

— J'en déduis que tu ne veux pas de moi à Little Monkham.

— Non, répondit-elle en fermant les yeux.

— Et j'en déduis aussi qu'on ne se remettra pas ensemble.

L'amertume dans sa voix était nettement perceptible à présent. Prenant une profonde inspiration, elle suivit du regard une araignée étincelante qui tournoyait paresseusement au bout d'un fil pendant du plafond.

— Non, Patrick. Je suis désolée. J'aurais dû te le dire avant, mais j'ai rencontré quelqu'un d'autre.

Un rire acerbe éclata à l'autre bout de la ligne.

— Bon sang, Nessie, tu n'as pas perdu de temps ! C'est le forgeron, je parie. J'ai vu qu'il te tournait autour.

— Peu importe de qui il s'agit, répliqua Nessie en veillant à ce que sa voix ne tremble pas. Ce qui compte, c'est que tu ailles de l'avant et que tu trouves quelqu'un, toi aussi.

Le combiné retentit de son ricanement lourd de dérision.

— Ne fais pas comme si tu te souciais de moi. Je me demande bien pourquoi je suis surpris, en fait. Tu as toujours pensé à toi en premier.

— Ce n'est pas vrai…

— Si, rétorqua Patrick. Si tu te souciais d'autrui, tu ne serais pas partie, pour commencer.

Nessie se planta les ongles dans la paume.

— Au revoir, Patrick.

— Oui, oui, c'est ça, raccroche-moi au nez. Fais comme si je n'existais pas, lâcha-t-il, sur un ton où la rage se teintait désormais de pleurnicherie. Et bonne chance pour récupérer l'argent de la maison. Je ne pourrai pas me permettre de te racheter ta part avant longtemps, vu que j'ai une entreprise à renflouer.

Sur quoi, il raccrocha brutalement. Nessie coupa l'appel de son côté et resta immobile pendant plusieurs minutes, le regard perdu dans le vide. Avait-elle fait preuve d'égoïsme en le quittant, en aspirant à davantage qu'une amitié plus ou moins basée sur l'intérêt, en s'attendant à de l'amour de la part de son mari ? Non, elle ne le pensait pas. Pour le moment, Patrick était blessé et inquiet au sujet de ses affaires, mais, avec le temps, il verrait qu'elle avait fait le bon choix pour tous les deux. N'empêche que ses paroles la blessaient, réalisa-t-elle en sentant des larmes lui picoter les yeux. Elle s'autorisa à les laisser couler librement pendant une minute, puis se sécha le visage d'un revers de manche et entreprit de décrocher les décorations d'Halloween.

— Tu es sûre d'avoir tout récupéré ? demanda Sam à Nessie d'un ton grave. Tu n'as rien oublié ?

Ce mardi matin-là, elles attendaient sur le pas de la porte de Weir Cottage avec, aurait-on dit, la moitié du village.

— Si c'est le cas, elles étaient plutôt bien cachées, répondit Nessie. À mon avis, on ne va pas tarder à le savoir.

Owen gara la voiture au bord du trottoir et sortit pour aider Ruby à se hisser sur ses béquilles. La foule applaudit à tout rompre lorsqu'elle commença à remonter l'allée et Nessie fut heureuse de constater que Ruby s'était maquillée. Elle avait rassemblé les affaires dont l'ancienne actrice pourrait, selon elle, avoir besoin et les lui avait apportées, peu après son hospitalisation, avec des vêtements de nuit et des sous-vêtements propres. Mais elle ignorait si elle avait choisi les bons produits. Visiblement, soit elle avait vu juste, soit Ruby avait tiré le meilleur parti de ce qu'elle avait sous la main, car Nessie la soupçonnait de préférer mourir plutôt que d'affronter un public sans maquillage.

— Oh, arrêtez ça ! lança Ruby en feignant, sans succès, de paraître agacée. Vous me mettez dans l'embarras.

— Bienvenue chez vous, Ruby, déclara Sam, qui se joignit aux applaudissements. Vous nous avez manqué.

— C'est la note que je laisse dans ton bar qui t'a manqué, répliqua Ruby. Je parie que tes recettes ont diminué de moitié.

Il y eut quelques petits rires polis, mais Nessie et Sam échangèrent un regard inquiet. Comment Ruby réagirait-elle en découvrant que son cottage ne contenait plus une goutte d'alcool ? Qu'éprouverait-elle en constatant que plus personne ne consentirait à lui servir une boisson alcoolisée au *Star and Sixpence* ? Et que dirait-elle quand elle réaliserait que tous les magasins du village étaient tombés d'accord pour ne plus lui vendre ni vin ni spiritueux ? Verrait-elle cela comme une tentative bien intentionnée de lui sauver la vie ou comme une ingérence intolérable ?

Le spécialiste qui s'était occupé de Ruby à l'hôpital avait pris Sam et Nessie à part après l'opération.

— Êtes-vous de la famille de Mlle Cabernet ?

— Nous sommes ce qui s'approche le plus d'une famille pour elle, en tout cas, avait fermement répondu Sam.

— Alors je suis sûr que vous êtes au courant de son problème de boisson. Les résultats de ses tests sanguins montrent des niveaux d'enzymes élevés, autrement dit les lésions au foie sont assez sévères et ses os fragilisés. (Il avait consulté ses notes.) Nous ne pouvons pas en dire plus sans une biopsie, mais je suggère que Ruby arrête de boire immédiatement, ou du moins qu'elle réduise drastiquement sa consommation. Son corps ne peut pas en supporter beaucoup plus.

Au sortir de l'hôpital, les deux sœurs avaient élaboré un plan et étaient convenues que Franny devait être mise dans la boucle. Même si Ruby détesterait que son secret soit connu de la préposée des postes, lui sauver la vie l'emportait sur tout et elles avaient besoin du village derrière elles si elles voulaient mettre toutes les chances de leur côté.

Ruby atteignit sa porte d'entrée et se retourna pour faire face à la foule.

— Je vous dois mille mercis pour avoir pris le temps de m'accueillir à mon retour, mes amis. (Elle sourit.) Je ne peux pas vous dire à quel point je suis heureuse d'être ici. Nos services de santé sont merveilleux et ils se sont bien occupés de moi, mais, comme l'a dit un jour l'incomparable Judy Garland, rien ne vaut son doux foyer.

Elle réussit à insérer sa clé dans la serrure à la troisième tentative et parvint tant bien que mal à franchir son seuil avec ses béquilles. Nessie et Sam la suivirent puis refermèrent la porte pendant que Ruby regardait autour d'elle.

— Quelqu'un s'est donné du mal, ici, constata-t-elle. Ce n'était pas aussi bien rangé quand je suis partie.

— J'ai fait un peu de ménage, admit prudemment Nessie. Mais trois fois rien.

— Menteuse ! répliqua Ruby en lui jetant un regard complice. Les tâches ménagères n'ont jamais été mon fort, j'ai toujours eu plus intéressant à faire.

— On peut vous offrir une tasse de thé, Ruby ? demanda Sam en se dirigeant vers la cuisine.

— Grand Dieu, non ! s'exclama Ruby en s'installant sur une chaise en bois, ce qui lui tira une grimace de douleur. Ça fait plus d'une semaine que je me contente de ce truc. Sois gentille, sers-moi une boisson digne de ce nom. Un gin tonic avec des glaçons, juste comme je l'aime.

Sam s'arrêta et se retourna lentement.

— Je ne peux pas, Ruby. Désolée.

— Bien sûr que si, rétorqua sèchement Ruby. Il y a du gin dans le placard à céréales et le tonic est dans le frigo. Et je n'ai pas besoin de te dire où trouver la glace…

— Il n'y a plus de gin dans le placard à céréales, intervint Nessie. C'est terminé.

Ruby laissa échapper un petit rire incrédule.

— Tu as organisé une fête pendant mon absence ?

Nessie s'agenouilla à côté de la vieille femme.

— Le docteur nous a alertées sur votre consommation d'alcool. Vous devez arrêter, Ruby.

— Non, ce dont j'ai besoin, c'est d'un gin tonic, répliqua Ruby avec, dans la voix, un tranchant que Nessie n'avait encore jamais entendu. Sans la leçon de morale, merci.

— Vous ne trouverez pas d'alcool ici, déclara Sam. On ne vous en servira plus au *Star and Sixpence* ni dans aucune des boutiques de Little Monkham. Nous sommes sérieuses. Vous devez arrêter.

Ruby pinça si fort ses lèvres écarlates qu'elles virèrent au blanc.

— Qu'est-ce qui vous donne le droit de prendre cette décision ? cracha-t-elle. Un docteur probablement tout juste émoulu de la fac de médecine et, vous, vous pensez savoir ce qui est bon pour moi ? C'est ma vie, les filles, je peux la vivre comme je l'entends et si cela signifie hâter ma mort avec la boisson, qu'il en soit ainsi.

Nessie regarda Sam, impuissante. Ruby avait raison : si elle voulait boire, elle parviendrait à ses fins. Il leur fallait trouver quelque chose d'autre, quelque chose de plus fort que le besoin d'alcool.

— Vous n'avez même pas envie d'essayer ? demanda-t-elle. Peut-être que votre fils viendrait vous voir si… si vous réduisiez un peu votre consommation. On pourrait vous aider à le retrouver, si vous vouliez.

La vieille femme se redressa avec difficulté, les yeux lançant des éclairs.

— Mon fils ? Cela ne vous regarde pas. Et ma consommation d'alcool ne vous regarde pas. Alors à moins que l'une de vous n'ait une flasque, j'aimerais que vous partiez, bande de rabat-joie qui se mêlent de ce qui ne les regarde pas. Allez, ouste !

Nessie se leva. Elles n'avaient pas d'autre choix que d'obéir à Ruby.

— Nous ne souhaitons que votre bien, insista Sam, tout en se dirigeant vers la porte que Nessie ouvrait déjà.

Ruby ne répondit rien. Sam referma la porte derrière elle.

— Et maintenant, qu'est-ce qu'on fait ? demanda-t-elle, désolée.

— Maintenant, on attend, répondit Nessie sur un long soupir. De deux choses l'une : soit elle reprend ses esprits et réalise qu'on a raison ; soit elle trouve le moyen de boire à nouveau et tout ce qu'on aura fait, c'est juste de retarder l'inévitable.

Elle faisait de son mieux pour paraître optimiste, mais l'expression dubitative de Sam lui indiqua qu'elles avaient l'une et l'autre le sentiment que Ruby avait déjà fait son choix.

Chapitre 11

Lorsque son téléphone sonna de bonne heure le lendemain matin, Nessie devina que c'était Ruby avant même d'avoir jeté un coup d'œil à l'écran.

— Nessie, coassa l'ancienne actrice quand elle décrocha, tu peux venir ?

Elle s'habilla aussi vite qu'elle put et s'en fut réveiller Sam.

— Ruby a appelé, elle a besoin d'aide. Il faudra que tu t'occupes des petits déjeuners des hôtes.

Dehors, les rues étaient encore sombres. De la lumière filtrait par la porte d'entrée entrouverte de Weir Cottage. Nessie se faufila à l'intérieur, puis referma soigneusement derrière elle.

— Ruby ?

— Je suis là.

Se guidant au son de sa voix, Nessie gagna la chambre à coucher qui contenait toutes les photographies : Ruby se trouvait là, serrant la photo de son fils contre sa poitrine. Elle portait encore ses vêtements de la veille, quand elle était rentrée de l'hôpital. Avait-elle passé la nuit debout ?

— Que se passe-t-il, Ruby ? Vous avez mal ?

— En quelque sorte, oui, répondit-elle. C'était un garçon adorable. Affectueux et aimant.

Elle tendit le cadre à Nessie, qui s'en saisit non sans essayer de déterminer si Ruby avait bu. Elle ne décela ni l'odeur de baies de genièvre caractéristique du gin, ni la senteur prononcée du vin blanc, ni l'arôme fruité du vin rouge. Il n'y avait pas d'odeur du tout dans son haleine et son élocution était claire. Nessie sentit une petite lueur d'espoir s'allumer en elle. Tout n'était peut-être pas perdu.

— Il doit terriblement vous manquer, dit-elle.

Ruby soupira.

— Tu sais, je mentirais si je te disais que oui. Est-ce que ça fait de moi une mauvaise mère ? J'ai été si occupée que je n'ai guère eu le temps de souffrir d'une absence, mais ça ne signifie pas que j'ai cessé de l'aimer.

Elle reprit la photo à Nessie et l'observa pendant de longues secondes.

— Ce n'est pas pour ça que je t'ai fait venir, en fait. Je voulais m'excuser auprès de toi et de Sam, mais je sais qu'elle tient à son sommeil, je la contacterai plus tard.

— Inutile de vous excuser, la rassura Nessie. Vous étiez surprise et en colère.

— Et dépendante, admit Ruby. Ce n'est pas la première fois que quelqu'un essaie de m'aider. La dernière fois, ironiquement, c'était ton père. Nous avons tout essayé, du sevrage brutal aux Alcooliques anonymes, mais, chaque fois, lui ou moi rechutions et nous étions de retour à la case départ. Bien sûr, vivre dans un pub a été désastreux pour ton père. Il n'a jamais pu s'en échapper.

— Je sais qu'il est difficile d'arrêter, convint Nessie à voix basse. Et la difficulté doit être décuplée quand il y a de l'alcool partout à disposition. C'est pour ça qu'on a vidé toutes vos réserves, pour que vous ne soyez pas tentée.

Ruby sourit et ouvrit un petit tiroir sous la table, dont elle sortit une mignonnette de vodka.

— Tu l'as ratée, celle-là, plaisanta-t-elle. Prends-la vite, avant que je ne change d'avis.

Nessie se précipita dans la cuisine et vida l'alcool dans l'évier. Elle n'avait même pas remarqué le tiroir sous la table. D'autres bouteilles devaient lui avoir échappé, dissimulées dans des anfractuosités secrètes, prêtes à détourner Ruby du droit chemin. Il faudrait garder les yeux ouverts, à moins que Ruby ne lui divulgue à temps certaines de ses autres planques.

Quand elle regagna la pièce, Ruby avait dans les mains le paquet d'enveloppes qui leur étaient adressées, à Sam et à elle.

— Je les avais oubliées, avoua-t-elle en passant le paquet à Nessie. Ce sont les lettres qu'Andrew vous a écrites au fil des ans et que votre mère lui a renvoyées. Lis-les quand tu en auras l'occasion. Elles te convaincront qu'il n'était pas tout à fait un monstre, je pense.

Nessie serra les enveloppes.

— Merci, balbutia-t-elle, la gorge soudain nouée et douloureuse à l'idée de toutes les occasions manquées que représentaient ces lettres. Voulez-vous que nous vous aidions à retrouver votre fils, Ruby ?

La vieille femme hésita.

— Plus tard, peut-être. Mais concentrons-nous d'abord sur cette journée, d'accord ? Il y aura des moments où j'échouerai, Nessie, mais j'espère pouvoir compter sur Sam et toi pour m'aider à me remettre dans le droit chemin.

Nessie exerça une pression affectueuse sur l'épaule de Ruby.

— Bien sûr. Nous formons une famille maintenant, pas vrai ?

Ruby lui prit la main.

— Ton père aurait été très heureux de t'entendre dire ça. Merci.

— De rien, répliqua Nessie avec un sourire, avant de désigner l'une des photographies sur le mur. Qu'est-ce que vous attendiez pour nous parler de votre rencontre avec Cary Grant ?

— Alors ? demanda Sam quand Nessie rentra, une heure plus tard. C'est désespéré ?

Nessie secoua la tête, ravie, mais prudente.

— Elle m'a prise au dépourvu. Je pense qu'elle va essayer d'arrêter de boire.

— Non ! s'écria Sam, stupéfaite. Vraiment ?

— Oui. Elle m'a même donné une bouteille de vodka à vider, une que j'avais manquée au cours de mon opération « bon débarras ». Et puis, ajouta-t-elle en montrant la liasse d'enveloppes, elle m'a aussi donné ça : des lettres que papa nous a écrites.

Sam la dévisagea, médusée.

— Des lettres ? Mais maman n'a eu de cesse de répéter qu'il n'avait jamais écrit.

— Elle a menti, lâcha Nessie avec un soupir. J'ai pensé qu'on pourrait se réserver une soirée et les parcourir ensemble.

Sa sœur parut hésiter.

— Pas ce soir, vu qu'on travaille toutes les deux. Ni demain, puisque tu gardes Luke.

— Vendredi alors ?

Sam secoua la tête.

— Je prévoyais de faire un saut à Londres. Nick va bientôt partir en tournage en Nouvelle-Zélande et j'aimerais le voir avant.

Nessie dévisagea sa sœur. Sam avait raison – elles étaient débordées –, mais elle ne pouvait s'empêcher de se demander si ces objections ne provenaient pas plutôt d'une certaine réticence à lire les lettres. Cela étant, oui, si Nick partait, il était logique que sa sœur passe du temps avec lui.

— Bien sûr, concéda-t-elle avant de demander prudemment : Tu as revu Joss depuis le bal ?

— Non, répondit Sam en poussant un long soupir. S'il ne m'évitait pas avant, c'est le cas maintenant.

Quelque chose dans l'expression de sa sœur intrigua Nessie.

— Sam ? Tu ne me cacherais pas quelque chose ?

— Non, maugréa celle-ci, avant de se voûter un peu. Enfin, si. Peut-être.

— C'est-à-dire ? voulut savoir Nessie.

— C'est-à-dire que j'ai peut-être plus apprécié mon baiser avec Joss que je ne l'ai laissé entendre, avoua Sam d'un air coupable. Est-ce que ça fait de moi une mauvaise personne ? Ce n'est pas comme si c'était moi qui l'avais initié, après tout.

— Non, ça ne fait pas de toi une mauvaise personne, assura lentement Nessie. Et c'est normal que tu aies apprécié : tu croyais qu'il s'agissait de Nick.

Sam lui jeta un regard tourmenté.

— Le problème, c'est qu'en y repensant, j'ai l'impression que je connaissais la vérité. Pas consciemment, mais au fond de moi, je savais que c'était Joss. Et je ne l'ai pas arrêté.

Nessie ressentit un élan de compassion pour sa sœur, car il était bien difficile de jongler avec ses sentiments quand deux hommes étaient en jeu au même moment.

— Ta confusion est parfaitement normale, Sam. Mais essaie de ne pas y accorder trop d'importance. Joss représentait beaucoup pour toi et les choses se sont mal terminées. Ce baiser a probablement remué toute une foule de sentiments que tu n'as pas eu l'occasion d'affronter quand vous avez rompu. (Elle marqua une pause et lui sourit avec affection.) Mais rien de tout cela n'est la faute de Nick. Ne laisse pas ce baiser gâcher ce que tu partages avec lui.

Sam la dévisagea pendant quelques secondes, puis hocha la tête.

— Tu as raison. Mon Dieu, oui, tu as parfaitement raison ! Qu'est-ce que je ferais sans toi ?

Nessie s'approcha et la prit dans ses bras.

— C'est à ça que servent les sœurs.

Chapitre 12

Le Cottage des Perce-neige était l'un des endroits préférés de Nessie. Était-ce dû à la chaude lueur ambrée des lampes jouant sur les poutres du plafond ou à la chaleur enveloppante du poêle à bois, elle n'aurait su le dire, en tout cas elle éprouva un contentement particulier lorsqu'elle s'installa dans le confortable canapé. Elle avait passé la soirée à jouer avec Luke… et à perdre plusieurs fois à un jeu de course-poursuite incroyablement difficile sur sa PlayStation. Puis l'heure du coucher était arrivée et elle avait découvert qu'Owen lui lisait *Harry Potter et le Prisonnier d'Azkaban*, un chapitre par soir. Elle s'était donc lancée dans l'histoire, s'efforçant de faire toutes les voix pour mieux voir la magie du récit se dérouler dans les yeux de Luke. Juste avant de s'endormir, il lui avait agrippé la main pour la remercier d'une manière qui lui avait coupé le souffle. Nessie avait alors eu un aperçu de ce qu'était la maternité.

Au rez-de-chaussée, elle avait rangé la cuisine et s'était servi un verre de vin. Malgré le livre qu'elle avait apporté, elle avait décidé de continuer *Harry Potter*, s'exerçant aux différentes voix en prévision d'une autre soirée. Et puis, finalement, elle s'était tue pour écouter le crépitement du feu et savourer la paix du cottage.

Elle jeta un coup d'œil à la photo où Eliza Rhys riait avec Owen et un Luke beaucoup plus jeune. Comme chaque fois, son cœur se serra de tristesse à la pensée qu'Owen et Luke l'avaient perdue si jeune. Elle s'était souvent sentie coupable devant cette photo, redoutant de se montrer irrespectueuse, en quelque sorte, puisque ses désirs envers Owen n'avaient souvent rien de chaste. Ce soir-là pourtant, elle se sentit une certaine parenté avec Eliza, presque comme si elles étaient amies.

— Luke est un garçon formidable, lança-t-elle en levant son verre à l'intention de la photo. Tu serais fière de lui. Et Owen… eh bien, j'espère que tu ne m'en voudras pas de dire qu'il est assez génial, lui aussi.

Il était bien plus de vingt-trois heures quand la porte d'entrée s'ouvrit. Nessie était si absorbée dans le livre de Luke qu'en levant les yeux, elle s'attendait presque à voir Owen revêtu d'une robe de sorcier.

— Alors, ce concert ? demanda-t-elle avec un sourire.

Il resta quelques secondes planté sans réaction, à la regarder avec une expression indéchiffrable. Puis il parut se secouer.

— Bien, merci, répondit-il enfin. C'est un groupe génial et Kathryn est incroyable, aucun doute là-dessus.

Il traversa la pièce en quelques enjambées et vint s'asseoir à côté d'elle sur le canapé, s'adossant les yeux fermés aux coussins moelleux.

— C'est agréable de se poser, cela dit. Je suis un danseur plutôt limité.

Nessie repensa à leurs pas de danse de l'été précédent, au mariage de JoJo, sur l'esplanade du village. Il s'était avéré plutôt bon, mais elle rechignait à le lui avouer.

— Je t'apporte un verre de vin ? préféra-t-elle demander.

Devinant à ses mouvements qu'elle allait se lever, Owen ouvrit les yeux.

— Hein ? Non, pas encore. Je voudrais te dire quelque chose d'abord.

Le cœur de Nessie se mit aussitôt à battre la chamade.

— Ah bon ?

— Je n'ai pas été très honnête avec toi, lâcha-t-il, le regard sombre.

Et tout aussi vite, le cœur de Nessie se serra.

— En quoi ?

— Quand tu m'as dit que Patrick voulait que tu lui accordes une seconde chance, j'ai fait semblant de m'en moquer, avoua-t-il à mi-voix. Ce n'était pas du tout le cas.

Nessie retint son souffle, incapable de parler. Était-ce son imagination ou Owen se penchait-il vers elle ?

— La vérité, c'est que ça m'a rendu furieux… pas contre toi, mais contre moi-même, de ne pas avoir été assez courageux pour te dire ce que je voulais. (Ses yeux étaient fixés sur les siens.) Je n'arrête pas de penser à toi, Nessie. Je crois que je pourrais même… enfin, si tu es d'accord, j'ai vraiment envie de t'embrasser.

Elle hésita, le temps d'un battement de cœur supplémentaire, puis se pencha vers lui.

— Oui, chuchota-t-elle.

À l'instant où leurs lèvres se rencontrèrent, Nessie fut perdue. La dernière fois qu'Owen et elle s'étaient embrassés, il s'était écarté et l'avait plantée là, confuse et embarrassée. Cette fois-ci, c'était différent : leur baiser se poursuivit, s'approfondit… jusqu'à ce qu'il soit clair qu'aucun des deux n'avait l'intention de s'arrêter. Finalement, quand ils s'écartèrent, Nessie vit dans les yeux d'Owen que ce baiser avait signifié autant pour lui que pour elle.

Elle reprit son souffle, toute tremblante.

— Eh bien…, fit-elle.

— Eh bien, répéta Owen avec un sourire.

— Qu'est-ce qu'on fait, maintenant ?

— Je pense que je devrais t'inviter à dîner, dit-il, solennel. Et après, je me dis que j'aimerais t'embrasser à nouveau.

Nessie sentit des picotements lui courir sur les lèvres en repensant à la sensation de sa bouche sur la sienne.

— Peut-être que c'est moi qui pourrais t'inviter à dîner, nuança-t-elle en souriant. Et moi qui pourrais t'embrasser.

Owen lui posa une main sur la joue pour l'attirer à lui et lui effleurer les lèvres.

— Voilà, tu as saisi l'idée.

Nessie paraissait différente, ce vendredi matin-là, douce, satisfaite et, surtout, heureuse. Sam l'avait même entendue fredonner avec la radio pendant qu'elle vidait le lave-vaisselle du bar. Elle avait envoyé un message à Kathryn, qui avait répondu qu'Owen semblait lui aussi de bonne humeur, mais Sam n'avait pas eu le temps d'interroger sa sœur : elle partait retrouver Nick à Londres.

Ils allèrent voir une nouvelle pièce de théâtre dans le West End, puis dînèrent en ville, avant de regagner l'appartement de Nick aux premières heures du jour.

— Je pourrais m'y habituer, murmura Nick à son oreille, alors qu'ils étaient allongés dans son lit, à écouter le vent.

— Moi aussi, dit Sam. Sauf que tu t'envoles pour la Nouvelle-Zélande et que j'ai un pub à gérer. Autrement dit, on ferait mieux de ne pas trop s'y habituer.

Nick laissa sa remarque en suspens une seconde, puis :

— Tu peux toujours revenir à Londres pour de bon, lâcha-t-il finalement. Si tu es partie, c'était uniquement pour échapper à Will Pargeter, mais c'est du passé, maintenant.

— Vraiment ? fit-elle, sceptique. Je suis toujours *persona non grata* chez Brightman et Burgess et pour l'instant, les autres sociétés de relations publiques ne se précipitent pas pour me proposer du travail, vois-tu. Pas après le genre de gros titres dont j'ai été la vedette.

Nick fit la moue.

— Presque personne ne s'en souvient. N'oublie pas que tu as eu des unes plus glorieuses depuis, des unes avec moi. Je suis sûr qu'on ne tarderait pas à s'arracher tes services. (Il marqua une pause.) Tu pourrais emménager ici, si tu voulais, louer ton appartement et te faire un peu d'argent de cette manière.

Sam s'éloigna et posa la tête sur ses mains.

— Tu es sérieux ?

— Bien sûr, répondit Nick. Je suis absent la plupart du temps, mais tu pourrais venir me voir sur mes tournages et j'aimerais que tu sois là quand je rentre à la maison. C'est… eh bien, le métier d'acteur est parfois solitaire.

Ce fut au tour de Sam de laisser échapper un léger grognement incrédule. Nick avait toujours eu des tas de femmes qui se jetaient à son cou, impossible qu'il soit seul. Et puis, elle se souvint qu'il lui avait déjà dit ne jamais savoir à qui accorder sa confiance : un baiser et une histoire avec la star de *L'Auberge des contrebandiers* se monnayaient cher dans les journaux. Et en y repensant à présent, elle se rendit compte qu'on ne l'avait vu au bras de personne d'autre depuis un certain temps, en tout cas pas depuis qu'ils avaient décidé d'officialiser leur pseudo-relation dans les tabloïds. Elle avait aussi le sentiment croissant que quelque chose avait changé chez Nick, ces jours-ci. Il était attentif et dévoué… comme un véritable petit ami. Sam commençait à se demander si ce n'était pas ce qu'il voulait vraiment depuis le début.

— Nick…

Il lui caressa la joue.

— Ne décide rien maintenant. Je reviens de Nouvelle-Zélande juste avant Noël. Réfléchis-y et donne-moi ta réponse à ce moment-là, d'accord ?

Il s'endormit peu de temps après, tandis que Sam demeurait éveillée à ses côtés, les yeux grands ouverts. Quand elle avait quitté Londres, elle n'avait jamais imaginé que la vie à Little Monkham serait aussi épanouissante. Pourtant, travailler aux côtés de Nessie pour redonner vie au pub s'était révélé étonnamment gratifiant et le *Star and Sixpence* faisait tellement partie d'elle désormais que le quitter serait un véritable crève-cœur. Et puis, il y avait sa sœur : elles formaient une équipe, il serait injuste de l'abandonner, même pour une vie de paillettes aux côtés de Nick Borrowdale. Sam s'était aussi fait beaucoup d'amis au village, qui lui manqueraient si elle retournait à Londres. Pourtant, elle ne pouvait pas dire qu'elle n'était pas tentée. Londres avait été son foyer pendant la majeure partie de sa vie d'adulte et elle mentirait en niant qu'il n'y avait pas des moments où les lumières et l'excitation de la ville lui faisaient défaut.

Les yeux rivés au plafond, elle s'adossa contre le coton frais de l'oreiller. Et puis il y avait Joss : un Joss en colère, confus, qui ne parvenait pas à décider s'il la voulait ou la détestait. Elle n'avait pas pensé une seule fois à lui quand elle était en compagnie de Nick, mais quand elle retournerait à Little Monkham, ce serait une tout autre histoire. Et pendant les longues semaines où Nick allait s'absenter, ne se remémorerait-elle pas plus souvent la sensation des lèvres de Joss sur les siennes ?

Peut-être que Nick avait raison après tout, pensa-t-elle en se tournant vers lui pour se blottir contre son épaule. Peut-être que passer plus de temps à Londres était une bonne idée.

Les lettres étaient posées sur la table basse en face de Nessie et Sam. La soirée commençait juste et le bar était entre les mains expertes de Connor et Tilly. Deux verres de merlot étaient posés de part et d'autre des enveloppes.

Nessie s'empara du paquet et étudia l'écriture de leur père, comme si ses jambages arrondis pouvaient la renseigner sur le contenu des missives.

— C'est bizarre que j'aie hâte de découvrir ce que papa avait à nous dire ?

— Je ne suis pas sûre d'être impatiente pour ma part, avoua Sam. Mais s'il a pris la peine d'écrire ces lettres, le moins que l'on puisse faire, c'est de les lire, non ?

Lentement, Nessie fit glisser le ruban qui liait le paquet. Elle comprenait la réticence de Sam : leur père avait été absent pendant l'essentiel de leur enfance et toute leur vie d'adulte. Avaient-elles quelque chose à gagner à revenir sur le passé ? Et puis elle se souvint de Ruby, scrutant d'un œil embué la photo de ce fils qui lui avait tourné le dos, et elle se décida. Quoi que racontent les lettres d'Andrew Chapman, une chose était sûre : elles les aideraient à mieux comprendre leur père.

— Prête ? demanda-t-elle en se saisissant de la première enveloppe dont elle souleva le rabat.

Sam attrapa son verre de vin et prit une longue gorgée du liquide rubis.

— Prête.

Nessie déplia la lettre et la tint de façon que sa sœur puisse la voir. Puis, ensemble, elles en entamèrent la lecture.

Star and Sixpence
Sixpence Lane
Little Monkham
Shropshire
SY6 2XY

Le 12 juin 1990

Vanessa et Samantha, mes petites chéries,

Comment allez-vous, mes jolies ? J'espère que vous n'avez pas trop grandi au cours des six mois qui se sont écoulés depuis la dernière fois que je vous ai vues.

Je suis désolé d'avoir mis si longtemps à vous écrire. Il m'a fallu beaucoup de temps pour trouver une nouvelle maison et je ne voulais pas vous contacter avant, car je voulais avoir un endroit où vous pourriez venir me rendre visite. Vous verrez à mon adresse que j'ai emménagé dans un pub, ce qui semble être un choix fou, mais qui, en fait, me convient plutôt bien. Little Monkham est le plus beau des villages : tous les samedis, on joue au cricket sur son esplanade et il y a là plein d'enfants avec qui vous pourrez sympathiser. Le village a même son bureau de poste et la postière dit qu'elle vous laissera affranchir quelques lettres si vous vous montrez raisonnables et gentilles. Je pense que vous vous plairez ici.

J'espère que votre mère verra les efforts que je fais pour arranger la situation et qu'elle vous autorisera à me rendre visite.

En attendant, je vous envoie des tas de câlins avec cette lettre. J'espère qu'ils ne s'en échapperont pas avant qu'elle ne vous parvienne.

Vous me manquez toutes les deux,
Je vous aime,
Papa

Noël au *Star and Sixpence*

Joyeuses fêtes !
Vous êtes invités à participer aux
Chants de Noël à la lueur des chandelles
à **15 h 30**
le **24 décembre**
en l'église St Mary
Little Monkham
Shropshire.
Ils seront suivis par une Ripaille festive
sur l'esplanade du village :
vin chaud, châtaignes grillées,
tartes aux fruits secs chaudes…
Vous êtes tous les bienvenus !

Chapitre 13

Les arbres de Noël de deux mètres cinquante et les auberges du XVI*e siècle ne font pas bon ménage*, constata Nessie Blake en s'arrêtant non loin du *Star and Sixpence* pour regarder sa sœur mettre la touche finale aux décorations du pub. Sam se débrouillait très bien, mais impossible de ne pas remarquer que la cime de l'arbre qu'elle avait choisi frôlait presque le plafond aux poutres de chêne.

— Qu'est-ce que tu en penses ? lança Sam, qui habillait de fils d'argent des branches déjà chargées. Ça fait assez Noël ?

Le regard de Nessie s'attarda sur les boules aux couleurs coordonnées, les épaisses guirlandes et les loupiotes d'un blanc froid : le sens du détail de Sam était sans égal.

— C'est superbe, même si Franny va ronchonner parce qu'il n'y a pas d'étoile au sommet du sapin.

Noël était le point culminant de l'année pour Franny. Elle veillait à bien persuader chaque habitant du village que tout devait être parfait. Les deux sœurs avaient appris peu de temps après leur arrivée que l'employée des postes n'était pas quelqu'un à contrarier.

Sam poussa un petit soupir.

— Mais notre plafond est trop bas. Je ne peux pas le rehausser d'un coup de baguette magique.

— Pourquoi n'as-tu pas acheté un arbre plus petit, dans ce cas ? demanda Nessie, un peu agacée.

— Je te l'ai dit, c'était le dernier qu'ils avaient. Le type a déclaré que d'autres arbres arrivaient demain, mais on ne pouvait pas attendre.

En effet, pensa Nessie. Les lumières de Noël devaient être allumées dans moins de trois heures, à travers tout le village, et le pub faisait office de QG. Elles n'avaient pas le choix, il leur fallait un sapin, avec ou sans étoile, tout comme il leur fallait une boisson chaude et des tartelettes aux fruits secs. Nessie avait cependant opposé son veto concernant la neige : Sam avait été partante pour recouvrir d'un blanc factice l'esplanade du village, mais Nessie avait refusé. Malheureusement, la météo n'aidait pas à planter le décor, et les chances d'un Noël blanc étaient minces.

— Peut-être que Franny ne remarquera rien, avança Nessie, tout en sachant que cette éventualité était fort improbable : Franny remarquait tout.

— Avec un peu de chance, elle sera distraite par notre VIP, ajouta Sam. Je suis sûre de l'avoir entendue dire que les Flames étaient son groupe préféré quand elle était adolescente. Même si j'ai de sérieux doutes sur le fait que Franny ait été adolescente un jour.

Nessie sourit. Elle avait vu des photos des Flames dans les années 1970, au sommet de leur immense célébrité : c'étaient de très beaux jeunes gens, surtout Micky

Holiday, le leader et chanteur du groupe. Lequel groupe venait d'achever une tournée mondiale. Autrement dit, Sam avait accompli une véritable prouesse, grâce à d'anciens contacts dans les relations publiques, en incitant le groupe à venir inaugurer les illuminations de Noël à Little Monkham. En fait, Micky avait grandi dans un village des environs et il n'avait été que trop heureux de lui faire cet honneur. Si l'objet du désir adolescent de Franny ne pouvait la distraire des décorations moins que parfaites de Sam, alors rien n'y parviendrait, conclut Nessie.

— Où est Micky, au fait ?

Sam recula pour admirer son sapin.

— En train de s'attaquer à une bouteille de champagne dans l'une des chambres d'hôtes à l'étage, où il doit rester caché pour ne pas vendre la mèche.

L'identité de l'invité mystère était un secret bien gardé et même Franny ignorait qui Sam avait fait venir. Les affiches ayant laissé entendre qu'il s'agissait d'une célébrité à ne pas manquer, les habitués du *Star and Sixpence* avaient fait de leur mieux pour soutirer la vérité aux deux sœurs, mais sans succès. Selon la rumeur, on était intrigué jusque dans les villages voisins aussi et une foule nombreuse était attendue à Little Monkham. Nessie devait rendre justice à sa sœur : elle savait comment attiser la curiosité du public.

— Tant qu'il ne rate pas les festivités, lâcha-t-elle en imaginant le rockeur ivre mort dans le lit à baldaquin.

— Ça ne risque pas, affirma Sam. En parlant de manquer un événement, tu ne devrais pas y aller, toi ? Il ne faut surtout pas rater la levée du courrier.

Elle désigna d'un signe de tête l'enveloppe entre les mains de Nessie : les papiers relatifs au prix du Pub de l'année décerné par l'Association des vrais amateurs de bière. Le *Star and Sixpence* ayant déjà remporté le prix du Pub régional de l'année, il était désormais en lice pour le prix ultime avec, à la clé, une cérémonie londonienne clinquante, où ces prix seraient remis. À condition que Nessie poste les formulaires à temps.

— J'y vais. Si je ne suis pas de retour dans une demi-heure, mets les tartelettes au four.

— Dans ce cas, répliqua Sam, amusée, Franny va vraiment être furieuse. Les tartelettes ne recevront certainement pas son approbation. Je vais plutôt commencer à faire chauffer et à épicer le cidre.

La file d'attente était longue au bureau de poste.

Nessie, qui se balançait d'un pied sur l'autre, résista à la tentation de vérifier à nouveau sa montre. C'était à prévoir : il ne restait que vingt-deux jours de shopping avant Noël, période la plus chargée de l'année pour le service postal. Sauf que cela n'expliquait pas pourquoi Franny conversait depuis sept minutes avec Mme Glossop, sur les mérites variés de la graisse d'oie. L'employée des postes savait que de nombreux clients attendaient, alors pourquoi ne faisait-elle pas avancer cette commère de Glossop avec le sourire ferme dont elle avait le secret et qui signifiait sans équivoque la fin d'un échange ?

La cloche tinta au-dessus de la porte : la file d'attente venait encore de s'allonger. Un coup d'œil à l'entrée fit fondre l'irritation de Nessie, car le nouvel arrivant n'était autre qu'Owen Rhys. Elle ressentait toujours une décharge électrique lorsqu'elle le voyait, d'autant plus que leur attirance n'avait fait que s'intensifier au fil des mois. Elle rougit presque en se rappelant leur dernier rendez-vous, un repas romantique dans un restaurant bien loin du village, qui s'était terminé par le genre de baiser à embuer les vitres de la voiture… C'en était presque indécent. Oui, se dit-elle lorsque les yeux sombres d'Owen se plissèrent sous l'effet de son sourire, on pouvait affirmer, sans craindre de se tromper, que les choses se réchauffaient entre eux. Elle commençait même à espérer qu'ils pourraient…

— Au suivant !

Nessie vit Franny froncer les sourcils par-dessus ses lunettes à monture métallique.

— Presse-toi, Vanessa, je n'ai pas toute ma journée et toi non plus.

Ravalant une protestation, Nessie s'avança et glissa sa volumineuse enveloppe dans l'interstice sous la fenêtre.

— Livraison exprès, s'il vous plaît.

Franny examina l'adresse.

— Votre dossier pour le prix du Pub de l'année ?

— Il faut qu'il arrive avant lundi, acquiesça Nessie.

La préposée des postes pianota sur son clavier, avec une énergie pleine de reproches.

— Tu as attendu la dernière minute ! maugréa-t-elle. Enfin, mieux vaut tard que jamais, surtout avec la puissance de la Royal Mail derrière toi. Nous ferons en sorte que ton courrier arrive à temps.

Nessie dissimula un sourire. La réputation de Franny s'étendait bien au-delà de Little Monkham : elle ne serait pas surprise d'apprendre que tout le réseau postal était terrifié par la redoutable Mme Forster. Pourtant, sous son extérieur cassant, la vieille femme cachait un cœur étonnamment tendre. Nessie savait qu'elle était fière de la santé retrouvée du *Star and Sixpence*, sentiment renforcé par la conviction d'avoir joué un rôle important dans ce triomphe. N'empêche, Nessie n'avait pas vraiment envie de la contrarier.

Elle lui tendit un billet de dix livres, puis rangea monnaie et reçu dans son sac à main, tout en remerciant Franny.

— Il n'y a pas de quoi, répondit l'intéressée. Tout est prêt pour les événements de ce soir ?

Nessie repensa à l'arbre de Noël sans étoile, aux tartelettes qui attendaient de passer au four à la cuisine et à l'invité de marque en train de somnoler à l'étage.

— Bien sûr, affirma-t-elle en croisant les doigts sous le comptoir. Nous sommes fin prêtes.

— Bien, la félicita Franny, les yeux brillants. L'allumage des lumières de Noël marque le début de la saison des fêtes à Little Monkham. J'espère que Samantha et toi avez bien conscience de l'importance de l'événement.

Nessie parvint tant bien que mal à sourire.

— Bien sûr, Franny. Et justement, il faut que j'y aille. À plus tard.

Elle se précipita vers la porte, oubliant presque qu'Owen attendait dans la queue.

— Ne te mets pas la pression, murmura-t-il quand elle passa.

Elle lui lança un coup d'œil angoissé sans oser pour autant s'arrêter, car le regard brûlant de Franny lui perforait le dos. Elle préféra se hâter vers la sortie et traverser l'esplanade, en frissonnant sous le souffle glacé qu'on décelait dans l'air. Pour citer l'émission de télé préférée de sa sœur, l'hiver arrivait et il arriverait bien plus tôt si les illuminations de Noël ne se passaient pas exactement comme Franny le souhaitait.

— Trois… deux… un…

Sur les marches du *Star and Sixpence*, Micky Holiday, vétéran de la pop au bronzage éternel, appuya sur l'interrupteur surdimensionné placé devant lui et… l'esplanade du village s'illumina. Le sapin de Noël à côté du pub explosa lui aussi de mille feux multicolores, sous les applaudissements de la foule.

Micky se pencha près du micro et sourit.

— Le décompte jusqu'à Noël est officiellement lancé ! J'espère qu'aucun d'entre vous n'a été vilain ? Parce que sinon, je pourrais avoir à…

Installée devant la sono, Sam baissa le volume du micro et lança la musique : la fameuse chanson de Kirsty MacColl et des Pogues. Micky lui jeta un regard blessé.

— Je n'allais pas être malpoli, Sam. Maintenant, tout le monde va s'imaginer que tu ne me fais pas confiance.

Sam sourit en lui tendant une tasse de cidre fumante, aux riches arômes d'épices.

— Tu oublies que je te connais par cœur, Micky. Tu te souviens de la fois où tu as montré tes fesses au prince de Galles ?

L'intéressé haussa les épaules.

— C'était il y a des années. J'ai grandi depuis.

— C'était il y a deux ans, rectifia Sam en riant. Et je suis presque sûre que les rockeurs comme toi ne grandissent jamais.

Ruby surgit aux côtés de Micky.

— Je peux en témoigner, lança-t-elle.

Le musicien s'illumina de joie.

— Ruby ! s'écria-t-il en la serrant dans ses bras. Bon sang, ça fait un bail !

L'actrice retraitée sourit sous les baisers chaleureux qu'il lui déposa sur la joue.

— Quel plaisir de te voir, mon chou ! Tu n'as absolument pas changé.

— Toi non plus, toujours aussi glamour, répliqua Micky en prenant du recul pour étudier son amie. À part la canne. Tu as fait la guerre ?

Ruby grimaça en posant les yeux sur son élégante canne.

— Juste une petite chute. Rien de grave, mais les nuits froides de décembre n'aident pas.

Micky lui donna un coup de coude.

— Tu as bien besoin de quelque chose pour te réchauffer le cœur, ma fille. (Il lui tendit son cidre chaud.) Trempe-moi tes lèvres là-dedans.

L'espace d'un instant, Sam crut que Ruby allait profiter de l'aubaine, mais elle secoua la tête.

— Je passe mon tour, Micky.

Il insista.

— Vas-y, goûte. C'est sacrément bon.

Sam se crispa. Ruby était abstinente depuis un peu plus d'un mois désormais et chaque jour était un combat pour elle. Sam s'avança avec l'intention d'intervenir, mais Ruby leva la main.

— C'est bon, ma belle, dit-elle avant de regarder Micky droit dans les yeux. Tu n'as peut-être pas changé, mais moi, si. Je ne bois plus trop, ces jours-ci.

Micky comprit et tendit aussitôt sa tasse à Sam.

— Merci, mon Dieu ! C'est épuisant d'être une tête brûlée du rock : parfois, tout ce que je veux, c'est une bonne tasse de thé, mais vous pensez qu'on songe à m'en offrir ?

— Je suis sûre que tu en trouveras à l'intérieur, le rassura Sam, envahie d'une bouffée d'affection pour lui. Tilly va t'en préparer un au bar.

Micky coula un regard en coin à Ruby.

— Je peux t'en rapporter un, si tu veux ? Je sais qu'entrer dans un pub peut s'avérer un peu compliqué.

— Mon Dieu, non ! s'exclama Ruby en glissant son bras sous celui du rockeur. J'ai peut-être abandonné la boisson du diable, mais je ne pourrai jamais renoncer au *Star and Sixpence*.

Sam sourit.

— Et nous ne pourrions pas nous passer de vous, Ruby.

Elle les regarda se frayer un chemin vers l'entrée désormais ornée de guirlandes lumineuses. Nessie accourut vers elle.

— Tu crois que c'est une bonne idée ? chuchota-t-elle, en indiquant Ruby et Micky de la tête. Je pensais que c'était un champion de la picole ?

— Oui, confirma Sam. Mais il a aussi pas mal roulé sa bosse et en connaît un rayon sur la dépendance. Dès qu'il a compris que Ruby était une alcoolique abstinente, il a rendu son verre et demandé une tasse de thé.

Nessie écarquilla les yeux.

— Vraiment ?

Sam acquiesça.

— Il s'est comporté en parfait gentleman. En fait, ajouta-t-elle, je ne serais pas surprise de découvrir qu'une petite étincelle de quelque chose s'est allumée entre eux.

Franny apparut avant que Nessie ne puisse répliquer.

— Ah, te voilà, Vanessa ! Je voulais juste m'assurer que tu étais consciente de tes responsabilités pour le réveillon de Noël.

Nessie échangea un regard avec Sam.

— Quelles responsabilités ?

— Le propriétaire du *Star and Sixpence* assiste toujours à notre messe de Noël à la bougie, expliqua Franny. C'est une tradition qui perdure depuis plus de quatre cents ans.

Sam fronça les sourcils.

— Et l'année dernière ? Nessie était déjà propriétaire, pourtant vous n'avez pas exigé qu'elle y assiste.

— L'année dernière, c'était différent, répondit Franny d'un ton vif. Vous veniez juste d'arriver et nous n'étions pas certains de la durée de votre séjour parmi nous.

Remarquant que Sam dévisageait la vieille femme avec une indignation croissante, Nessie posa une main apaisante sur son bras.

— Je serais heureuse d'y assister. Mais… je ne serai pas… pas obligée de chanter, n'est-ce pas ?

Franny afficha une mine sévère.

— C'est une messe de Noël, pas une soirée karaoké. Il suffira que tu te joignes au reste des fidèles.

— Alors comptez sur moi, répondit Nessie, visiblement soulagée.

La préposée des postes jeta un coup d'œil à Sam.

— Tu es la bienvenue, toi aussi, naturellement.

— J'aurai beaucoup de travail ici, à préparer du vin chaud pour les gosiers assoiffés des amateurs de cantiques et m'assurer que la Ripaille festive est sous contrôle, s'empressa de répondre Sam. Mais je fredonnerai quelques chansons de Noël en même temps.

Franny prit note sans sourciller.

— Il faudra donc s'en contenter... (Son expression s'adoucit et devint presque féminine quand elle regarda par-dessus l'épaule de Sam.) Bon, maintenant, est-ce que l'une d'entre vous a vu de quel côté Micky est parti ? Je voudrais le remercier personnellement pour le travail excellent qu'il a fourni.

— Bien sûr, répondit Sam, qui veilla à rester parfaitement impassible tout en désignant l'intérieur du *Star and Sixpence*. Je pense qu'il est parti par là.

— Parfait, parce que je ne voudrais surtout pas qu'il nous prenne pour des ingrats.

La vieille femme remercia Sam d'une petite tape sur la tête avant de filer à toute allure.

— Je crois que Franny a le béguin, constata Nessie, amusée. Pauvre Henry !

Elle jeta un coup d'œil à Henry Fitzsimmons, qui sortait avec la préposée des postes depuis quelques mois.

— Pauvre Henry ? ironisa Sam. Pauvre Micky, tu veux dire ! Il est sur le point de rencontrer la fan la plus intense qu'il ait jamais connue.

***

— J'ai des nouvelles.

Sam arrêta de remuer son *latte*. Plus loin dans le bar, Nessie cessa de charger des bouteilles de vin dans les réfrigérateurs. Toutes deux dévisageaient Kathryn, plantée de l'autre côté du bar désert, l'air aussi excité que craintif.

— Quel genre de nouvelles ? demanda Sam. Le genre qui nécessite des bulles ou celui qui demande qu'on soit assises ?

— Des bulles, je crois, répondit Kathryn. Le groupe part en tournée.

Sam sourit. Une tournée de Sonic Folk, c'était le signe qu'ils étaient plus demandés que jamais.

— Des bulles, cela ne fait aucun doute, confirma-t-elle. Même si onze heures du matin, c'est sans doute un peu tôt pour du champagne, samedi ou pas.

— C'est génial ! s'enthousiasma Nessie en se redressant. Tu pars quand ?

Kathryn fit la grimace.

— C'est ça, le problème : en bons musiciens qui se respectent, on s'est occupés du planning à la dernière minute et donc notre premier concert tombe ce jeudi. À Newcastle. Ensuite, on a des dates à Leeds, Hull et Manchester et après, c'est un peu flou.

— C'est super ! fit Sam. Il était temps que vous perciez. Comment Owen a-t-il pris la nouvelle ? ajouta-t-elle après un regard furtif à Nessie.

— Il est ravi, répondit Kathryn. Et puis, il ne va pas rester trop longtemps père célibataire : la grand-mère de Luke va venir chez eux pendant quelques semaines.

Sam réfléchit aux mots prudemment choisis par Kathryn. Elle n'avait pas dit : « ma mère », autrement dit, il devait s'agir de la mère d'Eliza. Sam coula un autre coup d'œil à Nessie : vu son air ébranlé, sa sœur avait dû tirer la même conclusion.

— C'est chouette, dit Nessie. Cela fait un moment que Luke ne l'a pas vue, non ?

Kathryn réfléchit quelques instants.

— Quelques années. Elle a très mal supporté la mort d'Eliza. Et Luke ressemble tellement à sa mère qu'il doit parfois être difficile de voir au-delà de la ressemblance, j'imagine. C'est sans doute une partie de l'explication.

— Une partie de l'explication ? répéta Nessie. Quelle est l'autre partie ?

Comment quelqu'un pouvait-il rester loin d'un enfant aussi adorable que Luke ?

— Elle est…, commença Kathryn, hésitante. Ce n'est pas la personne la plus chaleureuse que j'aie jamais rencontrée, voilà tout. On pourrait difficilement la qualifier de maternelle. Mais elle est très compétente et je sais qu'elle s'occupera bien de mes garçons.

— Owen est assez grand pour s'occuper d'eux deux, non ? intervint Sam, sceptique.

Kathryn éclata de rire.

— Bien sûr. Mais il faut aussi qu'il gagne leur vie et les horaires de l'école ne facilitent pas beaucoup la tâche des parents qui travaillent. La présence de Gweneth sera d'une grande aide.

— Je trouve que c'est une bonne idée, convint Nessie. Et tu mérites une pause, toi aussi.

— Ne nous oublie pas quand tu seras célèbre, hein ? la taquina Sam. Vous êtes programmés pour notre fête du Nouvel An. Hier soir, Micky Holiday parlait de revenir pour se joindre à vous.

— Vraiment ? fit Kathryn, interloquée.

Sam confirma d'un hochement de tête.

— Il s'est pris d'affection pour Ruby, à la grande déception de Franny. On n'a peut-être pas fini de le voir ici.

Kathryn perdit un peu de son émoi de groupie.

— Tant mieux. Ruby mérite qu'on prenne soin d'elle : elle a traversé quelques mois difficiles. Mais Micky Holiday…, reprit-elle avec un soupir. C'est une légende du rock. Si j'avais dix ans de plus, je me laisserais bien tenter.

— Qu'il ne t'entende surtout pas ! la prévint Sam, les yeux pétillants. Micky est un sacré beau parleur : je l'ai déjà vu mettre des femmes plus jeunes que toi dans son lit, avec son baratin de charmeur.

Kathryn sourit.

— Ne t'inquiète pas, j'ai passé assez de temps parmi les musiciens pour être immunisée. Quoi qu'il en soit, je suis seulement venue pour vous informer des derniers développements de ma carrière. Je ferais mieux de rentrer avant que Luke ne s'aperçoive de mon absence et n'en profite pour vider le bocal à biscuits.

Sam attendit de se retrouver seule avec sa sœur pour s'éclaircir la gorge.

— Donc, la belle-mère d'Owen vient et elle va rester un moment.

Nessie se pencha afin de reprendre son remplissage du frigo.

— Je pense que ça fera du bien à Luke de la voir.

— Mais peut-être que ça ne fera pas autant de bien à Owen.

— Je ne sais pas, admit Nessie. On n'a pas beaucoup parlé d'Eliza, ni de sa famille. En tout cas, il n'a jamais laissé entendre qu'il y avait un problème.

« Mais Kathryn, si », aurait voulu objecter Sam. En lisant entre les lignes, elle en avait déduit que Gweneth n'aimait pas Owen, sans quoi elle aurait été plus présente dans la vie de son petit-fils, non ? Elle n'était même pas venue en novembre, pour fêter son anniversaire avec lui.

— Et qu'est-ce que tu penses à l'idée de la rencontrer ? Tu crois que ça la dérangera qu'Owen ait de nouveau quelqu'un dans sa vie ?

Nessie lui répondit par un sourire tendu.

— Bien sûr que non. Eliza est morte il y a trois ans, elle doit bien s'attendre à ce qu'Owen passe à autre chose, à un moment donné.

— Eh bien, moi, je pense qu'elle va poser problème, répliqua Sam en la regardant droit dans les yeux.

Les épaules de sa sœur s'affaissèrent.

— Moi aussi, en fait, murmura-t-elle. Pourvu qu'on se trompe…

Chapitre 14

— Alors, on le revoit quand, ton splendide petit ami ?

Les yeux pétillants, Martha, plantée derrière le comptoir de sa boulangerie, tendait à Sam une miche de pain fraîchement tranchée et une boîte de tartelettes garnies de crumble. Elle ne cachait pas son béguin pour Nick Borrowdale et s'interrogeait sans cesse sur le moyen de le faire revenir à Little Monkham.

Sam éclata de rire.

— Pas avant un moment, désolée. Il est toujours en tournage.

Martha fit la moue sous sa toque blanche.

— Pas sur *L'Auberge des contrebandiers* ? Les Cornouailles sont charmantes à toute époque de l'année, mais ils ne filment tout de même pas en décembre ? Il risque d'attraper la mort.

— Il est en Nouvelle-Zélande, sur un gros blockbuster. Je ne peux pas en dire plus.

— Oh ! s'exclama Martha dont le visage s'éclaira. On pourra avoir des billets pour l'avant-première ?

Je te fournirai en beignets toute ta vie durant si tu m'y emmènes.

Sam s'esclaffa de nouveau.

— Je vais voir ce que je peux faire.

Elle prit congé de Martha, puis passa à la boucherie voisine pour passer la commande de Noël de Nessie et vérifier qu'ils étaient toujours d'accord pour tenir leur stand de saucisses de dinde au barbecue à la Ripaille festive. Martha n'était pas la seule à aimer Nick, se dit Sam en regagnant le pub. Le village entier l'avait adopté, ce qui compliquait la vie de Joss, qui gardait une dent contre lui. Peu importait que cette rancune soit infondée, Joss n'aimait pas Nick et il ne devait pas être facile d'entendre ce nom sur toutes les lèvres, partout où il allait.

Elle repensa à Nick et à la dernière nuit qu'ils avaient passée ensemble, avant son départ pour la Nouvelle-Zélande. Il l'avait serrée contre lui à l'aéroport quand elle l'y avait accompagné pour lui dire au revoir.

— Tu vas me manquer.

— Tu vas me manquer aussi, avait-elle répété, en se levant pour l'embrasser. Mais tu ne pars que pour six semaines. Tu seras de retour avant même de t'en rendre compte.

Ses yeux bruns avaient pétillé quand il avait souri.

— C'est vrai. Et l'avantage d'être éloignés l'un de l'autre, c'est qu'on aura des retrouvailles. Est-ce que je réserve à nouveau la chambre avec le lit à baldaquin du *Star and Sixpence* ?

— Tu auras du mal, avait rétorqué Sam. Elle est retenue pour des mois. Tu devras t'encanailler avec moi dans les quartiers du personnel à l'étage inférieur.

— Ça ne me dérange pas, avait-il répliqué avant de redevenir sérieux, à la faveur d'une pause. On pourrait peut-être prendre du temps pour nous au Nouvel An ? Loin de Little Monkham et de Londres, juste nous deux ?

— J'aimerais bien, avait répondu Sam avec un sourire.

L'embarquement pour son vol avait été annoncé et Sam l'avait doucement poussé.

— Allez, va donc mener la belle vie avec tous tes amis célèbres. Sois génial.

Nick l'avait enlacée et emportée dans le genre de baiser auquel elle commençait à s'habituer, le genre qui lui faisait presque oublier qui et où elle était. Quand ils s'étaient écartés, les yeux de Nick paraissaient plus sombres que jamais.

— On se voit dans six semaines.

Sam avait posé un doigt sur ses lèvres qui la picotaient encore.

— Six semaines, avait-elle répété alors qu'il s'éloignait.

Six semaines pour prendre une décision qui changerait à nouveau sa vie…

Et maintenant, alors qu'il ne restait plus que trois semaines avant le retour de Nick, Sam n'arrivait toujours pas à se décider. Elle ne s'était pas confiée à Nessie, n'avait révélé à personne que Nick lui avait proposé d'emménager avec lui. Il n'en avait pas reparlé pendant leurs conversations sur Skype. Comme il semblait laisser la balle entièrement dans son camp, et Sam avait repoussé cette idée au fond de son esprit. Mais elle ne pourrait pas faire éternellement l'autruche. D'ici

Noël, elle devrait avoir tranché. Le problème, c'était que quel que soit son choix, elle allait briser le cœur de quelqu'un : celui de sa sœur ou celui de son petit ami. Or elle n'avait envie de blesser ni l'un ni l'autre.

— Qu'est-ce que tu vas porter pour la remise des prix du Pub de l'année ?

Nessie leva les yeux de la table de la cuisine, l'air préoccupée.

— La robe violette que j'ai achetée pour le mariage de Bev, il y a quelques années. Pourquoi ?

Sam croisa les bras.

— Pas question. Je ne veux pas être vue avec toi si tu portes cette tenue : on croirait qu'elle sort de la penderie de Franny. Tu n'as rien d'autre ?

— Bon sang, Sam, les cérémonies tape-à-l'œil, ce n'est pas mon truc, protesta Nessie. Tu l'as dit toi-même, on ne va pas gagner, alors qu'est-ce que ça peut faire, ce que je porte ?

Ses années dans les relations publiques lui avaient appris qu'on devait toujours se montrer à son avantage, quelle que soit l'occasion, et elle avait donné exactement le même conseil à ses clients.

— Crois-moi, c'est important, répliqua Sam d'un air mécontent. Et puis, tu ne veux pas être belle pour Owen ?

Nessie eut l'air honteuse.

— Je ne lui ai pas encore proposé de m'accompagner.

— Pourquoi ? s'enquit Sam, incrédule.

La cérémonie de remise des prix aurait lieu dans moins de deux semaines, au sein d'un luxueux hôtel londonien, et elles avaient reçu chacune une invitation pour deux personnes. Connor, le barman du *Star and Sixpence*, accompagnerait Sam et celle-ci avait suggéré que Nessie invite Owen.

— Owen rechigne à passer la nuit loin de Luke. J'attendais le moment propice pour tâter le terrain et puis Kathryn nous a annoncé qu'elle partait. Alors j'ai pensé qu'il valait mieux attendre l'arrivée de Gweneth, à savoir jeudi.

C'était plutôt logique, mais Sam connaissait sa sœur et son excès de prudence.

— Ça ne lui laissera qu'une semaine pour s'organiser.

Nessie se mordilla la lèvre.

— Écoute, Sam, je ne suis pas sûre que ce soit une bonne…

— On en a déjà parlé, l'interrompit sa sœur, avec une fermeté pleine de douceur. Owen et toi, vous n'arriverez jamais à avancer à Little Monkham. Vous avez besoin d'un peu de temps loin du village et cette cérémonie de remise des prix est une occasion parfaite.

— Mais…

— Mais rien, coupa Sam. Je n'en reviens pas d'être pratiquement obligée de te forcer à t'attaquer à ces incroyables biceps de forgeron, Nessie.

L'interpellée soupira.

— Je sais. Je ne veux pas précipiter les choses, c'est tout.

Sam prit une grande inspiration, puis soupira.

— Demain, c'est l'anniversaire du jour où nous avons emménagé ici. Owen et toi, vous vous connaissez depuis exactement un an et vous n'avez pas dépassé le stade du baiser occasionnel. Ce n'est pas ce que j'appelle précipiter les choses, Ness.

Les joues de sa sœur virèrent au rose.

— Ou bien je me trompe ? demanda Sam avec un petit sourire surpris.

— Non, mais… (Nessie hésita, puis se lança.) Je crois que j'en ai envie.

— Alors invite-le à la cérémonie, conclut Sam. Prends une chambre double si ça peut t'aider ou réserve la suite lune de miel. Peu importe les moyens. Prends juste le taureau par sa corne.

— Sam ! s'écria une Nessie rouge pivoine.

— Je suis sérieuse. Tu n'as pas eu d'amant depuis Patrick et je doute qu'Owen ait eu beaucoup d'aventures de son côté. Sérieusement, couche avec Owen. Je parie qu'il connaît un truc ou deux.

À présent, les joues de Nessie avaient pris une nuance pourpre.

— D'accord. Mais si j'accepte de lui demander, tu promets d'arrêter d'en parler ?

Sam leva les mains.

— Seulement si tu promets de lui demander.

— Je promets.

— Bien, approuva Sam, satisfaite. Tu sais que je te force la main uniquement parce que je t'aime, n'est-ce pas ?

Nessie soupira.

— Oui. Et je sais de quoi ça a l'air vu de l'extérieur, mais, honnêtement, on progresse. On prend juste…

— Vous prenez votre temps, je sais, la coupa Sam, radoucie. Je veux seulement que tu sois heureuse, Ness.

L'intéressée fixa la table pendant un moment, puis releva timidement la tête.

— Je dois admettre que je suis curieuse de voir la taille de ses muscles.

— Moi aussi, convint Sam avec un sourire. Mais j'ai hâte d'entendre parler de la taille de tout le reste aussi.

Le dimanche matin se leva sur un froid vif et un ciel parfait. L'herbe de l'esplanade était encore d'un blanc argenté, malgré le bleu du ciel et le soleil, quand Sam se rendit chez Ruby. Elle se frottait les mains en marchant, heureuse de porter l'écharpe en cachemire que Nick lui avait offerte avant son départ. L'hiver à Little Monkham semblait beaucoup plus froid qu'à Londres, mais le déficit des températures était compensé par la beauté du village qui ressemblait à une carte de Noël, étincelante et fraîche. Quelle splendeur ce devait être sous la neige !

Ruby était prête quand Sam frappa à la porte de Weir Cottage. Elle se hâta de la faire entrer, après un commentaire frissonnant sur le froid, et l'entraîna dans la cuisine, dont l'air fleurait bon les croissants et le café tout juste passé. Le petit déjeuner du dimanche matin en compagnie de Ruby était devenu une habitude pour Sam et Nessie, tantôt chez l'une, tantôt chez les autres. Au début, il s'agissait de prévenir une rechute de la vieille femme, mais, au fil du temps, alors que Ruby restait sobre, c'était devenu un rituel que chacune attendait avec impatience. Plus que tout, ces petits déjeuners avaient permis à Sam et Nessie de mieux connaître Ruby et, à travers elle, d'en savoir plus sur ce père dont elles avaient été séparées. La vieille femme leur avait donné une liasse de lettres qu'il avait écrites et que leur mère avait renvoyées sans les ouvrir : ces missives s'étaient révélées très instructives et leur avaient montré un Andrew Chapman bien différent du fainéant un peu je-m'en-foutiste que les deux sœurs avaient toujours vu en lui. Pourtant, Sam avait toujours du mal à lui pardonner d'avoir fait passer l'alcool avant sa famille, même si elle comprenait maintenant qu'il n'avait pas eu le choix.

— Joyeux anniversaire, lança Ruby, une fois qu'elles furent toutes deux attablées dans la cuisine, devant des mugs de cappuccino fumants et une assiette de pâtisseries encore chaudes. Vous avez survécu à une année entière à Little Monkham.

Sam sourit.

— L'année dernière, à la même époque, Nessie et moi étions en train de préparer la voiture et de nous disputer comme des chiffonnières sur la durée du trajet pour arriver ici. Nessie voulait partir à midi, mais j'avais organisé un déjeuner d'adieu avec des amis.

— Qui a gagné ? s'enquit Ruby, amusée.

— Moi, répondit Sam en soupirant. Et on s'est perdues à la tombée de la nuit, si bien que j'ai regretté de ne pas avoir écouté Nessie.

— Beaucoup d'eau a coulé sous les ponts depuis. Je suis sûre qu'elle t'a pardonné.

— Probablement, concéda Sam avec un petit rire ironique. Et puis, avouons-le, j'ai fait bien pire.

— Mais tu as fait aussi beaucoup de choses bien : tu as contribué à redonner au *Star and Sixpence* sa gloire d'antan, tu as soutenu ta sœur pendant son divorce, apprivoisé cette dragonne de Franny Forster. (Les yeux de Ruby pétillaient.) Ce sont des réussites extraordinaires, ma belle. Tu peux en être fière.

Sam ne put s'empêcher de rire.

— Vu comme ça…

Ruby lui tapota la main.

— Tu es une jeune femme merveilleuse, Sam, et je suis très heureuse que tu fasses partie de ma vie. J'espère que ça ne te dérange pas, mais je t'ai acheté un petit cadeau d'anniversaire.

Elle attrapa une petite boîte joliment emballée, à l'autre bout de la table. Sam la regarda faire avec consternation.

— Ruby, il ne fallait pas !

La vieille femme balaya dédaigneusement ses protestations.

— Et pourquoi pas ? Vous avez été adorables avec moi et je veux montrer ma gratitude. Vas-y, ouvre.

Secouant la tête, Sam tira sur le gros nœud que formait le ruban, souleva le couvercle de la boîte de couleur crème… et poussa un cri. À l'intérieur se trouvait une magnifique pièce de six pence en argent, suspendue à une chaîne.

— J'espère que ça te plaît, dit Ruby en l'observant attentivement. Nessie aura l'étoile, la « star » de votre pub. Tu pourras l'échanger avec elle si tu préfères.

Sam effleura la pièce rutilante du doigt et secoua la tête.

— Certainement pas. C'est magnifique… Merci !

Ruby s'adossa à sa chaise, visiblement ravie.

— Ce n'est pas grand-chose, juste un petit témoignage de ma gratitude.

— C'est magnifique, répéta Sam en s'attachant la chaîne autour de son cou. Je l'adore.

— Tu m'en vois ravie. Et maintenant mangeons, avant que ces pâtisseries ne refroidissent. Comme le dit l'animateur fort charmant de mon émission de pâtisserie préférée : « Il n'y a rien de pire qu'une base spongieuse. »

Sur quoi, elle souleva l'assiette de croissants et la tendit à Sam.

En regagnant le pub, Sam était tellement plongée dans ses pensées qu'elle ne vit pas Joss avant de lui tomber dessus. Elle perçut un léger mouvement lorsqu'il fut tout près d'elle et leva les yeux, surprise.

Il lui adressa un petit signe de tête, sous son épais bonnet. Et elle décela surtout de la circonspection dans ses yeux bleus.

— Bonjour, Sam. Comment vas-tu ?

Elle le dévisagea pendant quelques secondes, le temps de rassembler ses pensées. Même si elle l'avait déjà vu plusieurs fois sans sa barbe dorée, elle était toujours frappée par son air juvénile maintenant qu'il était imberbe. Mais il avait des cernes sous les yeux et elle détestait la façon dont il la regardait, comme s'il s'attendait à recevoir un coup de marteau. Cela étant, oui, il avait de bonnes raisons d'être inquiet : il l'évitait depuis la nuit où il l'avait embrassée.

— Ça va, répondit-elle. Et toi ?

— Ça va, répondit-il à son tour, toujours sur ses gardes. Je fais aller.

Sam se contenta d'opiner et un silence gênant s'installa. Elle n'avait pas l'intention d'ouvrir la bouche.

C'était une astuce à laquelle elle avait vu Myles Brightman, son ancien patron, recourir un nombre incalculable de fois : les gens détestaient les silences gênants et lançaient souvent la première chose qui leur passait par la tête dans l'espoir de les combler.

Joss tripota nerveusement son bonnet.

— Écoute, à propos de ce qui s'est passé à Halloween…

Il laissa sa phrase en suspens. Encore une fois, Sam attendit.

— Je suis désolé, d'accord ? Je n'aurais pas dû. Mais tu étais si belle dans ce costume de Catwoman et j'avais bu quelques verres… C'est juste… (Ses épaules s'affaissèrent.) Tu me manques, c'est tout.

Il avait l'air si abattu que Sam renonça à le faire souffrir. Elle prit une profonde inspiration.

— Tu me manques aussi. Mais tu as dépassé les bornes : tu devais savoir que je ne pouvais pas te reconnaître.

— J'espérais que si, murmura-t-il. Mais tu n'as pas eu l'air surprise et j'ai compris que tu ne te doutais pas qu'il s'agissait de moi. Alors j'ai fait moi aussi comme si de rien n'était.

— J'ai mis du temps à comprendre, admit-elle. Mais tu n'avais pas besoin de m'éviter ensuite. Si ça n'a pas marché entre nous, rien ne nous empêche d'être amis.

Joss laissa échapper un petit rire incrédule.

— Amis ? On ne peut pas être amis, Sam. Pas tant que Nick Borrowdale est là pour me remuer le couteau dans la plaie.

Sam le dévisagea.

— Il ne te remue pas le couteau dans la plaie, il est parti depuis des semaines. Et tu n'as pas vraiment été un moine de ton côté… Comment ça se passe avec la fille que tu voyais… Rebecca, c'est ça ?

— On a rompu, répondit-il en se renfrognant.

— Oh. Désolée, fit Sam, avant d'ajouter, hésitante : Ce n'est pas… Ce n'est pas lié à ce qui s'est passé à Halloween, si ?

— Qu'est-ce que ça peut faire ? répliqua Joss avec une indifférence lasse. Ça n'aurait jamais fonctionné, de toute façon. On avait des attentes différentes.

Sam n'osa pas demander ce qu'il entendait par là : elle avait l'horrible pressentiment qu'elle se découvrirait d'une manière ou d'une autre coupable de tout, si elle ouvrait cette boîte de Pandore.

— Pour ce que ça vaut, je suis désolée.

Il ouvrit la bouche, puis parut se raviser.

— Moi aussi, se contenta-t-il de lâcher.

Nouveau silence… que Sam rompit, cette fois.

— Tu sais qu'on a gagné le prix du Pub régional de l'année ?

Joss hocha la tête.

— J'ai quelques amis à l'Association des vrais amateurs de bière. L'un d'eux m'a tenu au courant. Félicitations.

Bien sûr qu'il avait des amis dans cette association ! Il avait été un bon caviste et Sam savait qu'il travaillait dans un pub de Purdon désormais, il était donc toujours dans le métier. Et à dire vrai, ce prix, elles le devaient en partie au travail acharné de Joss. S'il ne s'était pas aussi bien occupé de la bière, Connor aurait eu beaucoup de mal à reprendre les rênes après son départ.

La visite anonyme de l'Association des vrais amateurs de bière s'était déroulée pendant l'été et leur juge avait fait des commentaires sur tout, depuis l'amabilité du personnel au bar jusqu'à l'épaisseur du papier toilette. Il avait chanté les louanges des bières proposées, toutes de qualité selon lui.

— C'est la finale dans deux semaines. On va tous à Londres, précisa Sam, sachant qu'il était sans doute également au courant.

— J'espère que vous allez gagner.

Sam éclata de rire.

— On n'a aucune chance, mais merci quand même. À moins que tu ne saches quelque chose que j'ignore ?

Joss leva les mains.

— Je ne suis pas dans le secret des dieux. Mais Nessie et toi, vous avez travaillé dur pour faire du *Star and Sixpence* ce qu'il est. Vous méritez de la reconnaissance.

Il faisait un réel effort… Elle lui sourit.

— Merci. Regarde-nous, en train de converser comme des… (Elle s'interrompit, réalisant qu'elle était sur le point de dire « adultes » alors que Joss détestait quand elle insinuait qu'il n'agissait pas en adulte.) Comme des gens civilisés.

— Je ne sais pas si nous pourrons être amis un jour, Sam, mais je n'ai aucun problème avec la politesse. J'espère sincèrement que vous allez gagner, Nessie et toi.

— Merci. Je suis sûre que tu seras au courant, le cas échéant : tu entendras nos cris depuis Londres.

Joss plongea son regard dans le sien.

— Je pensais ce que j'ai dit tout à l'heure. Tu me manques. Et ça me manque aussi de travailler au *Star and Sixpence*.

Elle sentit soudain la tristesse s'abattre sur elle en repensant à la manière dont les choses s'étaient passées.

— Je sais que ça n'a pas toujours été génial, mais on formait une bonne équipe. Je regrette que tu sois parti.

— Je n'aurais pas pu rester, répliqua-t-il en se redressant. Mais ça ne veut pas dire que je ne regrette pas mon départ. Si jamais vous êtes à court de personnel, faites-le-moi savoir. Ça ne me dérangerait pas de vous donner un coup de main, à l'occasion, même si c'est juste pour servir la bière de Noël à la Ripaille festive.

Ce fut au tour de Sam de plonger ses yeux dans les siens.

— C'est très généreux de ta part, merci. On va peut-être réussir à être amis, au bout du compte.

Joss sourit.

— Peut-être. À un de ces jours, Sam.

— Oui, confirma Sam en commençant à s'éloigner. À un de ces jours.

C'était une partie du problème, songea-t-elle en entrant dans le pub. Avec son regard de ciel d'été et son sourire contagieux, Joss l'avait déjà séduite une fois et elle n'était pas sûre à cent pour cent de parvenir à se libérer totalement de son emprise.

Chapitre 15

Les étoiles brillaient d'un éclat vif, le dimanche soir, et un mince croissant de lune argenté flottait dans le ciel de satin noir lorsque Nessie se rendit chez Ruby pour la remercier de son cadeau attentionné.

Elle trouva la vieille femme d'humeur mélancolique.

— Entre, ma chérie. J'étais justement en train de trier quelques vieilles photos.

La table de la cuisine disparaissait sous les photos, coupures de presse et programmes de théâtre. Les premières étaient un ensemble de clichés professionnels datant de l'époque où Ruby était actrice : dans la pile colorée, Nessie entrevit quantité de costumes et de poses théâtrales. Les coupures de journaux étaient jaunies par l'âge et les programmes portaient les logos de nombreux théâtres célèbres du West End ainsi que les titres de pièces connues. Nessie se saisit du programme le plus proche.

— « *L'esprit s'amuse*, lut-elle, une pétillante comédie romantique de Noël Coward. »

Ruby hocha la tête.

— Je l'ai jouée à deux reprises : une fois en 1982, où j'ai tenu le rôle d'Elvira, le fantôme, et une fois en 2004. Là, j'ai joué le rôle de Mme Arcati, la médium. Mes jours de gloire, fit-elle dans un soupir.

Le regard de Nessie fut attiré par une autre photo.

— Est-ce que c'est vous et… Elizabeth Taylor ?

Son interlocutrice sourit.

— Ah, cette chère Liz ! Nous avons eu de nombreuses conversations jusqu'au milieu de la nuit, autour d'une bouteille ou deux, pour mettre de l'ordre dans nos vies amoureuses.

— Et là ?

— C'est Micky Holiday et moi, admit Ruby, en regardant la photo dont Nessie s'était saisie. Il était plutôt bel homme à l'époque.

— Il l'est toujours, répliqua Nessie avec un petit sourire. Il suffit de poser la question à Franny ou Kathryn.

Ruby lui jeta un clin d'œil.

— Pas besoin de demander à Franny, elle n'a pas dissimulé son admiration, vendredi dernier. Je crois l'avoir entendue employer l'expression « vieux beau ».

Nessie en convint, mais objecta :

— Il n'avait d'yeux que pour vous. Dois-je en conclure que vous avez été ensemble ?

— Oui, admit Ruby, les yeux pétillants. On a formé un couple très puissant, jusqu'à ce qu'il me brise le cœur. Ou est-ce moi qui ai brisé le sien ? Tu sais, je ne m'en souviens pas.

— Il a l'air d'avoir encore de l'affection pour vous, en tout cas. Quand allez-vous le revoir ?

Ruby éclata de rire.

— Tu joues les marieuses, Nessie ?

— Non ! s'écria-t-elle, le rouge aux joues. Bon, d'accord, peut-être un peu.

— Il a parlé d'un dîner pour le Nouvel An, en souvenir du bon vieux temps. J'ai répondu que j'allais y réfléchir. (Elle observa la photo pendant quelques secondes.) Ça ne peut pas faire de mal de se laisser un peu désirer, surtout avec un homme comme Micky.

Nessie ne put s'empêcher de comparer sa propre situation avec celle de Ruby.

— Comment vous savez tout ça ? Je suis nulle à ce genre de jeux.

— En effet, convint Ruby, en lui coulant un regard entendu. Mais Owen ne vaut pas mieux. Voilà pourquoi vous devriez être honnêtes l'un envers l'autre.

— Plus facile à dire qu'à faire, marmonna piteusement Nessie.

Il y avait une pile de photographies, plus modeste, sur le bord de la table : à l'évidence, des photos de famille montrant Ruby et son fils Cal, lorsqu'il était enfant. Nessie les survola du regard. Elle savait que ces clichés contenaient des souvenirs doux-amers pour Ruby. Et à côté de cette pile se dressait une autre, plus petite encore : Ruby avec Andrew Chapman, le père de Sam et Nessie.

C'était toujours un choc de le voir tel qu'il était dans ses dernières années. Nessie ne se souvenait de lui qu'à travers le prisme de l'enfance : dans son esprit, il était toujours aussi jeune et beau qu'il l'avait été juste avant de les quitter. La boisson n'avait pas encore affecté son physique à l'époque ; il n'avait pas le visage rougeaud et flasque, le nez piqueté et bulbeux comme sur les photos qui le montraient aux côtés de Ruby, sous les traits d'un individu qui était en même temps son père et un inconnu.

Nessie se secoua.

— Je suis venue vous remercier pour ce joli cadeau, dit-elle en touchant l'étoile d'argent qui pendait à son cou. C'est très gentil de votre part.

— Tout le plaisir est pour moi, ma puce, répliqua Ruby. Vous êtes ce qui se rapproche le plus d'une famille pour moi, ta sœur et toi.

Ses yeux passèrent brièvement sur les photos de son fils, et Nessie eut mal pour Ruby.

— Je sais que nous en avons déjà parlé, mais ne pensez-vous pas qu'il serait temps pour vous d'essayer de retrouver Cal ?

Ruby parut hésiter.

— Je ne sais pas… Il n'était pas très réceptif, la dernière fois que nous avons discuté. En fait, si je me souviens bien, il m'a même dit de ne plus jamais le contacter.

Nessie connaissait l'histoire : la carrière de Ruby l'avait amenée à déserter souvent la maison familiale, et ses relations avec son mari et son fils en avaient pâti. Lorsque Cal avait été assez âgé pour se rendre compte de l'absence de sa mère, l'alcool avait encore terni leur relation et il avait fini par couper les ponts.

— C'était il y a combien d'années ? demanda Nessie.

— Sept, répondit Ruby. Non, huit. Juste après la fête de ses vingt et un ans. J'ai bien peur d'avoir été un peu ivre.

Nessie lui lança un regard d'encouragement.

— Beaucoup de choses peuvent changer en huit ans. Vous-même, vous avez changé.

Ruby laissa échapper un petit rire.

— J'ai arrêté de boire, tu veux dire ? Oui, je suppose que ce n'est pas rien. Mais je crains qu'il ne soit trop tard pour Cal et moi. Je serai toujours la mère qui n'a pas été là pour lui et rien de ce que je pourrais faire n'y changera quoi que ce soit.

Le ton était vif, pourtant Nessie n'était pas dupe. Peu importait le jeu d'actrice de Ruby, elle ne parvenait pas à masquer sa tristesse.

— Vous ne le saurez jamais si vous n'essayez pas, insista-t-elle. (Elle glissa un coup d'œil à la photo de son père.) S'il y a une chose que je regrette, c'est de ne pas avoir eu l'occasion de reparler à papa avant sa mort et d'entendre sa version de l'histoire. Certes, vous nous avez remis les lettres qu'il nous a écrites quand nous étions enfants, mais j'aurais aimé avoir cette conversation de vive voix avec lui.

— Et je sais qu'il aurait tout donné pour vous revoir une dernière fois, Sam et toi, renchérit Ruby en soupirant. (Elle ferma les yeux.) Soit. Je peux vous communiquer la dernière adresse connue de Cal et sa date de naissance, si l'information est susceptible de vous aider ?

Nessie sourit.

— Je n'ai aucun doute là-dessus. Et qui sait, peut-être qu'on le retrouvera à temps pour Noël.

Elle attendit que Ruby mette la main sur son carnet d'adresses en feuilletant les vieux programmes de théâtre et en s'émerveillant de tous les rôles qu'elle avait joués, de Lady Macbeth à Norma Desmond dans *Sunset Boulevard*. Nessie savait que la carrière de Ruby avait été longue et riche, mais elle n'avait encore jamais mesuré l'actrice talentueuse et polyvalente qu'elle avait été. Elle passa au crible les coupures de journaux : critiques élogieuses de nombreux spectacles auxquels Ruby avait participé, comptes rendus de fêtes prestigieuses grouillant de célébrités. Et puis elle tomba sur un article qui la laissa bouche bée.

— Ruby, vous avez gagné un BAFTA ? demanda-t-elle à son amie lorsque celle-ci regagna la cuisine.

— Ah, je vois que tu as découvert ma brève carrière cinématographique, constata Ruby, les yeux pétillants. J'ai reçu un BAFTA pour le meilleur second rôle féminin, dans un mélo où je jouais avec Laurence Olivier. Il était gravement malade à ce moment-là, nous étions en 1983. N'empêche que, malgré sa santé défaillante, il était dix fois meilleur que moi, à l'écran.

Nessie la regarda fixement.

— Pourtant, vous avez reçu un BAFTA.

— Non, ma puce, c'est Laurence qui m'a offert ce BAFTA. Son talent était si immense que j'ai pu lui en emprunter un peu et proposer une interprétation qui a attiré l'attention de l'Académie.

— Je suis sûre que c'est faux. Vous étiez brillante par vous-même.

— Eh bien, peut-être juste un peu, admit Ruby. Et qui sait ce qui aurait pu se passer si je n'avais pas découvert que j'étais enceinte ?

Nessie commençait à comprendre.

— De Cal ?

Ruby acquiesça.

— J'ai auditionné pour d'autres films, mais ce n'était pas comme aujourd'hui : personne ne voulait d'une actrice principale enceinte, à une époque où des tas d'autres jeunes pousses étaient prêtes à prendre sa place. Alors, après la naissance de Cal, je me suis réfugiée dans le théâtre. (Elle marqua une pause et esquissa un sourire mélancolique.) Je crois que c'est là que je me suis mise à boire.

Nessie la regarda avec une compassion muette. Ruby avait toujours dépeint sa carrière comme une réussite éclatante, pour laquelle elle avait tout sacrifié. Jamais elle n'avait laissé entendre que cette carrière n'avait peut-être pas été aussi épanouissante qu'espéré.

— Mais c'est de l'histoire ancienne maintenant, de toute façon, ajouta Ruby en se secouant vivement. J'ai eu plus que ma part de bonne fortune au fil des ans.

— Qu'avez-vous fait du BAFTA ? demanda Nessie, vaincue par la curiosité.

— Il prend la poussière sous mon lit. Je n'ai jamais pu supporter de le regarder, vois-tu. Tiens, ajouta-t-elle en lui tendant une feuille où figuraient quelques lignes tracées d'une belle écriture calligraphiée. Les coordonnées de Cal.

Nessie y découvrit une adresse dans le Somerset.

— Et je t'ai apporté ça par la même occasion. Je l'avais gardée en me demandant quand vous la donner.

Elle tenait une enveloppe : les noms de Nessie et de Sam y avaient été maladroitement griffonnés.

— Vous l'aviez « gardée » ? répéta Nessie. Pourquoi ?

— Parce que c'est la dernière, répondit Ruby en passant la lettre à Nessie. Il l'a écrite en sachant qu'il n'en avait plus pour longtemps. Et vu ce que tu as dit ce soir, je pense qu'il est peut-être temps de te la donner.

La gorge nouée, Nessie observa pendant quelques secondes la missive qu'elle avait entre les mains. *La dernière…*

— Merci. Je la lirai avec Sam, plus tard. Et nous allons nous mettre au travail tout de suite, ajouta-t-elle en agitant l'adresse de Cal.

— Je n'ai pas beaucoup d'espoir, marmonna Ruby sur un soupir.

Nessie se leva pour prendre sa main dans la sienne.

— Qui sait, peut-être que Cal aura changé, lui aussi.

Sam resta de longues secondes sans parler, après que Nessie lui eut remis l'enveloppe.

— Je ne suis pas sûre d'être prête, avoua-t-elle enfin, en s'arrangeant pour faire face à sa sœur, sur le canapé du salon. D'accord, je lui ai pardonné beaucoup de choses depuis qu'on a découvert les mensonges de maman, comme quoi il nous aurait abandonnées. Mais ça semble… très définitif.

Nessie hocha la tête : elle ressentait exactement la même chose, elle avait l'impression de devoir prendre congé d'un père qu'elles n'avaient appris à mieux comprendre que l'année précédente.

— Ruby n'a pas dit grand-chose, mais elle a laissé entendre que ça n'allait pas être une lecture facile.

Sam inspira-expira.

— En même temps, je ne tiens pas à remettre à plus tard. Si Ruby pense que nous sommes prêtes, c'est peut-être bien le cas.

— D'accord, convint Nessie. Je vais nous chercher un verre.

C'était le petit rituel du dimanche soir qu'elles avaient adopté avant d'être à court de lettres : elles s'asseyaient sur le canapé avec un verre de vin et elles lisaient les mots que leur père leur avait écrits, des décennies plus tôt. Ce soir-là, toutefois, Nessie devinait que la lecture allait s'avérer particulièrement intense.

Sam attendit que Nessie soit assise à côté d'elle, puis lui remit la lettre.

— Ouvre-la. Tu étais sa préférée, après tout.

— N'importe quoi, s'insurgea-t-elle avec un éclat de rire. Tu aurais dû le voir s'occuper de toi quand tu étais bébé.

— C'est toi l'aînée, donc, insista Sam. À toi de l'ouvrir.

Nessie glissa un doigt sous le rabat de l'enveloppe et sentit la colle craquer avant de céder. Elle remarqua sur-le-champ les changements survenus dans l'écriture de leur père : vieillie et tremblotante, même si Andrew n'avait qu'une soixantaine d'années lorsqu'il était mort. Sam prit un côté de la feuille, Nessie l'autre, et elles entamèrent leur lecture.

Star and Sixpence
Sixpence Lane
Little Monkham
Shropshire
SY6 2XY

Le 13 juillet 2015

Vanessa et Samantha, mes chéries,

De nombreuses années se sont écoulées depuis ma dernière lettre. Je ne sais pas si vous avez jamais su que je vous écrivais. J'aime à penser que vous l'avez ignoré, mais peut-être suis-je un vieil homme stupide. Votre mère vous a peut-être montré ces enveloppes et vous avez choisi de ne pas les ouvrir. Cela n'a sans doute plus d'importance maintenant, ce qui est fait est fait.

Si vous lisez ces lignes, c'est probablement que vous avez rencontré Ruby. Elle est très différente de votre mère, mais je pense que vous allez l'apprécier. Elle a été la lumière qui m'a permis de continuer à vivre pendant de nombreuses années et je remercie l'étoile bénie qui l'a mise sur mon chemin, presque autant que je remercie celle qui m'a donné mes deux filles chéries. Vous avez toujours été dans mon cœur, même si vous n'avez malheureusement pas fait partie de ma vie.

Ruby m'oblige à vous écrire ces mots de bonne heure, le matin, non que je sois au mieux de ma forme, mais parce que mes pensées sont un peu plus vives, en dépit des martèlements dans ma tête et de ma main qui tremble. Pardonnez-moi donc mon affreuse écriture. Elle insiste pour que je vous écrive maintenant, si je veux avoir plus de chances de me souvenir de tout. Malheureusement, je crains qu'il ne soit déjà trop tard. Je veux que vous sachiez une chose : vous perdre toutes les deux a été le plus grand regret de ma vie. Je suis désolé de ne pas avoir été là pour vous voir devenir les jeunes femmes accomplies que vous devez être à présent. Et je suis désolé de ne bientôt plus être là pour voir tout ce que vous allez accomplir encore. Mais surtout, je suis désolé pour chaque moment de douleur ou de tristesse que je vous ai causé. Vous êtes toutes les deux le meilleur de moi-même et je vous ai aimées à la seconde où vous êtes nées.

Vous savez maintenant que je vous ai laissé le Star and Sixpence. C'est une vieille dame qui s'est bien occupée de moi pendant toutes ces années. J'espère qu'elle fera de même pour vous. Mais peut-être ne voudrez-vous pas vivre ici, auquel cas je vous donne ma bénédiction pour faire ce que vous voulez du bâtiment, même si vous risquez de rencontrer une certaine opposition en la personne de Franny Forster. C'est une femme bien, elle aussi, dès lors que vous ne vous laissez pas décourager par sa susceptibilité. Quoi qu'il en soit, j'ai écrit un jour qu'à mon avis, vous alliez aimer Little

Monkham... Que votre séjour ici soit long ou court, j'espère que j'avais raison. Cet endroit et les gens qui y vivent m'ont beaucoup apporté.

Les souvenirs que vous avez gardés de moi sont ceux d'un géant maladroit qui aurait cassé vos jouets avant de les abandonner, j'en suis certain. J'aurais aimé avoir l'occasion de rectifier cette image. Tout ce que je peux faire, c'est vous laisser ma maison et espérer que ce geste suffira à vous montrer que je vous ai aimées, malgré les apparences.

Soyez heureuses, mes filles chéries,
Je vous aime, Papa.

Aucune des deux sœurs n'ouvrit la bouche pendant plusieurs secondes, puis Nessie prit tant bien que mal une profonde inspiration et attrapa son verre de vin. Des larmes ruisselaient sur ses joues lorsqu'elle se tourna vers Sam et leva son verre pour l'entrechoquer au sien.

— À papa. Je regrette qu'on ne l'ait pas mieux connu.

Les joues de Sam étaient humides, elles aussi.

— Oui, balbutia-t-elle, en parvenant tout de même à sourire malgré ses larmes. À papa.

— Tu crois que ça pourrait aller ?

Il était presque onze heures ce mardi matin-là. Attablée dans la cuisine avant même que six heures ne sonnent, Nessie tentait de composer une lettre pour le fils de Ruby. Une rapide vérification des listes électorales leur avait appris que Cal n'habitait plus à l'adresse que Ruby leur avait donnée, mais elles avaient réussi à retrouver sa trace dans une petite ville de la banlieue d'Oxford. À présent cependant, Nessie n'était plus très sûre de savoir quoi dire au fils de leur amie.

— « Cher Cal, lut-elle en essayant d'insuffler un peu de confiance dans sa voix. Je vous écris de la part de votre mère, Ruby Cabernet, qui est une amie proche de ma famille. Je sais que vous ne vous êtes pas vus depuis de nombreuses années et qu'elle le regrette. Je me demandais donc si vous accepteriez de prendre un café et de discuter avec elle. »

Sam s'appuya contre le plan de travail.

— C'est un peu formel, commenta-t-elle, dubitative.

— Le truc, c'est que je ne le connais pas, se justifia Nessie. Et vu que je fourre mon nez dans ses affaires, je dois bien être un peu formelle, non ?

— Oui, concéda Sam. Mais tu devrais quand même lui faire comprendre que Ruby a arrêté de boire. Sans le dire noir sur blanc, évidemment.

Nessie gémit et jeta son stylo sur la table.

— Pourquoi c'est moi qui m'y colle alors que c'est toi, la spécialiste des relations publiques ? Tu sais comment tourner les phrases pour qu'elles sonnent mieux et qu'elles soient plus séduisantes.

Sam secoua la tête.

— Tu vas y arriver. Indique juste que Ruby a changé et suggère qu'elle mérite une seconde chance : s'il est à moitié aussi intelligent que sa mère, il lira entre les lignes.

— Mais si ce n'est pas le cas ? insista Nessie, qui sentait l'anxiété monter en elle. Et si je fais tout foirer et que Ruby ne le revoit plus jamais ? Allez, Sam, c'est important.

— D'accord, capitula celle-ci avec un soupir.

Soulagée, Nessie la vit s'asseoir à la table et opérer les tours de magie qu'elle savait si bien pratiquer avec les mots. Elle pensait beaucoup plus à Ruby et Cal depuis qu'elle avait lu la dernière lettre de leur père. L'histoire ne devait surtout pas se répéter. Ruby méritait d'avoir une chance d'arranger les choses avec son fils. Pourvu seulement que Sam et elle parviennent aussi à convaincre Cal de lui accorder cette chance.

Chapitre 16

— Nessie, j'aimerais te présenter Gweneth.

Elle s'essuya subrepticement la main sur son jean et sortit de derrière le bar, espérant ne pas trahir la nervosité qui l'habitait. C'était ridicule de se sentir intimidée par la belle-mère d'Owen, se rappela-t-elle en s'obligeant à afficher un sourire chaleureux. Elle avait trente-six ans, pas seize. Rencontrer la parentèle de son petit ami ne devrait pas lui poser le moindre problème.

— Bonjour, Gweneth, je suis ravie de vous rencontrer enfin, dit-elle en tendant la main. J'ai beaucoup entendu parler de vous.

La femme blonde ne lui rendit pas son sourire. Au lieu de quoi, elle effleura très brièvement la main tendue de Nessie, puis laissa retomber son bras.

— Bonjour.

Sans cesser de sourire, Nessie effectua une nouvelle tentative.

— Je peux vous offrir quelque chose à boire ? Un café ou un verre de vin ?

Gweneth balaya le pub du regard pour en examiner chaque détail. Le bar était calme, ce vendredi midi-là, mais Nessie regrettait de ne pas avoir pris le temps de ramasser les verres vides disséminés ici et là, surtout quand le bleu glacial des yeux de Gweneth se posa sur elle.

— C'est un peu tôt pour moi, merci.

Le cœur de Nessie se serra : le blâme était impossible à ignorer dans l'intonation de son interlocutrice. Où était Sam quand elle avait besoin d'elle ? Nessie s'interdit de jeter des coups d'œil ici et là. Un peu de charme devrait faire des merveilles.

— Gweneth est arrivée hier, d'Aberystwyth, intervint Owen. Elle va rester avec nous pendant l'absence de Kathryn.

Cette intervention indiquait qu'Owen aussi était nerveux, parce qu'elle savait parfaitement pourquoi Gweneth séjournait chez lui et il ne l'ignorait pas, puisqu'ils en avaient parlé au dîner, quelques soirs plus tôt.

— Oh oui, bien sûr, dit poliment Nessie. Avez-vous fait bon voyage ?

— Tolérable, je dirais, répondit Gweneth. Il y a si longtemps que je n'étais pas revenue à Little Monkham que j'avais oublié à quel point cette contrée était reculée.

Nessie décela comme une légère accusation derrière ces mots. Elle s'empressa de s'éclaircir la gorge.

— Je suis sûre que Luke est ravi de vous voir. Il a parlé de votre visite toute la semaine.

Une fois de plus, le regard glacial de Gweneth disséqua Nessie.

— Passez-vous beaucoup de temps avec mon petit-fils, jeune dame ?

L'interpellée coula un bref coup d'œil à Owen pour voir s'il percevait les mêmes vibrations. Elle le vit plisser le front.

— Il m'arrive de faire du baby-sitting… (Elle sentit ses joues s'échauffer.) Et… je suppose qu'on peut dire que nous sommes… que nous avons…

— Nessie et moi sortons ensemble, acheva Owen. Donc oui, elle passe beaucoup de temps avec Luke. Il ne jure que par elle.

— Et l'affection est mutuelle, ajouta Nessie. C'est un petit garçon très spécial.

Le sourire qu'elle adressa à Owen naissait pour partie de sa gratitude, pour partie de la joie qu'elle éprouvait.

Gweneth eut l'air d'avoir été giflée.

— Je vois. Je n'étais pas au courant de la situation, Owen.

Ses lèvres avaient blanchi, tant elle les pinçait.

— Eh bien, maintenant, vous savez, répliqua-t-il.

— Maintenant, oui, répéta Gweneth, en fusillant Nessie du regard. Eh bien, je ne vais pas vous retenir plus longtemps. Il semble que vous ayez beaucoup de pain sur la planche.

Elle afficha un sourire qui ne gagna pas ses yeux et tourna les talons. Sur un regard d'excuse à Nessie, Owen voulut lui emboîter le pas, mais elle lui attrapa le bras.

— Tu n'avais pas pensé à le lui annoncer à l'avance ?

— Je suis désolé. Je ne pensais pas qu'elle réagirait comme ça. Je repasserai plus tard, on pourra en reparler, ajouta-t-il en exerçant une légère pression sur sa main.

Nessie le regarda partir, sous le choc. Sam avait raison à propos de Gweneth Morgan : cette femme allait poser problème.

Au cours des jours suivants, Nessie se tint éloignée du Cottage des Perce-neige. Cela étant, elle fut si occupée à gérer les drames liés à la préparation de la Ripaille festive que ce ne fut pas bien difficile. Le manège réservé par Sam ne pouvait soudain plus être fourni et il avait fallu à Nessie de nombreux coups de téléphone désespérés pour lui trouver un remplaçant. Une miniquerelle avait éclaté entre Henry et Rob, le mari de Martha, pour savoir qui était le plus apte à jouer le Père Noël du village. Il avait fallu toutes les compétences diplomatiques du père Goodluck pour résoudre le dilemme. Et si les températures continuaient à baisser, ils risquaient tous de geler, mais ce point au moins n'était pas du ressort de Nessie.

Owen avait tenu parole et appelé le *Star and Sixpence* pour la rassurer. Il était sûr et certain que Gweneth ne la détestait pas ; elle avait juste du mal à s'adapter à Little Monkham, où tout lui rappelait Eliza. Sam suggéra d'un haussement de sourcils qu'Owen aurait pu mieux gérer la situation.

— Mais au moins Luke est heureux qu'elle soit là, marmonna-t-elle.

— En fait, je ne suis pas sûre que ce soit le cas, nuança Nessie avec une grimace. Je l'ai vu partir pour l'école ce matin et tu sais comment il est, d'habitude : il jacasse sans arrêt. Eh bien, aujourd'hui, non. Il n'a pas ouvert la bouche et il avait l'air à bout.

Sam secoua la tête.

— Hmm. Elle revient quand, Kathryn ?

— Le 24 décembre, répondit Nessie. Mais que va-t-il se passer si cela devient une habitude ? Si Kathryn décide de déménager et qu'Owen a de plus en plus besoin de l'aide de Gweneth ?

— Ça n'arrivera pas, déclara Sam.

Sauf qu'elle paraissait moins sûre d'elle.

— Ce n'est pas impossible, soutint Nessie. Kathryn a déjà dit qu'elle était inquiète de voir sa vie lui échapper.

— Je voulais dire qu'Owen ne s'appuierait pas indéfiniment sur Gweneth, rectifia Sam. Surtout s'il voit que Luke est malheureux avec elle.

Nessie soupira.

— Je ne sais pas. Je me suis peut-être trompée. Si ça se trouve, Luke était juste de mauvaise humeur pour une raison ou pour une autre.

— Alors il renoncera à faire appel à Gweneth s'il voit que tu es malheureuse, insista Sam. On n'a pas l'impression que ses relations avec sa belle-mère soient idylliques.

— J'imagine que ce n'est pas facile pour elle non plus. Elle va peut-être passer ici dans un jour ou deux, une fois qu'elle aura pris ses marques.

Mais Gweneth ne manifesta aucune intention de passer. En fait, elle changea même de trottoir pour éviter Nessie, le samedi matin suivant. Owen ne se montra pas non plus au *Star and Sixpence*, ce que Ruby ne manqua pas de remarquer.

— Pas d'Owen ce soir ? demanda-t-elle en sirotant au bar le cocktail sans alcool, pêche et fleur de sureau, que Connor avait concocté pour elle.

Nessie fit de son mieux pour garder une contenance insouciante.

— Pas ce soir. J'imagine qu'il tient compagnie à Gweneth.

Ruby se pencha vers elle.

— Je parie qu'il s'y colle contre son gré, murmura-t-elle, mauvaise. Tu as vérifié qu'elle ne l'avait pas enchaîné à son enclume ?

— Ruby ! s'exclama Nessie, en s'efforçant de ne pas rire. Ce n'est pas très gentil.

— Gweneth Morgan non plus, répliqua Ruby. Je sais que ça n'a pas dû être facile de perdre sa fille dans ces circonstances, mais, si mes souvenirs sont exacts, ses regards pouvaient déjà congeler de la lave en fusion, bien avant la maladie d'Eliza.

— Owen et moi allons boire un verre lundi soir, annonça Nessie. À condition que Gweneth veuille bien garder Luke.

— C'est là que le bât blesse, répliqua Ruby en soupirant. Je suis désolée de me montrer pessimiste, mais je ne compterais pas sur Gweneth pour permettre d'une façon ou d'une autre à Owen de passer du temps avec toi, Nessie.

Le dimanche matin, elle eut beau essayer de ne pas se laisser affecter, Nessie faillit gémir devant la tombe de son père, où elle était venue apporter des fleurs, lorsqu'elle avisa Gweneth, devant celle d'Eliza, à quelques concessions de là. Elle pensa à faire demi-tour, puis carra les épaules et poursuivit son chemin : elle n'avait pas peur de Gweneth Morgan.

Pourtant, quand celle-ci se retourna, Nessie faillit changer d'avis. La belle-mère d'Owen la regardait approcher dans un silence glacial qui n'avait pas grand-chose à voir avec la température négative.

— Bonjour, Gweneth, lança Nessie en faisant de son mieux pour paraître amicale. Vous appréciez votre séjour à Little Monkham ?

L'atmosphère devint encore plus froide.

— Je suis sur la tombe de ma fille. « Apprécier » n'est pas le mot que j'aurais choisi.

Nessie s'empourpra.

— Bien sûr. Je ne voulais pas… Je vous présente toutes mes condoléances. D'après ce que j'ai entendu dire, Eliza était une personne merveilleuse.

Gweneth baissa les yeux sur la pierre tombale de l'intéressée, ce qui empêcha Nessie de voir son visage.

— Oui, en effet. C'était quelqu'un d'irremplaçable.

Faute de savoir comment poursuivre, Nessie entreprit d'arranger les fleurs qu'elle avait apportées sur la tombe de son père.

— Mais bien sûr… vous êtes la fille d'Andrew Chapman, lâcha Gweneth tout à trac. Cela explique certainement pourquoi vous buviez à l'heure du déjeuner, vendredi.

Nessie serra si fort la tige qu'elle introduisait dans l'un des vases encastrés qu'elle s'enfonça une épine dans le doigt.

— Je ne buvais pas, répliqua-t-elle aussi calmement qu'elle le put, malgré son cœur qui battait la chamade. Je vous ai offert un verre, par politesse, parce que vous étiez dans un pub et que c'est souvent ce que font les gens qui se trouvent dans un pub.

Son interlocutrice n'eut pas l'air convaincue.

— Croyez-moi, je suis bien placée pour le savoir. Il y a toutes sortes de gens dans ces endroits.

Les mots eux-mêmes étaient innocents, mais pas l'intonation sur laquelle ils étaient prononcés. Nessie se leva.

— Vous savez quoi ? Je vais revenir m'occuper de la tombe de mon père plus tard.

— Pas si vite, la retint Gweneth, l'œil mauvais. Nous devons tirer deux-trois choses au clair, vous et moi.

— Je ne pense pas…

— Owen était marié à ma fille et Luke est mon petit-fils, la coupa Gweneth, comme si elle n'avait pas entendu Nessie. Ils sont *ma* famille.

Elle voulut répliquer encore, mais son interlocutrice la devança.

— Peut-être qu'avec le temps, Owen trouvera quelqu'un pour refaire sa vie, mais je vous fiche mon billet que ce quelqu'un ne sera pas vous.

Nessie recula comme sous la brûlure d'un coup de fouet.

— Qu'avez-vous exactement contre moi ?

Gweneth la fusilla du regard.

— Vous vous êtes vue ? Vous n'arrivez pas à la cheville d'Eliza. Vous passez vos journées derrière un bar et vous empestez la bière… Si vous vous imaginez un seul instant que je vais laisser une femme comme vous s'occuper de mon petit-fils, vous vous fourrez le doigt dans l'œil. Je préférerais le prendre avec moi, plutôt que cela n'arrive.

Le monde chavira autour de Nessie. C'était complètement dingue ! Gweneth venait-elle vraiment de suggérer qu'elle pourrait priver Luke de son père ?

— Pardon ?

Gweneth haussa les épaules.

— Où que je pose les yeux, je ne vois que des signes de négligence. Owen est trop débordé à travailler à la forge pour s'occuper correctement du petit et je suppose que sa sœur ne vaut pas beaucoup mieux, quand elle est là. D'après ce que je vois, Luke passe la plupart de ses journées à jouer à des jeux vidéo, car il refuse obstinément tout ce que je suggère.

— Luke n'est absolument pas livré à lui-même, protesta Nessie, stupéfaite.

— Oh, je n'en sais rien, lâcha Gweneth d'une voix tout à coup coup mielleuse. Mais je décèle des indices évidents de laisser-aller. À mon avis, les services sociaux prêteront une oreille attentive à une grand-mère inquiète, vous ne croyez pas ? Si je décide que c'est nécessaire…

Et soudain, Nessie comprit.

— Vous voulez que je laisse tomber Owen.

— Je n'oserais jamais suggérer une chose pareille. Mais si vous tenez à Luke autant que vous le prétendez…

L'air parut s'être transformé en mélasse autour de Nessie.

— Soit je renonce, soit vous enlèverez Luke à Owen.

Gweneth ne répondit rien. Elle demeurait simplement devant la tombe d'Eliza, à narguer Nessie d'un petit sourire narquois.

— Je vous laisse réfléchir, lâcha enfin la mégère, en passant devant elle. Je suis sûre que vous ferez ce qui est le mieux pour tout le monde.

Nessie la regarda s'éloigner. Avait-elle imaginé toute cette conversation ? Gweneth ne pouvait quand même pas insinuer qu'elle dénoncerait Owen aux services sociaux si Nessie ne mettait pas fin à leur relation. Et pourtant, ses derniers mots résonnaient encore à ses oreilles : « Je suis sûre que vous ferez ce qui est le mieux pour tout le monde… »

Sans s'en douter, Ruby avait vu plus que juste, songea Nessie, ébranlée, en se penchant une fois de plus pour arranger les fleurs sur la tombe de son père. Gweneth n'avait peut-être pas enchaîné Owen, mais elle l'avait piégé.

La sensation d'être prisonnière d'un cauchemar sans fin se prolongea durant toute la journée du dimanche et contamina même le lundi. Elle se trompa dans le petit déjeuner commandé par M. et Mme Guthrie, les occupants d'une chambre d'hôtes, et dut se confondre en excuses. Après quoi, sans parvenir à s'expliquer comment, elle trouva le moyen de laver ses serviettes blanches avec une chaussette rouge, ce qui les fit toutes virer au rose saumon. Sam, qui avait remarqué son air préoccupé, lui demanda à plusieurs reprises ce qui n'allait pas. Nessie fut tentée de lui révéler la raison de sa déprime, mais elle savait que sa sœur serait outrée et tiendrait à affronter Gweneth, esclandre qui risquait d'avoir toutes sortes de répercussions inattendues. Nessie ignorait si la belle-mère d'Owen avait vraiment l'intention de mettre sa menace à exécution, mais une confrontation directe était la dernière chose qu'elle souhaitait, surtout si le bien-être de Luke était en jeu. Non, elle allait d'abord effectuer quelques recherches discrètes. Peut-être commencerait-elle par toucher deux mots sur Gweneth Morgan à Kathryn, avant de mettre ensuite au point la marche à suivre. Malheureusement, cela signifiait aussi qu'en attendant, elle devait persuader Gweneth de son obéissance, sans expliquer à Owen ce qui se passait. Il serait déçu, n'y comprendrait plus rien… Et Sam non plus.

— Tu es bien silencieuse ce soir, constata Owen.

Ils étaient attablés dans un restaurant à quelques kilomètres de Little Monkham. Nessie fit de son mieux pour sourire, mais elle savait qu'elle n'était guère convaincante.

— J'ai un peu mal à la tête, pour être honnête.

Il lui jeta un regard inquiet.

— Pourquoi n'as-tu rien dit ? On aurait pu reporter la soirée et sortir quand tu te sentirais mieux.

Nessie soupira.

— C'était dommage de gaspiller une baby-sitter à domicile. (Elle marqua une pause, le temps de rassembler son courage, puis continua.) Alors, comment tu t'en sors, avec ta nouvelle colocataire ?

Owen prit quelques secondes pour mastiquer une bouchée de steak. Cherchait-il à gagner du temps pour élaborer une réponse diplomatique ?

— Pas mal, disons. Elle a quelques idées démodées sur l'heure du coucher, auxquelles Luke a du mal à se conformer, me semble-t-il. Et elle refuse de lui lire *Harry Potter*, si bien qu'il attend son départ pour lire sous les draps.

Nessie laissa échapper un petit rire.

— C'est tout Luke, ça !

— Et tout moi, quand j'étais petit, avoua Owen, l'air amusé. Je m'endormais toujours tard pour finir un livre quand j'avais son âge. Et ça m'arrive encore, pour tout te dire.

Nessie tenta de chasser l'image séduisante d'Owen dans des draps de coton blancs, plongé dans la lecture d'un livre.

— Mais Luke est heureux avec elle, non ? insista-t-elle. Il aime bien sa présence chez vous ?

— On dirait, ce qui est probablement une bonne chose vu qu'elle propose qu'il aille passer quelques jours chez elle, dans un avenir proche.

Nessie faillit laisser échapper sa fourchette.

— Ah bon ? Qu'est-ce que tu lui as répondu ?

Elle avait parlé avec une brusquerie non intentionnelle qui fit tiquer Owen.

— J'ai répondu qu'on verrait comment les choses se passent. C'est quoi toutes ces questions, Nessie ? Qu'est-ce qui ne va pas ?

— Rien, répondit-elle, d'un ton piteux. C'est juste que…

Elle s'arrêta, car l'envie de lui révéler la vérité avait brusquement enflé en elle. Il n'avait pas l'air d'apprécier particulièrement la visite de sa belle-mère, et elle n'avait pas non plus l'impression que Luke soit tellement heureux. Mais Owen ressemblait à Sam sur ce point : si Nessie lui parlait du marchandage de Gweneth, il tiendrait à la confronter. Et les choses ne pourraient prendre alors qu'une seule tournure : la belle-mère nierait tout et ferait passer Nessie pour une personne aussi névrosée que peu sûre d'elle, puis elle mettrait son horrible plan à exécution, au grand dam de tout le monde. En suggérant que Luke pourrait passer quelques jours chez elle, peut-être Gweneth cherchait-elle à rappeler à Nessie ce qui risquerait d'arriver si elle ne se pliait pas à ses exigences…

— Je crois qu'on devrait faire une pause, lâcha-t-elle.

Owen parut encore plus perplexe.

— Dans notre dîner ?

Elle s'arma de courage.

— Non, nous, toi et moi.

— Ah bon, fit Owen, soudain très calme. Je vois.

Elle serra les poings sous la table, pour préparer la réplique qui allait suivre.

— C'est juste que les choses semblent aller trop vite ces jours-ci : mon divorce n'est pas encore prononcé et… Eh bien, je pense qu'on devrait prendre un peu de recul, c'est tout. Réfléchir à ce qu'on veut vraiment.

Owen reposa sa fourchette et la regarda fixement.

— Je sais déjà ce que je veux.

Malgré ce qu'elle tentait de dire, le regard qu'il lui lança la fit frissonner, l'obligeant à repousser ce sentiment pour se concentrer.

— Ne me demande pas de t'expliquer, j'en suis incapable.

— C'est à propos de ton divorce ? demanda-t-il, déconcerté. Parce que je me fiche complètement que tu aies obtenu tes papiers signés.

Nessie secoua la tête.

— Non, ça n'a rien à voir… (Elle s'efforça d'ignorer la nausée au creux de son ventre.) Écoute, c'est presque Noël, on va être très occupés, tous les deux. Pourquoi ne pas se mettre d'accord pour faire une pause jusqu'au Nouvel An ?

Owen l'examina quelques secondes sans rien dire.

— Tu ne semblais pas de cet avis, la semaine dernière. Qu'est-ce qui a changé ?

— Rien, répondit-elle, incapable de croiser son regard. C'est mieux, c'est tout. Tu vas devoir me faire confiance.

Le silence se prolongea, jusqu'à ce qu'Owen s'empare de la main de Nessie.

— Si c'est ce que tu veux, d'accord. Je te fais confiance.

La gorge nouée, elle sentit ses yeux s'embuer.

— C'est ce que je veux.

— Alors ça me va, répliqua-t-il en lui serrant doucement les doigts. Tu mérites qu'on t'attende, Nessie.

C'était tellement injuste ! Nessie lutta contre les pitoyables larmes qui menaçaient de ruisseler sur ses joues. Mais c'était aussi le seul moyen qu'elle entrevoyait pour protéger Luke et Owen de Gweneth. Refoulant ses larmes d'un énergique battement de cils, elle prit quelques secondes supplémentaires pour se ressaisir, puis leva les yeux vers le regard sombre d'Owen.

— Merci, balbutia-t-elle en esquissant un sourire hésitant. J'espère que tu as raison.

Chapitre 17

— Tu as fait quoi ?

Incapable d'en croire ses oreilles, Sam examina sa sœur avec incrédulité, le mardi matin suivant. La dernière fois qu'elles avaient parlé d'Owen, Nessie s'apprêtait à l'inviter à la remise des prix du Pub de l'année à Londres et voilà que, par une pirouette défiant toute logique accessible à Sam, elle semblait avoir rompu avec lui.

Nessie eut l'élégance de paraître honteuse.

— Baisse la voix, lui intima-t-elle en embrassant le bar silencieux du regard. Ce n'est qu'une rupture temporaire et j'ai mes raisons.

— Quelles raisons ? s'insurgea Sam, atterrée. Honnêtement, Nessie, je ne te comprends pas parfois : il est sexy et complètement entiché de toi, vous êtes tous les deux célibataires. Pourquoi voudrais-tu faire une pause ?

— Je ne veux pas en parler, Sam, répondit Nessie en redressant le menton. Je t'ai expliqué ce qui se passait. Maintenant, tu pourrais laisser tomber ?

Sam voulut argumenter, puis se ravisa. Sa sœur avait le droit de gérer sa relation avec Owen comme elle l'entendait, même si son comportement lui donnait, à elle, l'envie de hurler de frustration. N'empêche, il y avait manifestement plus dans cette rupture – temporaire ou non – que ce que Nessie voulait bien laisser entendre.

— Soit, fit-elle en tâchant de se calmer. Tant que tu vas bien.

Nessie lui lança un sourire malheureux.

— Ça va. Alors, c'est quoi, le plan pour jeudi ?

Sam passa en mode « travail ».

— La cérémonie ne commence pas avant dix-neuf heures. Tilly a demandé à son amie Robin de l'aider à s'occuper du bar, donc je me suis dit qu'on pourrait récupérer Connor et filer à Londres juste après le déjeuner. On s'enregistre à l'hôtel en milieu d'après-midi et on va faire les boutiques.

— On va faire les boutiques ? répéta Nessie. Je pensais que tu avais déjà ta tenue.

Sam visualisa la robe de cocktail argentée, accrochée au dos de la porte de sa chambre, et les escarpins à lanières dans sa garde-robe.

— Je l'ai, répondit-elle. On va faire du shopping pour toi. (Voyant que Nessie s'apprêtait à protester, Sam la coupa.) Je t'ai déjà dit que ta robe violette ne fera pas l'affaire. Tu as besoin de quelque chose de sensationnel, Nessie. Laisse-moi te gâter, d'accord ? ajouta-t-elle d'une voix radoucie. Appelle ça un cadeau de Noël en avance.

— Rien de décolleté, la prévint sa sœur. Ni de trop moulant.

Sam leva les mains en signe de feinte capitulation.

— Promis. On gardera l'expédition chez *Victoria's Secret* pour un autre jour, conclut-elle avec un regard malicieux à sa sœur.

À son réveil, le jeudi matin, Sam tiqua en découvrant le message sur son téléphone, avant de pester, frustrée.

— Nessie ? lança-t-elle en repoussant la couette. Ness, on a un problème.

Non sans grimacer quand ses pieds touchèrent le sol froid de la chambre, elle enfila sa robe de chambre et traversa le palier vers la cuisine. Nessie mettait la touche finale au petit déjeuner anglais complet destiné aux hôtes retardataires des chambres de l'étage.

— Tilly a de la fièvre, lança Sam quand sa sœur leva les yeux. Elle ne pense pas pouvoir venir aujourd'hui.

Le visage de Nessie se décomposa.

— Oh non ! Elle s'est plainte de frissons toute la journée d'hier, si bien que je l'ai renvoyée chez elle en avance. Je ne pense pas que son amie Robin voudra venir sans elle. Qu'est-ce qu'on va faire ?

Sam tapota pensivement son téléphone.

— Faire appel aux bonnes volontés ? Est-ce qu'on connaît quelqu'un qui sache manier les pompes à bière ?

Elle repensa à Joss et à sa proposition de les aider en cas de besoin. Sa sœur serait-elle d'accord, si elle voyait que cette solution ne la dérangeait pas elle-même ?

— Tu peux me donner un coup de main pour les monter, s'il te plaît ? demanda Nessie, en désignant les lourds plateaux. Et ensuite, on va réfléchir comme il se doit.

— Qu'est-ce que tu dirais de demander à Owen ? suggéra Sam, une fois les petits déjeuners livrés en bonne et due forme. Il lui est déjà arrivé de travailler au bar et je suis sûre qu'il sera heureux de nous aider, même si tu lui as brisé le cœur.

— Je ne lui ai pas brisé le cœur, protesta Nessie en grimaçant. Mais je préfère ne pas le lui demander. N'y a-t-il personne d'autre ?

Perplexe, Sam observa sa sœur d'un air pensif. Qu'est-ce qui se cachait derrière cette aversion soudaine pour Owen ? Elle avait surgi de nulle part : un jour, elles discutaient de ses muscles d'une manière légèrement osée et, le lendemain, Nessie tressaillait presque à la mention de son nom. Qu'est-ce qui avait changé au cours de la semaine passée ?

— Il y a bien une personne à qui on pourrait demander ce service, dit-elle sans cesser d'observer Nessie. Mais tu ne vas peut-être pas aimer l'idée.

— Qui ? demanda Nessie, intriguée. Pas Franny, tout de même ?

— Bon sang, non ! balbutia Sam. On perdrait tous nos clients. Non, je parlais de Joss… Je l'ai croisé il y a quelques jours et il a dit qu'il serait heureux de nous aider, si nous étions coincées.

— Je ne pense pas que ce soit une très bonne idée, en effet, répliqua Nessie, bras croisés. Pas après tout ce qui s'est passé entre vous.

— Il connaît bien la cave, objecta Sam. Et quoi que tu penses de lui, c'est quelqu'un de fiable.

Nessie fronça les sourcils.

— Ce n'est pas sa fiabilité qui m'inquiète. Tu as oublié le bal masqué ?

Sam secoua la tête.

— Bien sûr que non. Mais on a discuté et on sait tous les deux où on en est, maintenant. Réfléchis-y, Ness.

Sa sœur n'avait pas l'air convaincue.

— Je ne sais pas.

Mieux valait ne pas insister.

— Il est sans doute déjà pris, de toute façon, concéda-t-elle. Je pourrais peut-être appeler les pubs du coin, voir si certains de leurs employés seraient intéressés. Quelqu'un pourrait avoir envie d'un peu d'argent supplémentaire, à l'approche de Noël.

— À moins qu'ils ne soient déjà pris, eux aussi, nuança Nessie avec un soupir. J'ai l'impression que l'une de nous va devoir rester.

Refusant d'accepter la défaite, Sam attrapa son téléphone.

— Laissez-moi d'abord voir ce que je peux faire.

En milieu de matinée, elle était à court d'options. Les propriétaires de pubs auxquels elle s'était adressée n'auraient pas demandé mieux que de l'aider, mais beaucoup d'établissements servaient des repas et avaient les fêtes de Noël à préparer : malgré leur bonne volonté, ils ne pouvaient pas se passer de personnel. Les agences aussi tournaient à flux tendu : la période de l'Avent était tout simplement trop chargée, lui expliqua-t-on.

— Pourquoi je ne resterais pas ici ? suggéra Nessie, quand Sam lui annonça la mauvaise nouvelle. Il est bien évident que tu dois y aller, et Connor a travaillé si dur qu'il mérite vraiment d'assister à la cérémonie. Ça ne me dérange pas de la manquer, en revanche.

Sam la dévisagea avec consternation. Nessie avait travaillé dur, elle aussi, et c'était son nom qui figurait au-dessus de la porte. Elle aussi devait profiter de cette remise des prix : ce n'était pas comme si la gestion d'un pub était très glamour au quotidien.

— Je sais que tu ne veux pas demander à Owen, mais est-il envisageable que… ?

— Non. Je ne pense pas que Gweneth approuverait, de toute façon. D'après ce qu'elle m'a dit, elle n'est pas très fan des pubs.

Le déclic se fit soudain dans la tête de Sam : Gweneth était l'élément perturbateur de la situation. Son arrivée avait déclenché un problème entre Nessie et Owen, quelque chose que Nessie ne voulait pas partager avec sa sœur ni, apparemment, avec Owen lui-même. La mine songeuse, Sam réfléchit : il était peut-être temps pour elle de jouer à nouveau les entremetteuses…

— Soit, Ness, dans le pire des cas, je pense que tu devras rester, déclara-t-elle. C'est dommage, cela dit, parce que j'avais vraiment envie qu'on prenne un peu de bon temps ensemble.

Nessie haussa les épaules sans parvenir à masquer sa déception.

— Il faudra faire en sorte d'être à nouveau nommées l'année prochaine.

Sam se leva et s'étira.

— Je fais un petit saut vite fait au magasin. Tu as besoin de quelque chose ?

Nessie regarda l'horloge, étonnée.

— Tu ne vas pas être un peu juste, là ? Je croyais que tu voulais partir à l'heure du déjeuner ?

— Parce que je pensais qu'il faudrait passer à Oxford Street, expliqua Sam, en se dirigeant vers l'escalier qui descendait au bar. J'ai tout mon temps maintenant. À plus.

Owen se trouvait exactement là où Sam l'avait escompté : dans sa forge, en train de marteler un morceau de métal chauffé à blanc sur son enclume. Elle attendit la fin des coups de marteau, puis la plongée du métal incandescent dans un seau d'eau, pour l'interpeller.

Il leva les yeux.

— Tiens, Sam… Je ne te vois pas souvent ici.

Elle avança de quelques pas, mais resta à bonne distance de la chaleur du fourneau derrière lui. Owen était l'image parfaite du forgeron, avec son front couvert de suie et ses boucles sauvages rehaussées par la lumière du feu.

— J'ai une proposition à te faire, Owen.

Il écouta ses explications.

— Donc je me demandais si tu pourrais nous aider en tenant le bar quelques heures, ce soir ? conclut-elle.

— Je ne demande pas mieux, acquiesça Owen. À quelle heure vous auriez besoin de moi ?

— Vers dix-neuf heures, ce serait parfait, répondit Sam en souriant. Et merci.

Elle avait presque atteint la porte quand il lui lança :

— Dis à Nessie que je lui souhaite bonne chance. Amusez-vous bien.

Sam croisa les doigts et se retourna pour lui sourire.

— Oh, tu peux compter sur nous ! Merci, Owen.

Le bureau de poste était calme, ce que Sam avait justement espéré en traversant l'esplanade. Derrière son comptoir, Franny lisait le journal local quand elle entra.

— Bonjour, Samantha. Que puis-je pour toi ?

Sam s'empara d'un tube de dentifrice et le déposa sur le comptoir.

— Achats de dernière minute.

— Je vois, dit Franny. À quelle heure partez-vous ?

— Sous peu. Je veux nous laisser un peu de temps, au cas où il y aurait des embouteillages, à Londres, parce qu'il est hors de question d'être en retard.

Franny lui décocha un regard aiguisé, par-dessus ses lunettes.

— Hors de question, en effet. Vous êtes les ambassadrices de Little Monkham, avec Vanessa. L'honneur du village tout entier repose sur vos épaules.

Devait-elle mentionner leur changement de plan ? Tout en payant ses emplettes, Sam choisit de se taire. La préposée des postes pourrait se porter volontaire pour travailler au bar, ou pire, décider d'aller à Londres à la place de Nessie. Sam n'était pas certaine de pouvoir supporter vingt-quatre heures de Franny sans interruption.

— En parlant d'ambassadrice de Little Monkham, j'ai reçu des nouvelles de Kathryn. Sa tournée semble bien se dérouler.

— Je suis ravie de l'apprendre, dit Franny. Même si le groupe n'est pas à proprement parler « du cru » : seule Kathryn vient du village.

Sam acquiesça, révisant mentalement le canevas de la conversation.

— C'est chouette qu'elle s'amuse, qu'elle sorte un peu au lieu de s'occuper en permanence de Luke. Et c'est une bonne chose pour lui, de passer du temps avec sa grand-mère. (Elle s'interrompit, afin de glisser dans son porte-monnaie l'argent que Franny lui avait rendu.) Vous devez être de vieilles amies, Gweneth et vous, non ? Vous l'avez revue depuis son arrivée ?

Pour le plus grand plaisir de Sam, les narines de Franny se dilatèrent.

— Absolument pas. Je l'ai à peine vue et c'est très bien comme ça.

— Oh, fit Sam en écarquillant les yeux. Vous ne vous entendez pas ?

Franny pinça les lèvres.

— Ce n'est pas qu'on ne s'entend pas, rétorqua-t-elle sèchement. C'est plutôt qu'elle n'arrête pas de critiquer le village. Je suis désolée que la pauvre Eliza soit morte ici, mais nous n'y sommes pour rien. À la façon dont Gweneth Morgan s'est comportée, on aurait pu croire que nous étions personnellement responsables de ce qui est arrivé.

— Donc elle n'est sans doute pas ravie-ravie d'être de retour, conclut Sam. (*Mais cela n'explique toujours pas pourquoi elle interfère dans la vie de Nessie…*) Comment a-t-elle réagi quand Eliza a emménagé ici avec Owen ?

— Je crois me souvenir qu'elle était assez contrariée, répondit Franny. Elle a cherché plusieurs fois à les faire revenir au pays de Galles, surtout après la naissance de Luke. Mais Owen avait déjà monté son affaire ici et ils sont restés. Ça non plus, ça n'a pas plu à Gweneth.

Sam se saisit de son dentifrice.

— Elle a l'air du genre à vouloir tout contrôler.

— Je ne te le fais pas dire, lâcha dédaigneusement Franny. Pour être honnête, je suis étonnée qu'elle ait laissé Owen et Luke tranquilles aussi longtemps.

Je l'aurais plutôt vue se mêler de tout et s'immiscer dans leur vie depuis des années.

— Il n'y avait pas vraiment de place pour qu'elle s'immisce, objecta Sam. Puisque Kathryn remplaçait Eliza à la perfection.

La préposée des postes la jaugea du regard.

— Tu devrais dire à Nessie de se méfier. À mon avis, Gweneth ne verra pas d'un bon œil qu'Owen courtise à nouveau quelqu'un.

Et voilà ! pensa Sam, à l'instant où la dernière pièce du puzzle se mettait en place. C'était pour cette raison que Nessie faisait machine arrière de façon aussi spectaculaire. La question était désormais de savoir de quoi Gweneth avait pu la menacer. Et comment Sam allait neutraliser la harpie.

— Merci, Franny, lança-t-elle, en se dirigeant vers la porte. Nous allons essayer de défendre l'honneur du village, ce soir.

— Rappelle-toi que ce qui compte, ce n'est pas de participer, lâcha Franny. C'est de gagner. Ne me déçois pas !

Amusée par la compétitivité à toute épreuve de l'employée des postes, Sam sortit son téléphone en traversant l'esplanade.

— Kathryn ? dit-elle lorsque le contact fut établi. C'est Sam. Écoute, il faut qu'on parle…

— Tu en as mis du temps, constata Nessie, quand Sam regagna le pub.

Elle lui montra son dentifrice.

— Franny m'a donné des instructions de dernière minute pour ce soir.

— À ce propos…, répliqua Nessie sans sourire. On a un autre problème.

Elle désigna Connor, pitoyablement recroquevillé sur un tabouret du bar : il était évident qu'il aurait préféré être bien au chaud sous ses couvertures.

Sam l'examina avec une stupeur consternée.

— Lui aussi ?

Nessie confirma d'un signe de tête sinistre.

— Ça ressemble à ce que Tilly a attrapé. Je suis désolée, Sam, mais je ne pense pas qu'il puisse aller où que ce soit.

Levant les yeux, Connor esquissa un petit geste de la main, et Sam put observer son visage rougi et son front en sueur.

— Tu as raison, dit-elle à Nessie avec un soupir réticent. Le seul endroit où Connor devrait aller, c'est dans son lit.

Elle traversa le bar et empoigna son sac de voyage.

— Tu sembles sur le point de t'évanouir, lui glissa-t-elle gentiment. Rentre chez toi.

— Mais le prix…

— … n'a aucune importance, en l'occurrence, acheva Sam à sa place parce qu'il avait dû s'interrompre à cause d'une quinte de toux. Noël est dans peu de temps, tu dois te rétablir, pas t'inquiéter d'un prix qu'on n'a sans doute même pas gagné.

L'ex-pompier voulut de nouveau protester. Cette fois, ce fut Nessie qui lui coupa la parole.

— Tu présentes les mêmes symptômes que Tilly et elle est au lit avec une bouillotte et de l'aspirine, répliqua-t-elle. Sam peut porter très haut les couleurs de notre pub et nous raconter tout ça, une fois qu'elle sera rentrée.

Les yeux brillants de fièvre, Connor regarda tour à tour les deux sœurs.

— D'accord, capitula-t-il avec un soupir.

— Je vais te déposer, déclara Sam, qui se glissa derrière le bar pour attraper ses clés de voiture. Ne le prends pas mal, Connor, mais tu n'as même pas l'air capable de gagner un combat contre un chaton.

Le caviste lui lança un regard reconnaissant.

— C'est tout à fait l'impression que j'ai. Merci.

— Ne traîne pas, lança Nessie à Sam, avec un regard significatif à l'horloge au-dessus du bar. L'heure tourne.

Connor n'habitait pas très loin, à quelques minutes tout au plus en voiture. Sam le déposa devant chez lui, avec la consigne stricte de se reposer. Puis elle fit demi-tour et retourna au *Star and Sixpence*, préoccupée par la soirée à venir. Ce n'était pas la fin du monde d'assister seule à la remise des prix, mais bon, il aurait été plus agréable d'avoir quelqu'un avec qui la partager. Et alors même qu'elle atteignait l'esplanade, elle repéra une silhouette familière : Joss.

Sur une impulsion, elle ralentit et descendit sa vitre.

— Tu travailles ce soir ?

Joss lui retourna un regard étonné.

— Non, c'est ma soirée de repos.

— Tu as d'autres projets ?

— Non, répondit-il encore, perplexe. Pourquoi ?

Elle était sur le point de lui demander s'il pouvait tenir le bar, puis une autre idée lui vint. Nessie ne voulait pas de Joss au *Star and Sixpence*, mais qu'est-ce qui lui interdisait de représenter le pub ailleurs ? Il avait fait partie de l'équipe autrefois et leur succès lui était en partie dû, après tout. Et puis, ce n'était pas son comportement professionnel qui posait problème à Nessie, et elle tirerait toutes sortes de conclusions si elle savait ce que Sam mijotait. Peut-être serait-il plus prudent de ne mentionner le nom de Joss qu'après coup…

— On m'a fait faux bond pour la remise des prix de l'Association des vrais amateurs de bière, ce soir, se hâta d'expliquer Sam avant d'avoir eu le temps de changer d'avis. Ça te dirait, une soirée à Londres ?

Chapitre 18

Cela avait pris un certain temps, mais, au fil du long trajet vers le sud, la tension entre Sam et Joss s'était apaisée. Il l'avait fait rire avec des histoires sur les habitués du pub où il travaillait désormais et elle avait pris soin d'éviter toute mention de Nick : inutile de remuer le couteau dans la plaie. Le temps d'arriver à l'hôtel Grosvenor House sur Park Lane et de s'enregistrer, Sam avait bon espoir que la soirée à venir leur rendrait la vie plus facile, une fois de retour à Little Monkham.

Les récompenses seraient remises par un comique bien connu – Joss lui indiqua qu'il avait tenu régulièrement ce rôle, au cours des années précédentes, et qu'il avait toujours été apprécié par le public.

— Ses blagues sont plus salées qu'à la télé, mais il ne dépasse jamais les bornes. Enfin, presque jamais, ajouta-t-il sur un clin d'œil.

Sam sourit.

— La réception au champagne commence à dix-neuf heures, annonça-t-elle alors qu'ils montaient vers leurs chambres. Je frappe à ta porte et on descend ensemble ?

— D'accord, dit Joss. Mieux vaut qu'on reste ensemble, en fait. Les choses peuvent devenir assez « bruyantes » à mesure que la nuit avance, surtout pendant l'after. Les gens se comportent parfois de façon… inappropriée.

Sam retint un soupir, à moitié agacée et à moitié flattée par sa sollicitude.

— Je suis déjà allée à une ou deux afters, tu sais ? Ne t'inquiète pas, je suis une grande fille.

— Ce n'est pas pour toi que je m'inquiète, répliqua Joss en esquissant un petit sourire en coin. C'est pour moi. La tenancière d'un pub d'Uttoxeter a bien l'intention de vérifier mes pompes à bière, si tu vois ce que je veux dire.

Sam ne put retenir un éclat de rire.

— D'accord, j'ai compris. On se retrouve à dix-neuf heures, alors. Ne sois pas en retard.

Lorsqu'il ouvrit la porte, une heure plus tard, Sam comprit sans mal pourquoi la propriétaire d'Uttoxeter était si enthousiaste : Joss avait fière allure dans son smoking. Il ne jouait pas dans la même cour que Nick, bien sûr, mais il était assez beau pour faire tourner les têtes. Et quoiqu'elle rechigne à l'admettre, son nouveau look rasé de près convenait mieux aux lignes bien découpées du smoking. Alors elle étouffa la pointe d'intérêt familière qu'elle éprouva lorsque Joss plongea ses yeux bleus dans les siens.

— Tu es superbe, murmura-t-il. Peut-être que je devrais m'inquiéter pour toi, au bout du compte.

Il effleurait du regard sa robe moulante aux reflets chatoyants.

— Et si on se surveillait mutuellement ? suggéra Sam.

— Comme au bon vieux temps, commenta-t-il avec un sourire.

La réception au champagne se tenait dans le Red Bar de l'hôtel et, de toute évidence, certains participants avaient déjà commencé à célébrer l'événement. Joss fut accueilli avec enthousiasme presque à la seconde où Sam et lui franchirent la porte. Il évoluait là comme un poisson dans l'eau, réalisa-t-elle. Sa groupie d'Uttoxeter se trouvait-elle parmi les femmes qui le reluquaient ?

— Sam, voici George, indiqua Joss pour l'intégrer à une conversation. Le président de la division Midlands des Vrais amateurs de bière.

Elle serra la main qu'on lui tendait et regarda le barbu avec le sourire qu'elle avait mis au point dans les relations publiques.

— Sam Chapman, se présenta-t-elle. Du *Star and Sixpence* de Little Monkham.

— C'est un plaisir de vous rencontrer enfin, répliqua George au milieu des trépidations de sa grosse barbe noire. J'ai beaucoup entendu parler de vous.

Sam coula un regard à Joss.

— Ah ? Pas trop en mal, j'espère ?

— C'est votre premier fan, répondit George avec un sourire. En fait…

— Ne le lance surtout pas sur le sujet, intervint Joss. Sinon, en moins de temps qu'il n'en faut pour dire « ouf », il te parlera des microbrasseries les plus obscures de Lima et tu te demanderas ce que tu fiches là.

George simula un regard indigné.

— Sache qu'il existe d'excellentes microbrasseries à Lima.

— Tu vois ? ironisa Joss en levant les yeux au ciel.

La même scène se reproduisit avec presque tous les gens que Joss présenta à Sam : ils semblaient tous en savoir beaucoup plus sur elle que l'inverse. Inutile d'être un génie pour deviner leur source d'information. Avant de démissionner, Joss avait manifestement fait plus que sa part pour vanter les mérites du pub parmi ses camarades du métier. Sam ne parvenait pas à déterminer ce qu'elle ressentait à ce constat.

Après une quarantaine de minutes de bavardage, ils furent escortés dans la Grand-Salle, qui comptait une cinquantaine de tables rondes regroupées autour d'une scène recouverte d'un tapis rouge.

— Table 3, déclara Joss, visiblement impressionné. C'est juste devant. Je n'ai jamais été assis à une table aussi avantageusement placée dans la hiérarchie, jusqu'à présent. Les organisateurs ont dû miser sur tes chances de gagner.

Sam jeta un coup d'œil au plan de la salle. Ils étaient apparemment installés avec quelques sponsors et deux autres pubs de différentes régions du Royaume-Uni. Elle eut une pensée pour Connor et Nessie, qui auraient dû partager la gloire avec elle, au lieu d'être coincés à la maison. Cela étant, Nessie devait justement être en train d'apprécier le cadeau inattendu que Sam lui avait préparé. Avec un peu de chance, passer une soirée en compagnie d'Owen aiderait à réparer les dommages que Gweneth avait infligés à la confiance déjà fragile de sa sœur.

— Veuillez prendre place, mademoiselle, dit Joss en lui tirant son siège.

— Merci, répliqua-t-elle, amusée par ces manières de gentleman.

Il payait vraiment de sa personne.

Le vin coula à flots pendant le repas, même si Sam se limita à un seul verre de bourgogne avec le plat principal – une dinde rôtie à la chair fondante. Elle remarqua d'ailleurs que Joss faisait preuve de la même retenue. Lorsqu'ils arrivèrent à la crème brûlée de Noël, leurs voisins de table étaient en passe de devenir bruyants et le volume sonore ne fit qu'augmenter à mesure que les tasses à café étaient débarrassées pour faire place nette en vue de la cérémonie de remise des prix à proprement parler. Sam se sentait vaguement désolée pour le comique qui allait animer la soirée et devait monter sur scène d'une minute à l'autre.

— Tu es nerveuse ? demanda Joss en se penchant vers elle.

— Non. Gagner la compétition régionale m'a suffi, je ne m'attends pas à remporter le premier prix.

— On ne sait jamais. Et il y a beaucoup d'autres prix : Meilleure Bière brune, Propriétaire de l'année, Meilleure amélioration pour un pub et ainsi de suite. Le Thirsty Bishop a remporté le prix de la Meilleure Bière brune pendant trois années consécutives, du temps de ton père.

Cette dernière phrase, il l'avait prononcée d'une voix posée, pourtant Sam savait que les récompenses avaient été attribuées à Joss, pas à son père. Certes, Andrew Chapman n'avait pas été l'alcoolique égoïste qu'elle avait toujours cru, elle avait fini par s'en convaincre, mais elle savait aussi qu'il n'aurait jamais été capable de s'occuper des caves du *Star and Sixpence* au point de produire une bière primée. Cette réussite était entièrement le fait de Joss.

— Je ne crois pas t'avoir jamais remercié de t'être occupé de papa, lâcha-t-elle en veillant à parler à voix basse. Je sais qu'il y a sans doute eu des occasions où tu as été obligé de sortir du cadre de ton rôle d'employé.

Il croisa son regard.

— Ça n'a pas été aussi pénible que tu le penses. C'était quelqu'un de bien, Sam.

Une boule se forma de façon inattendue dans sa gorge.

— Je sais. Et toi aussi, tu es quelqu'un de bien.

Elle vit ses yeux bleus s'assombrir. Il allait répliquer quand la sono crépita.

— Mesdames et messieurs, veuillez applaudir notre hôte de ce soir… Archie Lewis !

À contrecœur, Sam détourna les yeux de Joss et les porta sur la scène, alors que le public se mettait à applaudir.

Archie Lewis se montra aussi à l'aise que Joss l'avait suggéré. Il se lança dans un numéro de comédie finement observé, se moquant du public et de son métier, mais avec une intelligence et un esprit qui lui assuraient d'être réinvité l'année suivante. Sam était impressionnée : si elle avait encore travaillé dans les relations publiques, elle l'aurait ajouté à sa liste de célébrités susceptibles d'être réservées pour animer un événement.

— Mais vous n'êtes pas ici pour écouter des blagues d'urinoir, déclara Archie, après quelques minutes supplémentaires de blagues espiègles et d'anecdotes hilarantes. Vous êtes ici pour savoir quel propriétaire est le plus jovial, quelle bière brune est la meilleure et quel boui-boui on aimerait tous avoir près de chez nous. Il est temps de commencer à distribuer les breloques.

Sam enfouit les mains entre ses genoux, soudain nerveuse. Jusqu'à cet instant, elle ne s'était pas souciée de gagner : remporter le prix régional lui avait paru suffisant. Mais à présent, son côté compétiteur se réveillait et elle aurait menti si elle avait affirmé ne pas imaginer ce qu'elle ressentirait en se voyant décerner le prix du Pub de l'année au nom du *Star and Sixpence*.

— Bonne chance, murmura Joss tandis qu'un silence vibrant d'attentes s'installait dans la salle.

L'atmosphère était de plus en plus tendue à mesure que le palmarès était annoncé, et le niveau sonore augmentait en conséquence. Pourtant, au moment où Archie lut les nommés pour la dernière catégorie, même les tables les plus chahuteuses se turent. Sam se figea et afficha un visage impassible. Elle était certaine de ne pas avoir gagné, car le gagnant avait probablement été prévenu à l'avance : c'était ainsi que les cérémonies de remise de prix fonctionnaient d'ordinaire. Et pourtant, elle n'arrivait pas à écraser la minuscule graine d'espoir…

— Les juges ont trouvé que chacun des lauréats régionaux présentait toutes les caractéristiques du pub parfait, indiqua Archie. Une atmosphère accueillante, un personnel sympathique et un grand choix de boissons : le genre d'endroit qui constitue le cœur d'une communauté. Mais comme il ne peut y avoir qu'un seul Pub de l'année, sans plus tergiverser, je vous annonce que pour cette année, le gagnant du premier prix des Vrais amateurs de bière est…

Il s'interrompit et sourit à la salle impatiente. Sam sentit son ventre se nouer encore plus lorsque Joss passa la main sous la table pour saisir la sienne.

— Le *Three Horseshoes* à Hitchin ! (Des cris de joie retentirent à l'une des tables, Archie leva son verre à moitié plein à leur intention.) Applaudissons Neil, son propriétaire, ainsi que le reste de son équipe !

Les gagnants montèrent sur la scène au rythme du morceau de musique qui venait d'être lancé. Sam applaudit chaleureusement, souriant devant la joie sans mélange qui s'était peinte sur les visages de l'équipe du *Three Horseshoes*. Elle avait rencontré Neil et sa femme, un peu plus tôt dans la soirée, et les avait appréciés tous les deux. Pour autant qu'elle puisse en juger, ils méritaient vraiment de gagner. Et elle aurait eu une sensation de trop-plein si Nessie et elle avaient gagné dès l'année de leur ouverture : que pourraient-elles viser d'autre, ensuite ? Non, pensa-t-elle en applaudissant, c'était mieux ainsi. En revanche, l'année prochaine, elle était déterminée à ce que le trophée du Pub de l'année soit gravé au nom du *Star and Sixpence*.

Joss se pencha pour lui chuchoter à l'oreille :

— Personnellement, je trouve que vous avez été volées… Envie d'une tequila frappée ?

Le bar était très animé et Nessie sous le choc : Owen venait d'arriver pour lui demander comment il pouvait l'aider.

— Comment tu peux m'aider ? répéta-t-elle. Qu'est-ce que tu entends par là ?

Pourvu qu'il ne remarque pas à quel point elle était épuisée !

— Je suis ton barman remplaçant pour la soirée, expliqua-t-il. Même si je suis surpris de te voir ici : je pensais que tu serais à Londres.

— Changement de programme. J'ai décidé de rester. Mais ça ne m'explique pas pourquoi, toi, tu es là.

— Sam m'a expliqué que vous étiez à court de personnel et demandé si je pouvais vous aider. Elle ne t'a pas mise au courant ?

Sam ! pensa Nessie avec ironie. Pourquoi n'arrêtait-elle pas de se mêler de tout ?

— Mais qu'est-ce que Gw…

Elle s'arrêta au milieu du mot. Pas question de l'interroger sur Gweneth, sans quoi Owen voudrait savoir pourquoi elle s'inquiétait de l'opinion de sa belle-mère.

Rob agita son verre vide, à l'autre bout du bar.

— Nessie, une pinte de Thirsty Bishop dès que possible, s'il te plaît.

Henry Fitzsimmons toussota.

— Il me semble que j'attends depuis plus longtemps, mon vieux. Je pourrais avoir mon whisky ?

Nessie adressa un petit signe de tête aux deux hommes pour leur montrer qu'elle les avait entendus, puis elle regarda Owen.

— Je ne pense pas que ce soit une très bonne idée.

Il embrassa le pub du regard, enjoignant Nessie à l'imiter : des clients attendaient, des tables avaient besoin d'un coup de torchon et le feu s'éteignait.

— Laisse-moi t'aider, murmura-t-il. Les amis sont faits pour s'entraider, non ?

Nessie poussa un soupir. En vérité, elle n'était pas en position de refuser.

— D'accord, merci. Tu sers Henry ou Rob ?

— Rob, répondit Owen sans hésiter. Je pense qu'Henry a un faible pour toi et je ne voudrais pas le priver de quelques minutes de ta compagnie.

Nessie éclata de rire.

— J'espère que tu te trompes, sans quoi Franny risque de manigancer un accident malheureux à mon encontre.

À mesure que la soirée avançait, elle se surprit à remercier mentalement Sam de plus en plus souvent. La fréquentation du bar ne cessait d'augmenter, le village s'était manifestement laissé gagner par l'esprit de Noël et les affaires marchaient si bien que Nessie cessa rapidement de se préoccuper de l'opinion de Gweneth à propos de l'aide fournie par Owen au *Star and Sixpence*. Elle aimait travailler avec lui, il régnait entre eux comme une entente tacite qui leur évitait la plupart du temps de se gêner l'un l'autre et, grâce à leurs efforts conjugués, les clients étaient satisfaits, les tables propres et une belle flambée crépitait dans la cheminée, exactement comme il se devait par une froide soirée d'hiver.

Ce fut seulement lorsque le dernier client eut vidé son verre et Owen refermé la porte d'entrée que Nessie lui demanda prudemment comment les choses allaient avec Gweneth.

Owen revint vers le bar en se passant une main lasse sur le visage.

— Bien. Elle peut être un peu autoritaire parfois, mais cela arrive souvent aux gens qui vivent seuls :

ils s'habituent à se faire plaisir sans avoir à penser à autrui. Elle a même cherché à m'empêcher de venir ici, ce soir, tu le crois, ça ? Parfois, je me dis… (Il se ravisa et secoua la tête.) Non, mais, écoute-moi parler, qui jacasse comme un ingrat alors qu'elle ne fait qu'essayer d'aider.

Nessie se concentra sur le nettoyage des pompes à bière, incapable de trouver quoi dire. À son avis, Gweneth n'essayait pas d'aider.

— C'est normal que ce soit un peu difficile, dit-elle au bout de quelques secondes. Surtout que vous n'avez pas eu beaucoup de contacts, ces dernières années.

— C'est vrai, admit Owen en chargeant les verres dans le lave-vaisselle. Mais j'ai l'impression qu'elle ne me fait pas confiance pour m'occuper de Luke, comme si elle était la seule à savoir élever un enfant. Si bien que j'ai envie de lui rappeler qu'il est mon fils tout autant que son petit-fils.

Nessie sentit les battements de son cœur s'accélérer : la voilà enfin, l'occasion rêvée de révéler à Owen la vérité sur Gweneth et sa menace de le priver de Luke. La gorge nouée, elle prit une longue inspiration pour se calmer.

— Je suis peut-être injuste, lâcha Owen sur un soupir. Elle veut bien faire, après tout, et j'aurais eu du mal à m'en sortir seul avec Luke, si je n'avais pas eu Kathryn. Et puis, c'est dur pour elle, d'avoir sans arrêt des rappels d'Eliza.

Il n'en fallut pas davantage pour que le moment propice soit passé. Nessie se redressa, afin de dénouer la tension de ses épaules.

— Sais-tu quand Kathryn doit rentrer ?

— La veille de Noël. L'idée, c'est que Gweneth reste pour le dîner de Noël et emmène Luke passer quelques jours chez elle, à partir du 26 décembre.

Le ventre de Nessie se serra.

— Ah bon ? Et Luke, qu'est-ce qu'il en dit ?

— Il a l'air enthousiaste. Elle a promis de l'emmener à la plage tous les jours.

Une fois de plus, Nessie voulut informer Owen des intentions de Gweneth, mais les mots ne venaient pas. Elle se força à paraître légère.

— Je comprends son enthousiasme. Qui n'aime pas la plage ?

— Exactement. Et il se peut que je fasse de nouveau appel à Gweneth, si le groupe de Kathryn décroche de nouveaux engagements. Autrement dit, c'est plutôt une bonne idée qu'ils fassent connaissance.

— Tu veux dire que Gweneth pourrait être amenée à venir ici plus souvent ? hasarda prudemment Nessie.

Owen acquiesça.

— Ça ne sera pas facile, mais elle semble vouloir faire partie de la vie de Luke et c'est une autre façon pour lui de conserver la mémoire de sa mère.

Nessie baissa la tête et passa à la série de pompes suivante. La rupture temporaire qu'elle avait suggérée à Owen risquait de s'étendre à l'infini.

— Oui, je vois ça, murmura-t-elle. Tu peux rentrer, maintenant. Je vais finir le nettoyage toute seule.

— Tu es sûre ? insista-t-il, étonné. Ça ne me dérange pas de rester.

Elle s'obligea à sourire.

— Non, je peux me débrouiller. Merci encore pour ton aide de ce soir.

— Tout le plaisir était pour moi…

Il parut sur le point d'ajouter quelque chose, mais finit par reculer avant de lui souhaiter bonne nuit.

— Bonne nuit, lança-t-elle à son tour.

Elle regarda la porte se refermer derrière lui puis enfouit la tête entre ses bras sur le bar. Si les tournées de Kathryn se multipliaient – ou pire, si elle finissait par déménager pour de bon –, Gweneth pourrait bien devenir un élément permanent de la vie d'Owen et de Luke. Ce qui signifiait que Nessie en serait exclue. Que faire ?

Quand Sam se réveilla le lendemain matin, elle eut toutes les peines du monde à soulever la tête de l'oreiller. Elle resta immobile pendant plusieurs minutes, à étudier la chambre inconnue tout en se demandant où elle était. Puis tout lui revint : elle se trouvait à Londres pour la remise des prix décernés par l'Association des vrais amateurs de bière. Le *Star and Sixpence* n'avait pas gagné. Il y avait eu de la tequila, et beaucoup de champagne. Le reste de la soirée disparaissait dans une sorte de flou, mais elle se souvenait d'avoir ri avec Joss. Aucun doute là-dessus : il avait bien participé aux événements qui avaient suivi la cérémonie…

Se forçant à ouvrir les yeux, Sam se retourna pour vérifier l'autre côté de son grand lit : à son grand soulagement, elle le découvrit vide. Elle tendit l'oreille… Non, aucun son ne sortait de la salle de bains. Joss n'était donc pas là. Quoi qu'il soit advenu, ils n'avaient pas passé la nuit ensemble.

Regrettant de ne pas avoir eu le bon sens de commander un petit déjeuner en chambre, Sam se traîna à contrecœur hors du lit et gagna la douche. Quinze minutes plus tard, elle descendait en toute hâte au rez-de-chaussée de l'hôtel. Elle avait frappé chez Joss sans obtenir de réponse : soit il était encore en train de cuver, soit il avait passé la nuit ailleurs. Peut-être la dame d'Uttoxeter était-elle finalement parvenue à ses fins ? Sam s'efforça d'ignorer la crampe qui lui noua brusquement le ventre.

En entrant dans la salle à manger, Sam avisa plusieurs visages familiers, aux regards un peu vitreux, notamment George, qui refusa absolument de la laisser s'asseoir seule.

— Venez vous joindre à nous, insista-t-il en désignant une chaise vide à côté d'un de ses compagnons de table. Les gueules de bois aiment la compagnie.

— Les gueules de bois adorent les Huîtres de la prairie, rectifia-t-elle en repensant, amusée, au remède infaillible de Ruby.

Elle s'assit pendant que George lui présentait Polly, de Ginius, une distillerie de gin indépendante, et Raj, qui tenait un bar à Shoreditch. La conversation tourna rapidement autour des potins de la soirée de la veille.

— Tu as vu Melanie du *Dog and Duck* ? s'enquit Raj, les yeux pétillant de plaisir. Elle tenait à peine debout.

— Elle n'était pas la seule, observa George en coulant en coin un regard à Sam. Même si Joss a dû être content, parce que d'ordinaire, elle lui fonce dessus.

— Est-ce que *Dog and Duck* ne se trouverait pas à Uttoxeter, par hasard ?

George sourit.

— J'en déduis qu'il t'en a parlé. Oui, Melanie est sa fan numéro 1, mais, pour être honnête, il a pas mal d'admiratrices.

— Ce qui n'a rien de surprenant, commenta Polly avec un soupir mélancolique. Il est sacrément sexy.

Sam étouffa une pointe de jalousie inaccoutumée.

— Il est aussi très doué sur le plan professionnel. Il cherche vraiment à se dépasser.

Polly secoua la tête.

— Je ne demande pas mieux qu'il cherche à se dépasser avec moi. Il est célibataire ?

Elle était jolie, constata Sam. Avec ses cheveux de jais, sa petite taille, ses yeux d'un bleu étincelant et ses lèvres en bouton de rose. Joss serait fou de la repousser.

— Je crois que oui, répondit Sam en s'efforçant de garder un ton neutre. Pour le moment, en tout cas.

— C'est dommage que tu n'aies pas pu le garder, Sam, reprit George. (Pendant une fraction de seconde, elle crut qu'il sous-entendait « romantiquement parlant ».) C'est vraiment l'un des meilleurs dans le métier et je sais qu'il adorait travailler au *Star and Sixpence*.

— Oui, réussit-elle à répliquer, en esquivant le regard curieux de Polly. C'est vraiment dommage.

— D'autant que c'est lui qui a nominé le *Star and Sixpence* au prix du Pub de l'année, poursuivit George, qui tartina de ketchup une tranche de bacon. Il avait élaboré une recommandation dithyrambique. Carrément irrésistible, même.

Sam le dévisagea.

— Je pensais qu'on ne pouvait pas désigner son propre pub.

— En effet, confirma George avant de balayer l'argument : Mais il a nominé votre pub juste après son départ, une fois installé dans son nouveau poste, à la mi-juin, je crois. Je m'en souviens parce que c'était une nomination très tardive, un jour seulement avant la clôture de la liste…

Il continua à parler, mais Sam l'entendait à peine. Joss avait nominé le *Star and Sixpence* après leur séparation… malgré tout le ressentiment entre eux ? Et il avait clairement fait de son mieux pour que le pub apparaisse sous le meilleur jour possible, aussi. C'était un geste si beau, si attentionné de sa part que Sam sentit ses yeux se remplir de larmes.

George la regarda, décontenancé.

— Je n'aurais probablement pas dû vous le dire, tout cela était censé demeurer confidentiel. Peut-être que je ne suis pas encore tout à fait sobre, au bout du compte.

Sam s'obligea à sourire et attrapa une tranche de pain grillé.

— Ne vous inquiétez pas, George. Croyez-moi, je sais garder un secret.

Chapitre 19

Une enveloppe rédigée à la main dans une écriture inconnue arriva pour Nessie, le vendredi matin.

Elle l'examina pendant quelques secondes, après avoir remarqué que la missive avait été oblitérée à Oxford, puis retourna l'enveloppe et l'ouvrit. Comme elle l'avait espéré, c'était une lettre de Cal, le fils de Ruby. Elle la lut, la gorge nouée.

Quand elle eut terminé, elle resta un moment les yeux fermés, soulagée. Puis elle regarda l'heure – il restait quarante-cinq minutes jusqu'à l'ouverture – et se précipita à l'étage pour prendre son manteau. Elle avait hâte de voir comment Ruby allait réagir quand elle lui annoncerait la bonne nouvelle.

— Vraiment ? s'extasia Ruby, attablée dans sa cuisine. Il veut vraiment me voir ?

Elle avait le visage rayonnant. Nessie lui tendit la lettre.

— Lisez vous-même. Il se montre prudent, mais je pense que c'est compréhensible.

Ruby lut la lettre plusieurs fois, passant les doigts sur le papier comme pour absorber l'essence de son fils à travers l'encre. Elle posa un regard anxieux sur Nessie.

— Il suggère qu'on prenne un café lundi à Birmingham. Comment vais-je m'y rendre ? En train ?

— Sam ou moi, nous vous y conduirons, la rassura Nessie. Ne vous inquiétez pas, on ne vous laissera pas y aller toute seule.

Ruby agrippa son collier et s'esclaffa, mais son rire était nerveux, haut perché, bien différent du son guttural qu'elle produisait d'ordinaire.

— Écoute-moi donc, on dirait une vieille chauve-souris tremblotante.

— N'importe quoi. Mais de toute façon, c'est normal d'être nerveuse, dit Nessie. En revanche, essayez de ne pas vous laisser submerger par l'anxiété. Ce n'est que le premier pas.

L'ancienne actrice la dévisagea fixement pendant quelques secondes, puis parut se ressaisir.

— Tu as raison. Et regarde, il indique son numéro de téléphone portable. Tu pourrais lui envoyer un message pour lui dire que j'ai hâte de le revoir ?

Nessie la regarde avec perplexité.

— Bien sûr, mais vous pourriez le faire vous-même si vous préférez.

Ruby tendit les mains et Nessie se rendit compte qu'elles tremblaient.

— Je ne pense pas en être capable, avoua-t-elle. Sois un amour et fais-le pour moi, s'il te plaît.

Sortant son téléphone, Nessie envoya un texto à Cal, ce qui lui permit du même coup de remarquer qu'elle avait curieusement manqué un appel et un SMS de Sam.

— Oh ! s'exclama-t-elle en lisant le texto. Sam m'annonce qu'on n'a pas gagné le prix du Pub de l'année.

Ruby relisait sa lettre.

— Hmm ? fit-elle sans lever les yeux. Oh, eh bien, il y aura toujours l'année prochaine pour se rattraper. Mais dis-moi plutôt : comment s'habille-t-on pour revoir un fils qu'on pensait perdu ?

Sam se rendit compte qu'elle regardait Joss d'un autre œil pendant qu'ils rentraient de Londres en voiture. Les pensées tourbillonnaient dans sa tête. Elle brûlait de lui demander s'il avait passé la nuit seul, mais ne voyait pas comment s'y prendre sans avoir l'air d'une ex jalouse. Heureusement, il avait fini par lui raconter les stratagèmes qu'il avait déployés pour échapper à Melanie et se réfugier dans sa chambre. Sam en avait tiré la conclusion quasi certaine qu'il avait passé la nuit seul. Elle était également tentée de lui poser des questions sur la nomination de l'Association des vrais amateurs de bière, mais quelque chose la retenait. Elle se concentra donc sur la route tout en l'écoutant parler et, plus elle se rapprochait de Little Monkham, plus elle se sentait détendue et à l'aise. Même si elle aimait ses séjours à Londres, elle ne s'y sentait plus chez elle. Son foyer, c'était désormais le *Star and Sixpence*. Et ce constat allait poser un problème lorsque Nick reviendrait de son tournage et voudrait connaître sa réponse. Un problème parmi tant d'autres, pensa-t-elle. Son regard glissa brièvement vers Joss.

Parvenue devant chez lui, elle laissa le moteur tourner au ralenti.

— Merci de m'avoir tenu compagnie, lâcha-t-elle. Ta présence a rendu notre défaite beaucoup plus facile.

Joss haussa les épaules.

— Vous n'auriez jamais dû perdre. Et tu m'as protégé de la redoutable Melanie, donc on est quittes, à mon avis.

Sam l'observa pendant quelques secondes, puis lui tendit la main.

— Alors on est amis ?

Il hésita, mais finit par la saisir.

— On est amis.

Il plongea son regard dans le sien, ses doigts chauds toujours enroulés autour de sa main. Puis il sourit et la relâcha pour actionner la poignée de la portière.

— À bientôt, Sam.

— À bientôt, répéta-t-elle alors que, portière claquée, il gagnait l'entrée de son immeuble.

Elle resta assise un moment, attendant que son rythme cardiaque ralentisse. Pendant une fraction de seconde, elle avait cru que Joss allait l'attirer dans ses bras pour l'embrasser. Et pendant une autre fraction de seconde, elle avait vraiment espéré qu'il le ferait.

Nessie accueillit Sam en la serrant dans ses bras.

— Je suis désolée que tu aies dû affronter la cérémonie toute seule. J'aurais aimé être là.

Sur quoi, elle la débarrassa de son sac et la conduisit derrière le bar.

— Eh bien, répliqua Sam d'une voix hésitante, je n'étais pas vraiment…

Nessie secoua la tête.

— Peut-être pas au sens strict, mais une salle pleine d'inconnus ne peut pas être considérée comme de la compagnie.

— Non, mais…

— Qui a gagné ? demanda Nessie.

Sam la suivit jusque dans le salon à l'étage.

— Le *Three Horseshoes* dans le Hertfordshire, répondit-elle. D'après Joss, on nous a volé la victoire.

— Joss ? répéta Nessie, décontenancée. Comment le sait-il ?

Sam prit son courage à deux mains.

— Il m'a accompagnée. Je l'ai croisé hier, en partant, il m'a dit qu'il était libre, alors on y est allés ensemble.

— Sam !

— Je sais de quoi ça a l'air, mais il ne s'est rien passé, protesta-t-elle en levant les mains. On est restés strictement professionnels et au-dessus de tout soupçon.

Sa sœur la dévisagea, puis secoua la tête.

— J'ai du mal à te suivre, parfois. Après la façon dont il t'a traitée… Pourquoi tu ne m'as rien dit ?

— Parce que je savais que tu n'approuverais pas, répondit Sam en inclinant la tête. Ça t'aiderait à accepter la nouvelle si je te disais que c'est Joss qui nous a nominées pour le prix régional ?

Nessie eut l'air encore plus désarçonnée.

— Vraiment ? Quand ?

— Après notre rupture, visiblement. (Elle décocha un regard satisfait à sa sœur.) C'est donc à lui que nous devons notre statut de lauréates. Enfin, il ignore que je suis au courant, bien sûr : les nominations sont censées être top secret.

— Je ne te demanderai pas comment tu le sais, alors, fit Nessie en se passant une main sur le visage. Mais c'était gentil à lui, étant donné les circonstances. Je ne pensais pas qu'il aurait la maturité suffisante, vu comment il a perdu son sang-froid avec Will Pargeter.

— Moi non plus, admit Sam. Mais peut-être qu'on l'a mal jugé.

Nessie l'observa alors avec une attention accrue, les yeux légèrement plissés.

— C'est de l'affection que j'entends dans ta voix ?

— Non, bien sûr que non, répliqua Sam, avant de rétropédaler : Peut-être. Un peu.

— Sam, gémit sa sœur, tu aimes vraiment compliquer les choses, hein ? Et Joss, qu'est-ce qu'il en pense ?

— Je n'en ai absolument aucune idée, répondit Sam dans un soupir.

— Et Nick ?

— Je ne sais pas, avoua-t-elle en se laissant tomber dans le canapé. On est censés s'appeler ce soir : peut-être que c'est juste un effet de son absence.

Nessie lui prit la main.

— Ou peut-être que tu ne t'es jamais vraiment remise de Joss, suggéra-t-elle, en la couvant d'un œil perspicace. Quoi qu'il en soit, ne prends pas de décisions hâtives. Parle à Nick ce soir et vois comment tu te sens demain.

C'était un bon conseil. Peut-être Nick lui manquait-il, tout simplement : six semaines, c'était une longue séparation, après tout. Une chose était sûre, cependant : elle ne voulait pas revenir à Londres. Elle se sentait chez elle à Little Monkham désormais. Si Nick et elle devaient s'engager dans une relation, ils devraient le faire à distance.

— Tu as raison, dit-elle à Nessie, avec un sourire las. Comment s'est passée ta soirée, au fait ? Tu as apprécié l'assistant surprise que j'ai réussi à te dégoter ?

Sa sœur ne lui rendit pas son sourire.

— Il s'est avéré très utile, merci.

Sam attendit, espérant une information qui lui permettrait d'en conclure que Nessie et Owen s'étaient rapprochés pendant leur collaboration, mais son aînée resta bouche cousue.

— Je vois, fit Sam, préoccupée. C'est bien. Et tous les deux, vous n'avez pas…

Nessie se leva et se dirigea vers la porte.

— Notre relation est toujours en pause, si c'est ce que tu veux savoir, répondit-elle avec raideur. Une pause qui semble bien destinée à devenir permanente.

Elle partit avant que Sam ne puisse lui demander ce qu'elle entendait par là. Bon sang, elle était plus que jamais persuadée que la source des problèmes d'Owen et de Nessie résidait en Gweneth. Et elle était encore plus déterminée à aller au fond des choses et à arranger la situation… Dès qu'elle aura réglé sa propre vie amoureuse.

Il était vingt-trois heures trente quand Sam réussit à appeler Nick par vidéo.

— Salut, lança-t-il, avec le sourire estampillé « Borrowdale ». Comment ça va ?

— Fatiguée, avoua-t-elle. Il y a eu la remise des prix du Pub de l'année, hier soir, et ça s'est terminé tard.

— Tu n'as pas l'air fatiguée, protesta Nick, tu es magnifique, comme toujours. Raconte-moi tout sur la cérémonie : c'était un repaire de barbes broussailleuses ?

— Pas vraiment, répondit-elle en gloussant. Bizarrement, c'était plutôt glamour, en fait. Mais bon sang, ces gars boivent comme des trous. Ils pourraient presque ridiculiser les banquiers de la City.

— Je n'ai aucun doute là-dessus. Vous avez gagné ?

— Non, mais ce n'est pas bien grave. (Elle loucha sur l'écran de son téléphone.) Tu es encore plus bronzé que la dernière fois : si je ne te connaissais pas mieux, je dirais que tu es en vacances, et pas au travail.

Il poussa un soupir théâtral.

— Qu'est-ce que tu veux ? Ce rôle exige un bronzage. Évidemment, ça a été dur…

Sam l'écouta raconter les scènes qu'il avait tournées ce jour-là. Il avait beau plaisanter, elle comprenait que son emploi du temps était éreintant.

— Et il reste encore beaucoup à faire. Je suis désolé, Sam, mais on dirait que je vais être coincé ici plus longtemps que prévu. Je ne serai peut-être pas de retour à temps pour Noël.

— Ne t'inquiète pas, le rassura-t-elle. J'avais prévu de passer l'essentiel du 25 décembre à dormir. Tu ne manqueras rien.

Nick fronça les sourcils.

— À part être à tes côtés, évidemment. (Il hésita.) Tu as réfléchi à la possibilité de revenir à Londres ?

Le voilà, le moment que je redoutais, se dit Sam avec tristesse.

— Oui, j'y ai repensé, et je pense que je vais renoncer.

Le visage de Nick se décomposa.

— La situation est complètement folle, ici, poursuivit Sam. Nos affaires sont en plein essor et les perspectives très prometteuses. Je pense vraiment que mon avenir est au *Star and Sixpence* avec Ness, et pas à Londres. Elle a besoin de moi.

— Le devoir n'est pas une raison suffisante pour tourner le dos à tout ce que tu sais faire, Sam, objecta Nick.

— Ce n'est pas le cas ! s'insurgea Sam, piquée au vif. En fait, c'est même le contraire. Tout ce que je connais et que j'aime se trouve à Little Monkham, en ce moment. Tu penses que je peux reconstruire ma carrière à Londres, je sais, mais je ne suis pas sûre de le vouloir. Je me plais ici.

Il y eut un silence pendant que Nick assimilait l'information.

— Alors on a un problème.

— Je sais.

— Je ne pense pas pouvoir déménager à Little Monkham, poursuivit Nick. Que se passera-t-il si je suis convoqué pour une audition au pied levé, ou si je dois passer signer des papiers chez mon agent ?

Sam secoua la tête.

— Je n'attends pas de toi que tu viennes vivre ici.

— Qu'est-ce que tu attends, alors, Sam ? Parce que, pour être honnête, une relation à distance où l'on se voit une fois toutes les six semaines, ce n'est pas ce que je veux.

Il y avait une pointe de frustration derrière les mots de Nick.

— Mais tu l'as dit toi-même, tu ne seras pas souvent à Londres, lui fit remarquer Sam. Je me retrouverais donc seule, dans un endroit où je n'ai pas envie de vivre, à me tourner les pouces jusqu'à ce que tu reviennes. Ça ne marcherait pas non plus.

Nick demeura silencieux.

— C'est peut-être une conversation qu'on devrait avoir en face à face, suggéra Sam avec un soupir. À ton avis, vous en avez jusqu'à quand, là-bas ?

Il avait soudain l'air las et dépité.

— Aucune idée. Mes parents me reprochent d'avoir oublié leur adresse, donc si le tournage se termine avant Noël, je vais sans doute me rendre directement chez eux. Ce qui veut dire…

— Ce qui veut dire qu'on ne se verra pas avant le réveillon du Nouvel An, conclut Sam. Ça ne me dérange pas. Vraiment. Mais ça me pèserait si nous vivions ensemble.

— Tu pourrais venir voir mes parents avec moi, proposa Nick, sourcils froncés. Comme ça, on serait ensemble.

— Mais ça voudrait dire que je vais manquer le repas de Noël avec Nessie et Ruby, gémit Sam. Et le 24 décembre, il y aura la Ripaille festive, sur l'esplanade du village, pour laquelle on a absolument besoin de moi.

— Les relations sont faites de compromis, Sam.

Quelque chose dans son intonation l'agaça.

— Mais ces compromis doivent aller dans les deux sens, lâcha-t-elle, exaspérée. Or pour l'instant, c'est seulement moi qui suis censée renoncer à certaines choses.

Et ce que je ne peux ni ne veux abandonner, c'est ma sœur et le *Star and Sixpence.*

Nick l'observa sans rien dire, affichant une expression aussi sombre que celle de son alter ego de *L'Auberge des contrebandiers.*

— Donc on revient à la case départ : on se cale des visites quand on en a la possibilité.

Sam fixa l'écran, à peine capable de croire ce qu'elle était sur le point de dire.

— Non.

— Non ? répéta-t-il, soudain très calme.

Le cœur battant la chamade sous les décharges d'adrénaline, Sam se força à continuer :

— Je ne pense pas qu'on puisse revenir en arrière, c'est fini, ça.

— Sam…, voulut répliquer Nick, mais elle continua sur sa lancée.

— Non, ne m'interromps pas. C'est déjà assez difficile. (Elle prit une profonde inspiration.) Écoute, on s'est lancés dans cette relation parce que c'était amusant et que ça nous convenait à tous les deux. Je te serai toujours reconnaissante de m'avoir aidée à me remettre de ce qui s'est passé avec Will. Mais il est évident que ça ne nous convient plus maintenant, puisque nous nous disputons à ce sujet. Il est temps d'affronter la vérité, Nick : on aspire à des choses différentes, toi et moi.

Nick lui jeta un regard affreusement peiné.

— Tu te trompes. Tout ce que je veux, c'est toi.

— Non, tu veux l'ancienne Sam, répliqua-t-elle doucement. La fêtarde qui aimait Londres et prendre en charge les relations publiques des célébrités. Je ne suis plus cette fille. J'ai grandi.

La douleur de Nick était presque palpable.

— Alors quoi ?… On se sépare ?

Ces mots frappèrent Sam comme un coup de poing dans le ventre et elle sentit sa gorge se nouer.

— Je… je suppose que oui.

Nick ne réagit pas immédiatement. Il avait les yeux fixés sur quelque chose que Sam ne pouvait pas voir, hors champ. Puis il se remit à parler, l'air si triste qu'elle eut envie de traverser l'écran pour le serrer dans ses bras.

— Je savais que c'était trop beau pour être vrai… nous, je veux dire. Je savais que ça ne pouvait pas durer.

Elle comprenait ce qu'il voulait dire : tout fonctionnait à merveille entre eux, du moment qu'ils restaient dans la légèreté. Mais bien que Sam adore se trouver avec Nick, elle savait tout autant que leur relation n'était pas destinée à devenir sérieuse. Aussi douloureuse que soit leur rupture, elle lui paraissait également dans l'ordre des choses.

— Tu ne me détestes pas, n'est-ce pas ?

Il lui jeta un regard incrédule.

— Si je te déteste ? Comment je pourrais ? Tu es l'une de mes meilleures amies.

Les yeux de Sam se remplirent de larmes.

— Tant mieux, dit-elle. Parce que je ne pourrais pas le supporter.

— Je n'irai pas jusqu'à dire que je suis heureux et je vais peut-être avoir besoin d'un peu de temps, mais je m'en remettrai. Ce planning de tournage dément devrait m'y aider, ajouta-t-il avec un soupir.

La boule dans la gorge de Sam devint plus dure et plus douloureuse quand elle prit congé de lui et se prépara pour aller au lit. Avait-elle su, au fond, ce qui allait se produire ? Elle ne le pensait pas. Maintenant que l'adrénaline refluait, elle se sentait vide et épuisée. C'était étrange de se savoir à nouveau célibataire. Sa tête avait beau lui répéter que c'était la bonne décision, son cœur était plus difficile à convaincre. Nick lui manquait déjà, même s'il se trouvait à l'autre bout du monde. Sauf qu'il n'y avait pas de retour en arrière possible, sa tête en était certaine. Avec le temps, ils seraient de nouveau proches, mais sans plus être amants.

Ses yeux la brûlaient tant elle luttait pour ne pas pleurer. Ce ne fut qu'après avoir éteint la lumière et laissé l'obscurité réconfortante l'envelopper qu'elle autorisa enfin ses larmes à couler.

Sam comprit que quelque chose n'allait pas dès qu'elle entra dans Weir Cottage, ce lundi matin-là. Comme de coutume, l'air embaumait le café, mais il y flottait aussi la légère aigreur des baies de genièvre. À première vue, Ruby paraissait inchangée, jusqu'à ce que le regard méfiant de Sam croise le sien et qu'elle le découvre un peu vitreux.

— Ruby, demanda-t-elle en s'efforçant de garder une voix égale. Vous avez bu ?

Son amie secoua la tête, un peu trop fort et un peu trop longtemps.

— Non.

Sam la dévisagea attentivement.

— Si, n'est-ce pas ? (Elle huma l'air.) Du gin.

Ruby lui lança un regard noir et releva le menton en signe de défi.

— Très bien. Si ça peut te faire plaisir, alors oui, j'ai pris un petit verre, ce matin. Juste pour me calmer les nerfs avant de revoir Cal. (Elle recula d'un pas et trébucha contre le guéridon du couloir.) Oups !

Sam sentit le désarroi l'envahir. Elle n'avait pas du tout l'impression qu'il s'agissait juste d'« un petit verre ». Comment pouvait-elle emmener Ruby revoir ce fils qui avait justement coupé tout contact avec elle à cause de sa relation malsaine avec l'alcool ? Elle empestait le gin ! Il était évident qu'elle avait bu et, dès l'instant où Cal s'en rendrait compte, Ruby aurait gâché sa seconde chance avant même de l'avoir tentée.

— Ruby, déclara-t-elle en tirant son téléphone de sa poche pour afficher le numéro de Nessie, vous ne pouvez pas rencontrer Cal dans cet état. Je vais demander à Nessie de reprogrammer votre rendez-vous.

Ruby agita un doigt tremblotant sous le nez de Sam.

— Tu n'as pas le droit.

— J'ai bien peur que si, répliqua Sam, en passant devant Ruby pour dénicher la source de sa chute. Nessie et moi sommes vos premières supportrices. Nous sommes peut-être pénibles, mais, comme nous nous soucions de vous, nous voulons vous aider.

Elle localisa bien vite la bouteille de gin coupable, dissimulée dans la corbeille à pain.

— Où vous l'êtes-vous procurée ? demanda-t-elle. Je croyais que vous aviez remis toutes vos réserves d'alcool à Nessie ?

Ruby fouilla dans son sac à main et en tira une flasque luisant d'un éclat argenté.

— C'est mon problème, pas le tien.

— Ruby ! s'écria Sam, choquée. Avez-vous oublié ce que les médecins ont dit ? Si vous continuez à boire, vous allez mourir.

Elle lui arracha la flasque des mains. La vieille femme pinça ses lèvres écarlates.

— C'est absurde ! Ce qu'on aime en quantité raisonnable nous fait du bien. Donc rends-moi ma bouteille.

Sam refusa. Au lieu d'obéir, elle fila même dans la cuisine et vida le contenu de la bouteille de gin et de la flasque dans l'évier. Puis elle s'assit à la table de la cuisine et fixa Ruby d'un œil sagace.

— Je sais que vous avez peur de revoir Cal, mais l'alcool n'est pas la solution.

— Ne t'affole pas, Sam. C'était juste un petit verre pour me détendre les nerfs.

— Je ne crois pas, non, rétorqua-t-elle. Vous tenez à peine sur vos pieds, ce qui signifie que vous en avez bu plus d'un. Et puis, vous savez comment ça marche, de toute façon, non ? Un seul verre n'est jamais assez. Combien en avez-vous vraiment bu ?

Ruby détourna le regard.

— Je n'ai pas besoin de sermon, ma puce. Annule notre rendez-vous si ça te chante, mais épargne-moi ta leçon de morale.

Sam se leva.

— Regardez-moi, Ruby, ordonna-t-elle en se saisissant des mains de son amie jusqu'à ce que son regard vaseux vienne se poser sur elle. Je n'ai aucune intention de vous faire la morale, je suis inquiète, c'est tout. Vous avez travaillé très dur pour arrêter de boire et je ne veux pas que vous retombiez dans les griffes de l'alcool.

Pendant un instant, Sam entrevit un éclair de la Ruby sobre, celle qui avait compris que l'alcool était son ennemi. Elle poussa son avantage.

— Nessie et moi, nous vous aimons, ainsi que tous vos amis de Little Monkham, et nous voulons vous aider. Mais si vous tenez à revoir Cal, vous devez le faire sobre… À vous de décider ce qui est le plus important, ajouta-t-elle après réflexion : revoir votre fils ou boire un autre verre ?

Ruby détourna les yeux. Elle se battait contre un vieil adversaire, un démon qui lui soufflait que Sam mentait, que l'alcool la rendait plus forte, plus courageuse, plus intelligente, bref lui offrait une meilleure version d'elle-même. Les secondes défilaient, se transformaient en minutes. Sam attendait, sachant que la décision devait venir de Ruby.

Et elle parla enfin, d'une voix radoucie.

— Tu peux envoyer un message à Cal, s'il te plaît, ma puce ? Voir s'il peut se libérer un autre jour ? Je… je ne suis pas tout à fait moi-même ce matin.

Sam manqua de défaillir de soulagement.

— Bien sûr, répondit-elle en attrapant les deux mains de Ruby pour les serrer avec effusion. Je suis sûre qu'il comprendra.

Ruby leva alors les yeux vers Sam : ils étaient brillants de larmes.

— Je suis désolée, balbutia-t-elle.

— Vous n'avez aucune raison de l'être, la rassura Sam en la serrant dans ses bras. C'est un chemin difficile. Mais vous n'êtes pas seule, nous sommes à vos côtés.

La vieille femme était secouée de sanglots entre ses bras.

— Merci, murmura-t-elle.

Sam sourit.

— Tout va bien. On va se le reprogrammer tout de suite, ce rendez-vous.

Chapitre 20

Il était un peu plus de dix-sept heures, ce mercredi soir-là, et le froid commençait déjà à se faire mordant lorsque Nessie traversa à toute allure l'esplanade du village vers le *Star and Sixpence*. Son souffle formait des nuages qui scintillaient sous les lumières multicolores suspendues entre les arbres et l'herbe crissait sous ses bottes. Elle remonta son épaisse écharpe de laine pour se couvrir le menton et jeta un coup d'œil au pub, illuminé dans la nuit bleu marine. Il ne restait plus que trois jours avant le réveillon de Noël et il y aurait un ensemble d'étals tout illuminés aussi devant le pub, un carrousel et la grotte du Père Noël cachée entre les arbres, pourtant Nessie ne se sentait pas du tout d'humeur festive : elle s'inquiétait trop pour Owen, Sam et Ruby. Sa sœur semblait digérer le contrecoup de sa rupture avec Nick et, à leur connaissance, Ruby n'avait pas touché un verre depuis sa rechute, toutefois elle avait l'impression que les choses tanguaient sur le fil du rasoir. D'autant plus qu'elle-même n'avait pas trouvé de solution au problème posé par Gweneth. L'idée de devoir rompre définitivement avec Owen la remplissait d'un désespoir muet, pourtant elle ne voyait pas d'autre solution. Elle ne voulait pas empiéter sur la relation d'Owen avec son fils.

Elle était presque arrivée à la porte du pub quand elle entendit justement Owen l'appeler. Un coup d'œil à la forge lui révéla qu'il se dirigeait vers elle. Son cœur fit un bond et se serra en même temps.

— J'espérais te mettre la main dessus, dit-il, une fois parvenu à l'entrée du pub. Tu seras là plus tard, disons à dix-neuf heures ?

— Oui, répondit-elle. Sam va profiter de l'ouverture tardive des magasins et c'est la soirée de repos de Tilly, donc il n'y aura que moi. Pourquoi ?

Owen parut ravi.

— J'ai quelque chose pour toi. Un petit cadeau à l'occasion du solstice d'hiver. (Elle le fixa, en proie à une perplexité anxieuse.) Ne t'inquiète pas, ce n'est pas grand-chose, précisa-t-il en remarquant sa confusion. Enfin, c'est plutôt volumineux, mais ça ne m'a pas coûté cher. (Il se passa la main dans les cheveux.) Ce n'est même pas vraiment un cadeau, plutôt une tradition. Bref, je te l'apporterai plus tard, si ça te va. À dix-neuf heures.

— Très bien. À dix-neuf heures, répéta Nessie, de plus en plus confuse.

Faute de savoir grand-chose du solstice d'hiver, à part qu'il correspondait au jour le plus court de l'année, elle n'avait donc aucune idée du cadeau qu'Owen avait prévu pour elle. Ni de ce qu'il signifiait.

— À tout à l'heure, lança-t-il.

Il parut sur le point d'ajouter quelque chose, mais préféra la saluer d'un signe de tête.

— À ce soir, lança-t-elle à son tour.

Le pub était calme. Seuls quelques habitués sirotaient une pinte en feuilletant le journal ou en discutant entre eux. Nessie attisa le feu en passant devant l'énorme cheminée qui dominait la salle. Quel plaisir que l'agréable bouffée de chaleur qui émanait des flammes bondissantes ! Puis elle se faufila à l'étage pour déposer son manteau.

— Tu as prévu quelque chose de sympa ? demanda-t-elle à Tilly qui s'en allait.

Cette dernière lui adressa un sourire ironique.

— Répétition de la chorale pour la messe du réveillon de Noël.

Nessie opina d'un air entendu. La chorale de l'église St Mary était dirigée par Franny et plusieurs habitants du village en étaient membres, dont Owen, Luke et Martha. Kathryn avait résisté jusqu'à présent, mais, à l'évidence, Tilly n'avait pas échappé à la préposée des postes.

— Bonne chance, lâcha-t-elle, compatissante.

— Merci. Frank, l'organiste, en est à son deuxième avertissement pour s'être lâché pendant *Hark ! The Herald Angels Sing*, raconta Tilly. Ce sera un miracle si on arrive au jour de Noël sans effusion de sang.

Lorsque dix-neuf heures sonnèrent, les habitués vidèrent leur verre et bravèrent le froid pour rentrer chez eux. Nessie débarrassa les tables et vérifia le niveau des stocks derrière le bar, puis s'installa devant le feu, dans l'un des confortables fauteuils, munie d'une tasse de chocolat chaud fumant et de son ordinateur portable, avec l'intention de vérifier les comptes. Ces soirées d'hiver où le pub était vide s'avéraient secrètement ses préférées, même si Sam serait horrifiée de le lui entendre dire : un pub vide était bien la dernière chose que sa propriétaire devrait souhaiter. Nessie prenait pourtant un plaisir silencieux à regarder la flambée. Cela confinait à la méditation, un moyen de se vider l'esprit, dont elle éprouvait de plus en plus le besoin ces derniers temps.

Lorsque la porte s'ouvrit à nouveau, ce fut pour livrer passage à Owen, chargé d'une grosse bûche qui semblait peser une tonne et dont une extrémité laissait pendre des racines. Les muscles de ses bras étaient gonflés par l'effort au moment où il franchit le seuil.

— Laisse-moi t'aider, proposa Nessie en se levant d'un bond.

— Ce n'est pas la peine, répliqua Owen en transportant la bûche jusqu'à la cheminée pour la déposer soigneusement devant. Joyeux solstice d'hiver, Nessie !

Elle comprit alors.

— C'est une bûche de solstice.

Owen confirma d'un hochement de tête.

— On la brûle traditionnellement le jour le plus court de l'année pour accueillir le retour de la lumière et appeler la prospérité sur les mois à venir. J'avais pour habitude d'en apporter une au pub à chaque solstice d'hiver.

Nessie regarda l'écorce mouchetée et le bois couleur crème.

— Tu n'as pas fait ça l'année dernière.

— Non, admit-il. Vous veniez juste d'arriver et je ne savais pas comment vous réagiriez si le forgeron du village venait vous offrir d'anciens cadeaux païens. Vous auriez pu repartir à Londres en hurlant.

Elle sourit en imaginant le visage de sa sœur.

— Tu n'avais peut-être pas tort. Et donc, qu'est-ce que je fais de ça ?

Owen lui indiqua la cheminée d'un signe de tête.

— Tu la fais brûler lentement en repensant à l'année qui vient de s'écouler et à tous les bienfaits qu'elle t'a apportés. Et puis, demain matin, tu trouveras un morceau qui ne s'est pas consumé et tu le garderas pour allumer la bûche de l'année prochaine.

Nessie fronça les sourcils.

— Mais comme tu n'avais pas apporté de bûche, l'année dernière, je n'ai rien pour allumer celle-là.

Il fouilla dans sa poche et en tira un morceau de bois légèrement carbonisé.

— Je t'en avais mis un peu de la nôtre de côté, en espérant te connaître assez bien pour te l'offrir à ce solstice.

Leurs yeux se rencontrèrent alors et un frisson descendit le long de l'échine de Nessie. Ils se connaissaient mieux qu'elle n'aurait osé l'espérer à leur première rencontre et, pourtant, il y avait encore beaucoup de choses qu'elle ignorait sur Owen Rhys. Cependant, elle aurait pu se douter qu'il suivait certaines traditions d'antan : il exerçait la profession de forgeron, soit l'une des plus anciennes qui soit, et il était gallois de surcroît. La magie d'autrefois devait couler dans ses veines.

— Merci, dit-elle. C'est une belle tradition.

Muni de la pince, Owen enfouit le fragment de l'ancienne bûche dans le feu déjà crépitant. Il s'enflamma presque sur-le-champ.

— Le vieux bois brûle vite, expliqua-t-il en passant précautionneusement la pince à Nessie pour soulever de nouveau la bûche de solstice. Tiens-la sous la racine, ici, pour qu'elle s'enflamme.

Nessie se pencha en avant et s'exécuta, s'efforçant de ne pas prêter attention à la proximité d'Owen et à la chaleur que son corps dégageait. Elle se concentra pour que le bois crépitant se trouve toujours sous la bûche. Oui, c'était la chaleur des flammes et rien d'autre qui faisait briller ses joues. Une fois que la racine se mit à brûler de façon régulière, elle recula et Owen souleva la bûche jusqu'au cœur de la cheminée. Ses gants de cuir, qui lui montaient jusqu'aux coudes, le protégeaient de la température du brasier. Il abaissa la pièce de bois dans l'âtre où elle provoqua une gerbe d'étincelles orangées. Des flammes ambre et dorées léchèrent le dessous de la bûche et commencèrent à ramper le long de l'écorce.

Owen se redressa et retira ses gants de protection.

— Ça devrait durer quelques heures, déclara-t-il. Si tu veux, je peux passer à la première heure demain, afin de récupérer un morceau pour l'année prochaine.

Nessie secoua la tête : inutile, elle nettoyait la cheminée tous les matins.

— Tu auras déjà bien assez à faire avec Luke. Ne t'inquiète pas.

Owen ne cilla pas.

— Ça ne me dérange pas. Et ça fait partie de la tradition, j'aimerais beaucoup venir.

Une fois de plus, Nessie ressentit un petit frisson de quelque chose : elle aimait l'idée de créer une tradition avec lui, qui se poursuivrait d'année en année, même si elle était de plus en plus certaine qu'ils ne seraient jamais autre chose que des amis et voisins.

— Dans ce cas, d'accord. Merci, ajouta-t-elle avec un coup d'œil à l'horloge derrière le bar. Tu as le temps de prendre un verre ou Franny réprouve la consommation d'alcool avant la répétition de la chorale ?

— Elle est contre, convint-il. Mais un verre devant la bûche de solstice, ça fait également partie de la tradition : les Romains avaient l'habitude de célébrer l'événement par un festin qui durait plusieurs jours. Pour ma part, je me contenterai d'un petit whisky.

Nessie lui versa une mesure de whisky écossais au parfum de tourbe et se servit un porto à la belle robe rubis, puis elle apporta les boissons jusqu'aux fauteuils et les déposa sur l'une des tables basses, devant le feu.

Owen attendit qu'elle soit assise pour lever son verre à la lumière des flammes. Le liquide scintilla d'un éclat fauve.

— À l'année écoulée, dit-il en plongeant ses yeux dans les siens. Je suis heureux que nous soyons devenus amis.

La gorge nouée, Nessie regarda la lumière du feu danser sur son visage. Oui, décidément, Owen Rhys était toujours connecté à la magie des temps anciens. Elle laissa son regard dériver vers ses lèvres aux courbes douces, puis remonta vers ses yeux sombres. Il lui avait très certainement jeté un sort qu'elle serait impuissante à rompre, en dépit de ses efforts. Levant son propre verre, elle l'entrechoqua au sien.

— Et à l'année qui vient. J'espère qu'elle t'apportera le bonheur.

Le verre tinta contre le verre.

— J'espère qu'il nous apportera le bonheur à tous les deux, murmura Owen en soutenant son regard. Aux nouveaux départs.

Nessie éprouva un tel élan de nostalgie douce-amère qu'elle en oublia presque de boire. Ce fut Owen qui la rappela à l'ordre en prenant une gorgée de son whisky. Elle porta alors machinalement son propre verre à ses lèvres. Le riche parfum des fruits et l'explosion des chaudes saveurs épicées sur sa langue ne firent qu'accroître son sentiment d'ivresse. Elle déglutit, puis le liquide rubis poursuivit son chemin incandescent jusqu'à son ventre. Si elle reposait son verre et se rapprochait d'Owen, elle pourrait l'embrasser. Il aurait le goût de la fumée de bois et du whisky. Personne n'aurait besoin de savoir. Personne ne serait blessé.

— Je voulais aussi apporter du gui, lâcha Owen, comme s'il lisait dans ses pensées. Une autre tradition de Noël.

Quel dommage que tu ne l'aies pas fait ! pensa Nessie.

Il l'observait par-dessus son verre.

— Mais je n'étais pas sûr de pouvoir résister à la tentation.

Nessie retint son souffle, tout en cherchant à se rappeler la raison pour laquelle elle avait mis fin à leur relation. Cela semblait si ridicule à présent : comment pouvait-elle laisser Gweneth s'interposer entre eux ?

— Owen, je…

La porte s'ouvrit, apportant un souffle d'air glacial. Ruby entra d'un pas lourd, accompagnée du martèlement de sa canne sur le sol.

— Brrr, il fait froid et sombre là-dehors. Un parfait solstice d'hiver.

Elle s'immobilisa, le temps d'ôter son manteau, et avisa d'abord les joues rougies de Nessie, puis le silence obstiné d'Owen.

— Zut ! J'ai interrompu quelque chose, c'est ça ?

Owen vida son verre et se leva en lui adressant un sourire.

— Pas du tout, Ruby. J'allais partir, en fait. La répétition de la chorale n'attend pas, surtout trois jours avant Noël. On se voit demain matin, donc ? ajouta-t-il à l'intention de Nessie.

Elle réussit tant bien que mal à sourire elle aussi.

— Oui, à demain. Et merci d'avoir apporté la bûche. C'était très gentil de ta part.

— Comme je l'ai dit, ce n'est pas grand-chose.

Ses yeux s'attardèrent sur elle, l'espace d'un battement de cœur, puis il partit. Nessie débarrassa les verres pendant que Ruby s'installait dans le siège libéré par Owen.

— Je suis navrée d'avoir gâché ce moment, ma puce, se désola l'ancienne actrice.

— Vous n'avez rien gâché, lui assura Nessie. On bavardait, c'est tout. Et je suis toujours contente de vous voir.

Ruby afficha une mine sceptique.

— Je ne suis pas née de la dernière pluie, Nessie : je sais reconnaître un rendez-vous galant quand j'en vois un, même si, apparemment, ce n'est pas ton cas.

Nessie sentit qu'elle piquait un fard.

— Owen et moi, on est juste amis, maintenant.

Le rire ravi de Ruby retentit dans tout le bar.

— Tu radotes, ma puce.

— Que puis-je vous offrir à boire ? demanda Nessie, afin de changer de sujet. Un spritzer à l'orange et à la canneberge ?

Ruby lui répondit d'un petit ricanement ironique.

— Si j'avais eu envie de boire un jus d'orange, j'aurais tout aussi bien pu rester chez moi. Et Owen et toi seriez presque arrivés dans l'escalier au moment où je parle. (Elle soupira et secoua la tête.) Non, prépare-moi un de tes superbes chocolats chauds qui tuent au caramel salé et divertis-moi pendant que je le bois. Et ne lésine surtout pas sur les pépites de chocolat.

Ce soir-là, à l'heure de la fermeture, Sam considéra la bûche de solstice qui se consumait dans la cheminée puis fixa Nessie d'un regard accusateur.

— Répète-moi encore une fois pourquoi vous n'êtes plus ensemble, Owen et toi.

Nessie eut envie de gémir. Elle avait décelé la lueur déterminée dans le regard de Sam : celle-là même qui s'était allumée dans ses yeux quand, à l'âge de huit ans, elle avait exigé de savoir où allaient vraiment ses dents de lait. Autrement dit, c'était du sérieux. Nessie n'allait pas s'en tirer avec de vagues raisons et des excuses fumeuses. Il était temps pour elle de révéler la vérité à sa sœur.

Quand elle eut fini ses explications, Sam semblait à deux doigts de frapper quelque chose. Elle arpentait le bar d'un pas furieux.

— Cette misérable garce qui se mêle de tout ! tempêta-t-elle. Je me doutais qu'elle avait fait quelque chose pour te contrarier, mais ça ? C'est plus que tordu.

— Je sais, reconnut Nessie, penaude.

— Alors, qu'est-ce que tu comptes faire ? (Sam arrêta de faire les cent pas pour dévisager sa sœur.) Ne me dis pas que tu vas céder à ce chantage émotionnel minable, parce que je ne te laisserai pas faire. Je vais aller la trouver et régler cette affaire tout de suite.

— Sam ! s'écria Nessie, au supplice. Il faut réfléchir sérieusement à la situation. Je ne peux pas tout déballer à Owen.

— Et pourquoi pas ? Il mérite de savoir à quelle vipère il a affaire. En fait, je suis étonnée qu'il n'ait pas déjà fait le rapprochement.

— Oui, mais…

Sam poussa un petit soupir.

— Écoute, s'il y a une chose que je sais, c'est que céder aux maîtres chanteurs est une erreur. Il faut prendre les devants, les déposséder de leur pouvoir, et la seule façon d'y parvenir, dans le cas qui nous occupe, c'est de dire la vérité à Owen.

Tout en observant sa sœur, Nessie sentit une vague de panique et de nausée bien trop familière.

— Et si Gweneth va trouver les services sociaux ?

— Qu'elle y aille ! répondit Sam du tac au tac. Je suis presque sûre que c'est une menace en l'air, mais laisse-la donc essayer. Il est évident que Luke n'est pas un enfant livré à lui-même. Des tas de gens dans le village seront prêts à certifier à quiconque posera la question que Gweneth Morgan est une vieille sorcière qui n'a pas digéré qu'Owen lui ait volé sa fille.

Nessie se figea.

— Ah bon ? Comment le sais-tu ?

— De la bouche de Franny, répondit Sam. Autrement dit, je ne pense pas que tu sois vraiment en cause, Ness. À mon avis, elle punit Owen. Elle ne supporte pas l'idée qu'il puisse aller de l'avant quand elle-même en est incapable.

Cela pouvait-il être vrai ? Nessie repensa à la conversation qu'elle avait eue avec Gweneth dans le cimetière. Rien ne contredisait cette hypothèse, en tout cas, bien que les paroles de la vieille femme aient aussi été blessantes pour elle, personnellement.

— Elle m'a dit que je n'étais pas assez bien pour lui, avoua-t-elle à Sam. Que je n'arrivais pas à la cheville d'Eliza. D'après elle… D'après elle, je pue la bière.

Sam esquissa une moue féroce.

— Elle a tort sur ces trois points. Et je doute fort qu'elle connaisse toute l'histoire : aux dires de Kathryn, Owen et Eliza envisageaient de divorcer avant qu'elle ne tombe malade. Il est peut-être temps que Gweneth entende quelques vérités sur sa fille chérie.

Nessie éprouva une inquiétude qui lui donna la nausée, en entendant la fureur qui faisait vibrer la voix de sa sœur.

— Sam, tu ne peux pas ! Pense à Luke.

— Bon, d'accord, peut-être que je me tairai sur le sujet, concéda Sam. Mais ce bazar doit être réglé, Ness. Tu n'as pas besoin d'être là… En fait, c'est mieux si tu n'es pas là. Comme ça, je n'aurai pas à me retenir.

— Qu'est-ce que tu vas faire ?

— Tout raconter à Owen, répondit Sam d'un ton sinistre. Et ensuite, ce sera à lui d'arranger les choses.

Nessie reporta son regard sur la bûche de solstice qui se consumait dans la cheminée. Quel avait donc été le toast d'Owen ? « Aux nouveaux départs. » Et son souhait de solstice à elle n'avait-il pas été que Gweneth disparaisse, pour que tout redevienne exactement comme avant son arrivée ? Il était peut-être temps que ses vœux se réalisent.

— C'est moi qui le lui dirai, déclara-t-elle, bouleversée. À la première heure demain matin.

— Tu as intérêt, répliqua Sam. Parce que sinon, c'est moi qui m'en charge.

Nessie ne s'attendait pas à dormir beaucoup.

Elle s'attendait à passer la nuit les yeux rivés sur les poutres du plafond pendant que son cerveau entrerait en fusion à la pensée de la réaction d'Owen. Pourtant, elle sombra sur-le-champ dans un sommeil sans rêve et ne bougea pas d'un cil jusqu'à la sonnerie de son réveil, juste avant six heures.

Toute l'inquiétude qu'elle avait réussi à refouler au moment de s'endormir s'abattit sur elle pendant qu'elle préparait les petits déjeuners de leurs hôtes et imprimait les factures de ceux qui allaient libérer leur chambre. Lorsque Owen frappa à la porte du pub, l'estomac de Nessie était si agité qu'elle redoutait de vomir.

— Bonjour, lui lança-t-elle en faisant de son mieux pour lui sourire.

— Et bonjour à toi aussi. Tu as bien dormi ?

Elle remarqua la légère marque laissée sur sa joue par un pli de son oreiller.

— Très bien, répondit-elle. Bien mieux que je ne le pensais, en fait.

Il désigna la cheminée d'un signe de tête.

— C'est le solstice qui opère sa magie. Dormir est une bonne façon de passer la nuit la plus longue.

Il posa un instant ses yeux brillants sur elle, puis se dirigea vers l'âtre devant lequel il s'agenouilla pour fouiller dans la cendre froide jusqu'à ce qu'il trouve ce qu'il cherchait.

— Ah, le voici.

Il exhiba un morceau de bois à moitié calciné.

— Il faut le conserver pour allumer la bûche de l'année prochaine.

Nessie sentit son estomac se retourner une fois de plus.

— S'il y a une année prochaine.

Owen la regarda avec surprise.

— Pourquoi il n'y en aurait pas ?

La gorge nouée, elle parvint péniblement à relâcher son souffle.

— Je pense que tu ferais mieux de t'asseoir, Owen. Il faut que je te parle. C'est au sujet de Gweneth…

Owen ne l'interrompit pas une seule fois. Immobile, il affichait une expression toujours plus glaciale à mesure que Nessie parlait. Quand elle arriva enfin au bout de son récit et qu'elle se tut, mal à l'aise, il resta de longues secondes les yeux perdus dans le vide.

— Je ne voulais pas t'en parler, reprit-elle, quand le silence devint insupportable. Mais comme tu m'as dit que Gweneth allait peut-être venir plus souvent, je…

Fourrant le morceau de bûche dans sa poche, Owen se leva brusquement, si bien que Nessie s'interrompit.

— J'ai bien peur que tu ne doives m'excuser, Nessie, lâcha-t-il. J'ai quelque chose à faire.

Il y avait les notes glaciales d'une détermination de fer dans son intonation.

Le cœur de Nessie battait la chamade pendant qu'elle le regardait s'éloigner. Était-il en colère qu'elle ne lui en ait pas parlé d'emblée ? Ou bien était-il au contraire furieux qu'elle lui en ait parlé ?

— Owen ? lança-t-elle.

Il ne répondit pas, et elle en fut réduite à regarder la porte qui se refermait dans un grincement. Nessie se laissa retomber sur son siège, le souffle court. Il avait tout de même emporté un fragment de la bûche de solstice… C'était un signe encourageant, non ?

Chapitre 21

Le réveillon de Noël débuta par un froid vif et une lumière éclatante, sous le genre de ciel bleu qui semblait infini.

Nessie se réveilla en proie à une pointe d'excitation, pétillement qu'elle éprouvait, enfant, lorsque l'école s'interrompait, le temps des vacances, et qu'il n'y avait rien d'autre à l'horizon qu'amusement, joie et attente d'une pile de cadeaux brillamment emballés sous le sapin, le matin de Noël. C'était tout à fait ridicule, se dit-elle en sortant du lit. Tout ce à quoi elle aurait droit, c'était un cadeau ou deux et le plaisir simple de faire rôtir une dinde avec ses innombrables garnitures. Elle avait le cœur lourd depuis qu'elle avait révélé la vérité concernant Gweneth à Owen, probablement parce qu'il ne lui avait pas reparlé depuis qu'il s'était enfui. Mais soulagée du poids que faisait peser sur elle la nécessité de garder secret le poison de Gweneth, elle s'était aussi débarrassée d'une partie des ténèbres qu'elle avait senties planer au-dessus de sa tête. L'arrivée des papiers officiels de son divorce y avait également contribué : elle était de nouveau officiellement célibataire. Difficile dans ces conditions de ne pas se sentir pleine d'espoir.

Elle ignorait si Owen avait affronté sa belle-mère sur-le-champ ou s'il avait décidé d'attendre que Noël soit passé. Sam l'avait pressée d'aller rendre une petite visite au Cottage des Perce-neige, mais elle n'en avait pas eu le courage : et si c'était Gweneth qui lui ouvrait ? Elle s'était donc concentrée sur les préparatifs de la Ripaille festive, déterminée à donner à cette soirée un esprit de Noël comme Little Monkham n'en avait encore jamais connu. Et si elle avait de la chance, peut-être jouirait-elle d'un moment de calme où elle pourrait prendre Owen à part…

La journée fila à toute allure. Ayant laissé à Sam le soin de s'occuper du pub, elle passa la plupart du temps sur l'esplanade, à s'assurer que le carrousel était exactement au bon endroit, que la grotte du Père Noël avait un siège confortable et une hotte pleine de cadeaux. Elle rendit également une petite visite au boucher et au boulanger pour acheter des produits de dernière minute en prévision de la journée de Noël. Avant qu'elle ne s'en rende compte, le ciel s'était assombri et il était temps pour elle de se rendre à la messe de Noël aux bougies en l'église St Mary. De lourds nuages gris s'étaient accumulés depuis le matin, obscurcissant le ciel bleu. L'atmosphère était désormais feutrée et oppressante. Rabattant son bonnet sur ses oreilles, Nessie se précipita vers l'église tout illuminée.

La bâtisse était bondée. Tout le village semblait s'y être réuni, à l'exception de Sam, qui avait insisté pour rester s'occuper du bar, même si elles savaient l'une comme l'autre que personne ne viendrait y boire un verre, puisque tout le monde assistait à la messe de Noël. Mais, comme Sam l'avait fait remarquer, il y avait du vin à faire chauffer et des châtaignes à faire griller pour le brasero de l'esplanade. Secrètement, Nessie soupçonnait sa sœur de n'avoir pas encore emballé un seul cadeau.

Tout en se glissant sur un banc déjà plein au fond de l'église, elle repéra Owen et Luke sur-le-champ. Ils étaient à l'avant, avec le reste de la chorale, et le cœur de Nessie battit plus vite dès qu'elle les aperçut. Luke souffla quelques mots à son père. Alors qu'Owen penchait sa tête brune pour lui répondre, Nessie constata une fois de plus que le fils était très différent du père et qu'il ressemblait beaucoup à sa mère. Elle éprouva un pincement au cœur très fugitif pour Gweneth, prisonnière de son deuil amer. Peut-être qu'avec le temps, sa douleur finirait par guérir.

Depuis la chaire, le père Goodluck adressa un sourire rayonnant à l'assistance.

— Bonsoir et bienvenue dans l'église St Mary en ce soir béni de Noël, lança-t-il. Je suis heureux de vous voir si nombreux pour remplir notre église de lumière et célébrer le miracle de la naissance du Christ.

Nessie, qui tenait un cierge allumé dans un bougeoir de carton, le fit changer de main pour pouvoir jeter un coup d'œil au programme qu'Henry lui avait distribué à son entrée dans l'église. Le premier chant serait *Hark ! The Herald Angels Sing*, l'un de ses préférés, suivi de *Silent Night* et d'*Away in a Manger*. Nessie ne s'y connaissait guère en la matière : tout au plus pouvait-elle aller au bout d'une chanson, mais il y avait quelque chose de spécial dans les cantiques de

Noël, qui lui donnait envie de chanter à tue-tête. Alors que l'organiste plaquait majestueusement les premiers accords, elle leva le programme contenant les paroles et se prépara à savourer ces instants.

***

Sam venait de compléter la dernière étiquette lorsqu'elle sentit un souffle d'air glacé. Levant les yeux de son siège au coin du feu, elle aperçut Joss, debout dans l'embrasure de la porte, les yeux fixés sur elle.

— Bonjour, Sam, lança-t-il. Joyeux Noël.

Elle le regarda avec étonnement.

— Joss ! Je pensais que tu serais à la messe de Noël.

— Ce n'est pas trop mon truc, répliqua-t-il.

— Ni le mien non plus, avoua Sam en faisant la grimace. Même si j'aime tout le reste, dans les fêtes de Noël. Alors, quel bon vent t'amène ?

Joss, qui s'était avancé, s'arrêta en plein milieu de la salle. Il avait l'air nerveux, constata-t-elle avec étonnement.

— Quoi ? insista-t-elle. Qu'est-ce qu'il y a ?

— Je pensais… (Il s'éclaircit la gorge et recommença.) Écoute, Sam, tu pourras me reprocher de dépasser les bornes si tu veux, mais… il faut que je te dise quelque chose.

Elle attendit, se préparant à un nouveau coup de gueule.

— Vas-y, lâcha-t-elle.

Il parut prendre son courage à deux mains.

— Je sais que tu es avec Nick, maintenant, et j'espère sincèrement que tu es heureuse avec lui, mais… mais c'est Noël et, comme le dit un personnage de ce film idiot qu'est *Love Actually*, à Noël on dit la vérité. Alors voilà, Sam. (Il la fixa de ses yeux bleus si intenses.) Je t'aime. Je t'ai toujours aimée. Et je suis désolé d'avoir été un imbécile : j'aurais dû t'écouter quand tu as essayé de m'expliquer, pour Pargeter. Au lieu de ça, je me suis laissé aveugler par ma fierté et ça m'a empêché de voir ce qui était vraiment important.

Sam le dévisagea, bouche bée : c'était bien la dernière chose qu'elle s'attendait à entendre de sa part.

— Joss…

— Non, ne m'interromps pas. J'ai d'abord été jaloux de Nick et, ensuite, quand la nouvelle est tombée à propos de Will et toi, j'ai été jaloux de lui aussi, même si toute cette histoire s'était déroulée bien avant notre rencontre. (Il laissa échapper un petit rire mal assuré.) Je crois… Je pense que tu me rends un peu fou, Sam, et je suis désolé. J'aurais dû te soutenir au lieu de m'éloigner et de laisser la porte ouverte à Nick.

Sam ferma les yeux pendant une infime seconde, pour tenter de tout assimiler. Quel invraisemblable bazar !

— Joss, bon sang !

Il lui jeta un regard piteux.

— Je sais, je suis un idiot. Et, comme je te l'ai dit, je sais que tu es avec Nick maintenant et qu'il est bien trop tard pour tout ça, mais… j'avais juste besoin de me soulager de ce que j'avais sur le cœur, c'est tout.

Sam baissa les yeux sur la pile de cadeaux à ses pieds. Le papier brillant et les rubans se brouillaient derrière ses larmes.

— Et si ce n'était pas trop tard ? murmura-t-elle.

— Quoi ? fit Joss.

Elle leva les yeux vers lui.

— Et si ce n'était pas trop tard ? Pour nous, je veux dire.

— Je ne comprends pas, lâcha-t-il, de plus en plus perplexe. Et Nick ?

— On a rompu il y a une semaine, répondit-elle simplement. J'ai eu l'impression qu'il y avait trop d'obstacles à surmonter, sur le moment, mais en réalité, je vois maintenant qu'il n'y en avait qu'un.

Joss la regarda avec circonspection.

— Ah ? Et qu'est-ce que c'était ?

À présent, c'était Sam qui devait s'armer de courage.

— Toi. Je suis toujours amoureuse de toi, Joss.

Il demeura figé pendant une fraction de seconde, puis traversa l'espace qui les séparait et l'obligea à se lever. Une seconde plus tard, ses lèvres étaient sur les siennes, non pas dures et avides, mais se livrant à une douce exploration. Pour Sam, c'était comme si on lui rendait soudain quelque chose qui lui manquait depuis des mois. Elle enroula les bras autour de lui et se laissa aller à ce baiser.

Quand ils s'écartèrent enfin, Joss lui caressa tendrement la joue.

— Pardonne-moi d'avoir été un crétin. Je promets de ne plus jamais recommencer.

Sam sourit et effleura ses lèvres des siennes. Puis, levant les yeux, elle sentit quelque chose remuer en elle.

— Je n'ai rien à te pardonner, murmura-t-elle. Tu m'as manqué. Tu peux rester ?

Il secoua la tête, jetant un coup d'œil à l'horloge au-dessus du bar.

— Je travaille ce soir.

— Alors reviens ici après. Reste avec moi et dîne avec nous demain. À moins que tu n'aies d'autres projets ?

— Rien qui ne puisse être déplacé, répondit-il fermement, puis il pencha la tête pour l'embrasser à nouveau.

La chorale était incroyable, pensa Nessie tandis que se déroulait le programme de chants traditionnels. Certains cantiques de Noël étaient réservés à la chorale et elle demeura quasi bouche bée en entendant les voix mélodieuses de certains villageois dont elle n'aurait jamais soupçonné les aptitudes vocales. Tilly avait un soprano délicat qui parvenait à s'élever au-dessus de tous les autres. La voix plus grave de Franny n'en était pas moins agréable et Ruby, quelques bancs devant Nessie, ne demeurait pas en reste. Mais c'étaient Owen et Luke qui l'époustouflèrent le plus, lorsqu'ils chantèrent *Good King Wenceslas* en duo. Luke interpréta le petit page avec une clarté déchirante, et le baryton gallois très grave d'Owen lui donna la chair de poule. Elle eut du mal à le quitter des yeux ensuite. Pourquoi ne lui avait-il jamais dit qu'il savait chanter ?

Ce fut avec beaucoup de regret que Nessie souffla sa bougie et s'éclipsa juste avant *O Come All Ye Faithful*, le dernier chant, afin de s'assurer que tout était prêt pour la fête. Quelque chose lui effleura la joue pendant le trajet. Levant les yeux, elle vit de la neige tomber en tourbillonnant du ciel obscurci, de gros flocons gras qui captaient la lumière des réverbères pendant leur chute. Elle poussa un petit cri, incrédule : ce n'était pourtant pas censé être un Noël blanc !

Retenant son souffle, elle regarda les flocons de neige tomber. Certains fondaient dès qu'ils rencontraient le sol, mais d'autres s'y installaient, bientôt rejoints par leurs semblables. Lorsqu'elle atteignit l'esplanade du village, le sol était recouvert d'une fine couche blanche qui s'épaississait à chaque seconde et le dessus des étals semblait avoir été saupoudré de sucre.

— Il neige, Sam, annonça-t-elle en franchissant la porte du pub. Viens voir !

Levant les yeux, elle vit sa sœur et Joss s'écarter l'un de l'autre avec l'air coupable.

— Oh ! s'exclama-t-elle. Désolée.

Si Joss demeura imperturbable, Sam s'empourpra.

— On… on s'est remis ensemble en quelque sorte.

— Je vois ça, fit Nessie, avec une ironie un peu sèche. Bravo.

— Je me demandais si Joss pouvait venir pour le repas de Noël, ajouta Sam.

Nessie éclata de rire, incapable de s'en empêcher. Heureusement qu'elle avait prévu large question provisions.

— Bien sûr : plus on est de fous, plus on rit.

— Tant mieux, répliqua sa sœur en souriant. Parce qu'il se peut que je l'aie déjà invité.

Nessie regarda l'horloge.

— Autant vous prévenir : le reste du village va débarquer d'un instant à l'autre et ils s'attendent à du vin chaud, des marrons grillés et au Rob de Martha en Père Noël. S'il te plaît, dis-moi que tu ne t'es pas laissé distraire et que tu n'as pas oublié, Sam.

Sam lui jeta un regard indigné.

— Bien sûr que non ! La tenue de Père Noël attend à l'étage. Cela étant, maintenant que tu le dis, je ferais mieux d'aller vérifier le four. J'ai été un peu distraite et les marrons sont peut-être un peu plus que partiellement cuits. (Elle se haussa sur la pointe des pieds pour embrasser Joss.) À tout à l'heure ?

— Compte sur moi, répondit-il avec un sourire.

— Ne dis rien, la prévint Sam, une fois Joss parti et les marrons sortis du four. Tu penses que je commets une erreur, je sais.

— Je n'ai pas ouvert la bouche, protesta Nessie qui se dirigeait vers la porte, un plateau de verres pour le vin chaud sur les bras. En fait, j'allais dire que tu avais l'air heureuse pour la première fois depuis des mois. Si c'est à Joss qu'on doit ce résultat, j'applaudis à deux mains.

— Vraiment ? s'étonna Sam.

— Vraiment, répondit Nessie, avec un sourire plein d'affection. Maintenant, viens. J'entends les premiers fêtards arriver.

L'averse de neige ne gâcha pas la Ripaille festive : au contraire, elle vint renforcer encore l'ambiance de Noël, surtout lorsque la chorale entonna d'autres chants de circonstance. Le carrousel tourbillonnait parmi les flocons de neige, provoquant des rires ravis chez ses occupants. Au bar, Connor se lança dans la préparation des Gingerbread Bellini, son cocktail spécial Noël, tandis que dehors le vin chaud faisait voleter dans l'air glacial de la nuit des nuages de vapeur parfumée aux épices. Les enfants qui n'étaient pas sur le manège ou dans la file d'attente du Père Noël couraient en tous sens en se lançant des boules de neige. Les adultes s'agglutinaient autour de l'étal de saucisses grésillantes ou du brasero, où Sam distribuait des châtaignes grillées tout en s'excusant pour celles qui étaient brûlées. Une fois la chorale terminée, Sam déroula sa playlist de Noël et des mélodies festives sortirent d'un haut-parleur situé à côté d'une des fenêtres du pub. Les guirlandes lumineuses scintillaient aux branches des arbres de l'esplanade tout en éclairant le chemin qui menait à la grotte du Père Noël. La danse des flocons donnait l'impression à Nessie d'être entrée directement dans un film de Noël. C'était l'un des spectacles les plus magiques qu'elle ait jamais vus.

Son regard se porta naturellement sur Owen, qui supervisait le déroulement de la file d'attente pour le Père Noël et se moquait de Luke, en train de s'acharner, sans grand succès, à enfoncer une poignée de neige dans le cou de son père. Owen poussa soudain un pseudo-rugissement de rage et ramassa un peu de neige, qu'il fourra sous le foulard de Luke. Nessie éclata de rire. Owen était un père génial : tout le monde voyait qu'il adorait son fils et que ce sentiment était réciproque. Comment Gweneth pouvait-elle seulement insinuer le contraire ?

Une voix vint s'immiscer dans les pensées de Nessie.

— Pas besoin de demander quelle est ta demande au Père Noël.

Le rouge aux joues, elle se retourna vers Franny, dont les yeux pétillaient de malice.

— C'est si évident que ça ?

L'employée des postes gloussa.

— J'ai peur que ce ne soit aussi discret qu'un grand panneau clignotant au-dessus de ta tête, qui proclamerait : « J'AIME OWEN RHYS. » Mais si ça peut te consoler, je pense que l'individu concerné ne le voit pas – et il est bien le seul.

— Ou bien il fait semblant, objecta Nessie en soupirant.

Le regard de Franny se fit soudain sévère par-dessus ses lunettes.

— Voyons, Vanessa, tu ne peux pas honnêtement croire ce que tu dis. Je n'ai jamais vu homme plus amoureux et, crois-moi, en tant que présidente de la Société pour la préservation du village, j'en ai vu, des choses, au fil des ans.

— Mais…

— Mais rien, la coupa Franny d'un ton vif. Est-ce qu'il aurait envoyé Gweneth sur les roses, s'il ne tenait pas à toi ?

— Ah bon, il a fait ça ? fit Nessie, médusée.

Franny hocha la tête.

— À la première heure hier matin. D'après mes sources, ils ont eu une dispute homérique et il lui a interdit de revenir frapper à sa porte. (Son regard se fit inquisiteur.) Je pensais qu'il t'en aurait informée.

Nessie jeta un coup d'œil à Owen, qui riait à un propos de Martha.

— Je ne l'ai pas vu depuis avant-hier, en fait.

— J'imagine qu'il est gêné, commenta Franny. Il n'y a rien de pire qu'une vieille folle qui fourre son nez dans les affaires des autres, n'est-ce pas ?

Aucune ironie ne sous-tendait ces propos. Nessie hésita, faute d'être au courant de ce que Franny savait sur Gweneth, puis elle se dit que Franny savait probablement tout.

— Il ne l'a fait que pour protéger Luke…

— Balivernes, rétorqua Franny. Je suis sûre que le bien-être de Luke a joué un rôle là-dedans, mais d'après mes sources, Owen s'est battu pour toi, pas pour son fils.

— Que voulez-vous dire ?

— On m'a aussi rapporté qu'Owen avait déclaré en termes très clairs à Gweneth qu'il était amoureux de toi. (Franny croisa les bras.) Bien que, pour une raison qui m'échappe, cet idiot doute que tu sois intéressée. Donc il ne te chantera pas la même chanson. Honnêtement, j'aimerais pouvoir vous cogner la tête l'une contre l'autre, jusqu'à ce que vous entendiez raison.

— Pardon ?

Sous le choc, Nessie sentit ses joues s'enflammer.

L'expression de Franny se radoucit.

— C'est vraiment très simple, Vanessa, répondit-elle d'un ton patient. Tu aimes Owen, mais tu penses qu'il n'est pas intéressé. Owen t'aime, mais pense que tu n'es pas intéressée. Puis-je vous suggérer d'arrêter d'agir comme des adolescents têtus et de vous avouer ce que vous ressentez ? Ou dois-je demander à Henry d'attendre avec une branche de gui jusqu'à ce que vous pigiez le truc ?

Cela pouvait-il être vrai ? Nessie posa une main fraîche sur ses joues trop chaudes. Owen avait-il vraiment déclaré qu'il l'aimait ? Pour sa part, elle n'avait pas besoin de se demander si elle était amoureuse d'Owen : elle avait subitement réalisé que c'était le cas, dans l'église, quand elle l'avait entendu chanter avec

Luke. Si elle était vraiment honnête avec elle-même, elle le savait d'ailleurs depuis des mois.

— Et Gweneth est vraiment partie ? demanda-t-elle.

— Vraiment, confirma Franny. Je l'ai vue de mes propres yeux.

Nessie ferma les paupières, soulagée, puis serra la main gantée de son interlocutrice.

— Merci. Je pense que je peux m'en occuper, à partir de maintenant.

Franny la gratifia d'un petit signe de tête.

— Je compte sur toi. J'espère recevoir de bonnes nouvelles à la réouverture du pub, le 26 décembre, compris ?

Des vagues de rire montaient en Nessie.

— Oui, Franny, c'est parfaitement compris, affirma-t-elle, en faisant de son mieux pour ne pas se mettre à glousser comme une hystérique.

— Parfait. Alors si tu veux bien m'excuser, je dois retrouver Henry. Maintenant que j'y pense, je ne suis pas sûre de lui faire confiance, aux abords d'une branche de gui.

Elle décampa en abandonnant Nessie. Une fois encore, celle-ci chercha Owen du regard sur l'esplanade et le découvrit cette fois en train de l'observer. Leurs regards se croisèrent. Quelques secondes passèrent. Puis Owen sourit et leva son verre de vin chaud comme pour trinquer. Nessie l'imita avec son Gingerbread Bellini et il lui sembla qu'une foule de non-dits passait entre eux. Puis Luke lança une boule de neige parfaite qui atterrit en plein dans le visage de son père et le charme fut rompu.

Nessie sortit son téléphone. Viens pour le repas de Noël. Elle envoya le texto avant de pouvoir changer d'avis. Elle vit Owen consulter son téléphone et l'interroger du regard, perplexe.

Quelques secondes plus tard, l'écran s'alluma. Tu es sûre ?

Elle tapa sa réponse à toute allure. Certaine : on a BEAUCOUP trop de nourriture. Et je voudrais que vous veniez tous les deux – et Kathryn aussi, si elle est de retour.

OK, on serait ravis. À quelle heure ?

Nessie se répéta les paroles de Franny pendant toute la soirée : « Owen est amoureux de toi. » Et plus d'une fois, elle se souvint du vœu de solstice qu'Owen avait formulé, à savoir qu'ils soient heureux tous les deux au cours de l'année à venir. Pouvait-elle oser espérer que ce souhait soit sur le point de se réaliser ?

Chapitre 22

Noël était arrivé.

Enfonçant les pieds dans ses chaudes pantoufles en peau de mouton, Nessie se dirigea vers les volets qui obstruaient ses fenêtres et jeta un coup d'œil à l'extérieur. Elle poussa un cri de joie en voyant l'épaisse couche de neige d'un blanc éclatant qui recouvrait tout. Son premier Noël blanc ! Elle avait du mal à y croire.

Résistant à l'envie de frapper à la porte de Sam, elle se dirigea vers la cuisine pour préparer du café. Sa sœur était chargée de dresser la table et de décorer la maison, mais comme Joss était arrivé peu après la fermeture la veille, Nessie ne s'attendait pas vraiment à voir émerger Sam avant dix heures. Sauf qu'il y avait des légumes à préparer, des roulés à la saucisse à cuire, une énorme dinde à rôtir et une montagne d'attentes à gérer… Nessie n'avait pas le luxe de s'offrir une grasse matinée.

Elle fredonnait, tout en travaillant, le chant de Noël qui passait à la radio quand Sam apparut une heure plus tard.

— Bonjour, lança Nessie, surprise. Joyeux Noël.

Dissimulant un bâillement, sa sœur tendit la main vers la cafetière.

— Joyeux Noël. Je t'en prie, dis-moi qu'il y a du café frais là-dedans.

Nessie fit la grimace.

— Il y en avait, il y a une heure. Pourquoi tu ne nous en referais pas ? À moins que tu ne préfères éplucher des panais ?

— Non, je m'occupe du café, s'empressa de répliquer Sam après un regard inquiet à la pyramide de légumes. Je suis presque sûre d'avoir lu quelque part que la vie était trop courte pour éplucher un panais.

Nessie éclata de rire.

— Il s'agissait de farcir un champignon. Mais ne t'inquiète pas, je vais m'en occuper.

Sam bâilla une nouvelle fois.

— Bien. Je peux faire autre chose ?

— Je ne pense pas, répondit Nessie, en observant le chaos organisé qui envahissait chaque surface de leur petite cuisine. Tout est sous contrôle.

— Super. Je vais réveiller Joss dans une minute et on commencera à s'occuper du rez-de-chaussée.

Nessie coula un regard en coin à sa sœur.

— Tu vas me dire ce qui s'est passé entre vous deux ?

Sa sœur haussa les épaules.

— Il s'est excusé d'avoir été un idiot jaloux incapable de me soutenir et j'ai accepté ses excuses. Puis on s'est embrassés et on s'est réconciliés. (Elle s'étira avec une petite grimace.) Toute la nuit.

— Je sais, fit Nessie, amusée. Je t'ai entendue.

Sam ne parut pas embarrassée le moins du monde.

— Il dit qu'il m'aime.

— Sans blague ! la taquina Nessie. Et qu'est-ce que ça t'inspire ?

— Je suis heureuse. Parce que je l'aime aussi.

Nessie faillit laisser tomber son épluche-légumes.

— Vraiment ? Mais Sam, c'est une merveilleuse nouvelle !

— Ne file pas t'acheter un chapeau ou quoi que ce soit du genre, la prévint Sam. C'est encore un peu tôt.

— N'empêche, insista Nessie avec un sourire. Regarde-toi, une adulte admettant qu'elle est amoureuse. Je n'aurais jamais cru voir ce jour arriver.

Sam voulut se renfrogner, mais sans succès. Ce fut un sourire qu'elle adressa à son aînée.

— Ouais, je sais. Sam la tombeuse en série se range des voitures. (Elle lança un regard lourd de sens à Nessie.) Si bien qu'il reste juste ta relation à arranger. Dis-moi que tu n'as pas inventé une autre raison de ne pas être avec Owen, pendant la nuit.

Le ventre de Nessie effectua une agréable pirouette à la mention de ce nom.

— Non, mais la journée n'est pas propice. Ça attendra après Noël.

Sam poussa un gémissement.

— Et après, il y aura le réveillon du Nouvel An et tu n'auras toujours rien fait. Ni Owen non plus. Franchement, Ness, tu ne peux pas *carpe diem* ou quelque chose comme ça ?

— Si, répliqua Nessie, en se retournant pour enfourner la dinde. Dès que Noël sera passé.

— Tu as intérêt, la prévint Sam. Parce que dans le cas contraire, je ne réponds plus de moi. Je veux un bon bécotage et les preuves d'une étreinte torride, tu m'entends ?

La chaleur qui monta aux joues de Nessie ne devait rien à la température du four.

— Je ferai de mon mieux, promit-elle.

Ruby fut la première à arriver, peu après midi. Elle enveloppa Nessie et Sam dans une étreinte parfumée au Chanel et insista pour leur offrir leurs cadeaux sur-le-champ, plutôt que de les placer sous le sapin du bar.

— Waouh ! s'exclama Nessie en ouvrant le sien. C'est une plume Montblanc ?

Ruby hocha la tête.

— Elizabeth Taylor ne jurait que par la sienne. « Ruby chérie, m'a-t-elle lancé une fois, on dirait que les mots s'écrivent tout seuls. » Joyeux Noël, Nessie ! J'espère que tu l'aimeras.

Nessie se leva pour planter un baiser sur la joue de l'ancienne actrice.

— Je l'adore… merci !

Le cadeau de Sam était un sac de cuir Mulberry qui la fit hurler de joie.

— Je suis désolée de ne pas avoir de cadeau pour toi, Joss, lança Ruby, une fois que Sam l'eut remerciée. Je ne savais pas que tu te joindrais à nous aujourd'hui.

— Ne vous inquiétez pas, répondit l'intéressé en s'emparant de la main de Sam. Je pense que nous avons réussi à surprendre tout le monde, y compris nous-mêmes.

Owen et Luke arrivèrent sur ces entrefaites, accompagnés d'une invitée surprise.

— Kathryn ! s'écria Sam, qui enveloppa la sœur d'Owen dans un câlin chaleureux. Tu as réussi !

— Eh oui ! s'esclaffa Kathryn. Même s'il s'en est fallu de peu que tout tombe à l'eau : je me voyais déjà obligée de faire du stop pour grimper dans le traîneau du Père Noël.

Luke leva les yeux au ciel.

— Comme si ça risquait d'arriver ! Tout le monde sait qu'il ne prend pas de passagers.

Les yeux de Kathryn pétillaient.

— Mais j'ai discuté avec quelqu'un d'intéressant pendant que notre train restait coincé au milieu de nulle part. (Elle eut un petit sourire malicieux.) C'est mon cadeau de Noël en avance.

Au comble de la curiosité, Sam exigea des détails supplémentaires. Owen regarda Nessie et sourit.

— Joyeux Noël.

Nessie sentit son cœur battre la chamade lorsqu'elle lui rendit son sourire.

— Joyeux Noël, Owen.

Après avoir interrogé Kathryn sur son mystérieux compagnon de voyage, Sam se mit au travail et servit des boissons aux invités. Pour faciliter la tâche à Ruby, le bar ne servait que des cocktails sans alcool, ce jour-là. Ils venaient de s'installer autour de la table quand on frappa à la porte.

Ruby regarda autour d'elle avec perplexité.

— Qui cela peut-il être ? On est au complet, non ?

Nessie échangea un petit sourire entendu avec Sam.

— Des chanteurs de cantiques de Noël, probablement. Je vais aller me débarrasser d'eux.

Elle traversa le bar et ouvrit. Trois inconnus se tenaient dans l'encadrement de la porte d'entrée, sur le fond blanc immaculé de la neige. Nessie sourit à l'homme.

— Bonjour. Tu dois être Cal.

Il serra la main qu'elle lui tendait.

— Et toi, Nessie sans doute. Merci de nous avoir invités aujourd'hui.

Elle recula pour laisser entrer Cal, sa femme et sa fille.

— Tout le plaisir est pour moi.

Ruby, qui était en train de régaler la tablée avec une autre de ses anecdotes théâtrales hilarantes, s'arrêta net à l'instant où elle vit son fils. Ses yeux s'élargirent sous l'effet du choc et elle faillit laisser tomber son verre de jus de canneberge.

— Ce n'est pas possible…

Cal sourit nerveusement.

— Bonjour, maman. Ça fait un bail.

S'agrippant à sa canne, Ruby se précipita vers lui.

— Mon chéri, balbutia-t-elle, les yeux noyés de larmes. Ça fait trop longtemps, bon sang !

Nessie sentit ses propres yeux devenir humides devant la mère et le fils qui s'étreignaient. Elle savait qu'elle n'était pas la seule. Sam avait la larme à l'œil, elle aussi.

— Voici ma femme, Merle, annonça Cal en reculant pour désigner la grande blonde à ses côtés.

Après quoi, il posa une main sur l'épaule de la petite fille intimidée qui essayait de se cacher derrière ses jambes.

— Et là… c'est Ruby junior. Ta petite-fille.

C'en fut trop pour Ruby senior : elle éclata en sanglots. Il n'en fallut pas davantage pour que Nessie l'imite à son tour. Sam trouva un paquet de mouchoirs en papier et le fit circuler, avant de se tamponner les yeux puis de servir une autre tournée de boissons.

— Je n'arrive pas à croire que tu sois là, répéta Ruby pour la quatrième fois. Et je n'arrive pas à croire que ces méchantes filles ne m'aient pas informée de ce qu'elles complotaient.

Nessie et Sam échangèrent un sourire.

— Tout s'est organisé à la dernière minute, expliqua Nessie. On voulait vous faire la surprise.

Ruby se sécha les yeux avec un mouchoir.

— Je ne m'y attendais absolument pas. C'est le meilleur cadeau que j'aurais pu souhaiter.

— Il ne manque plus que Micky au tableau ! s'écria Sam.

— Ne me dis pas qu'il va surgir lui aussi ! s'exclama Ruby en ouvrant des yeux ronds.

Sam s'esclaffa.

— Non, ça, c'est votre cadeau de réveillon. Mais maintenant que nous sommes tous là… (Elle tapota quelques petits coups de fourchette sur son verre pour attirer l'attention générale.) J'aimerais porter un toast. À la famille.

— À la famille ! répéta la tablée, où l'on s'échangea des regards pleins de chaleur.

Nessie se leva.

— Et je proposerais bien que nous mangions.

Le repas fut un succès retentissant. La dinde était dorée à point, les pommes de terre rôties à la fois chaudes et croustillantes, la sauce riche comme il se devait et – Nessie eut la joie de le constater – sans grumeaux. Rires et gémissements se succédèrent au rythme des pétards de Noël et des blagues. Et il y eut des cris compatissants lorsque Ruby révéla que Cal était le diminutif de Caliban, le personnage de *La Tempête*.

— Vous n'avez pas idée des moqueries qui se sont abattues sur moi quand mes camarades de classe l'ont découvert, grommela-t-il.

— Ça aurait pu être pire, nuança Ruby, les yeux pétillants de malice. J'aurais pu t'appeler Puck, comme dans *Le Songe d'une nuit d'été*. Imagine tout le parti qu'ils auraient pu en tirer !

Nessie s'adossa à sa chaise pour mieux savourer leurs taquineries, leur bonheur et la satisfaction d'un travail bien fait. De temps en temps, elle jetait un coup d'œil à Owen et se prenait à rêver des Noëls à venir.

Une fois tous les convives tellement repus qu'ils ne pouvaient plus rien avaler, elle se leva et commença à débarrasser les assiettes.

— Laisse-moi t'aider, proposa Owen en se levant lui aussi.

Nessie secoua la tête.

— Tu es un invité, ce n'est pas à toi de t'occuper de ça.

— Vu que tu as passé des heures à cuisiner, tu ne devrais pas te charger de la vaisselle, rétorqua Owen. Alors pourquoi ne pas faire un compromis et nous y coller ensemble ?

Nessie frissonna en rencontrant son regard.

— D'accord…

À l'autre bout de la table, Merle voulut elle aussi se lever.

— Je peux faire quelque chose ?

— Oui, se hâta de lui répondre Sam. Tu peux rester assise. Nessie et Owen vont réussir à se débrouiller seuls.

Du coin de l'œil, Nessie vit Ruby se pencher et chuchoter quelque chose à Merle, qui sourit.

— Dans ce cas, on va s'y mettre, d'accord ? lança Nessie en embrassant la pièce d'un regard gêné.

— J'aimerais bien, oui, murmura Sam en haussant les sourcils.

Kathryn hocha la tête.

— Et ne revenez surtout pas avant que le travail ne soit terminé.

Nessie grimaça devant leur manque de subtilité. Qu'allaient donc s'imaginer Cal et Merle ? Pire encore, qu'allait s'imaginer Owen ?

— Qui veut jouer au Monopoly ? lança Luke, et une dispute bon enfant éclata pour savoir qui allait récupérer le jeton en forme de chien.

— Le repas a été délicieux, Nessie, la complimenta Owen, une fois toutes les assiettes transportées dans la cuisine à l'étage. Sa préparation a dû te prendre des heures.

— Quelques heures, admit-elle. Donc pas si longtemps que ça, en fait. La plupart des plats étaient déjà préparés : tout ce que j'ai fait, c'est les enfourner.

Il la dévisagea pensivement de ses yeux marron.

— Je pense que tu minimises, mais je te remercie quand même, au nom de la famille Rhys.

Troublée par ses remerciements, Nessie se saisit d'un torchon.

— Tu veux laver ou essuyer ?

Il esquissa un petit sourire.

— Essuyer, je pense.

Ils travaillèrent sans parler pendant quelques secondes, puis Owen s'éclaircit la gorge.

— Je pense que je te dois des excuses.

Nessie ouvrit de grands yeux.

— Absolument pas.

— Si, répliqua-t-il avec un soupir. Gweneth t'a mise dans une situation impossible et j'aurais dû deviner ses intentions plus tôt. Je suis désolé.

— Tu ne pouvais pas savoir, répliqua-t-elle en secouant la tête.

— Non, mais j'aurais pu me demander pourquoi elle était si impatiente d'emmener Luke au pays de Galles. Et j'aurais dû deviner que tu ne suggérais pas une pause dans notre relation sans une très bonne raison. Et j'aurais dû te dire ce que je ressentais pour toi bien avant aujourd'hui.

Il lui attrapa les mains dans l'eau chaude savonneuse, pour les sécher doucement avec le torchon.

Les battements du cœur de Nessie s'accélérèrent.

— Ce n'est vraiment pas ta faute…

Il posa le torchon sur la table et la regarda solennellement.

— Je ne m'imaginais pas prononcer ces mots dans une pièce remplie de vaisselle sale, mais je ne veux pas attendre plus longtemps. (Il prit ses deux mains dans les siennes.) Nessie Blake, je t'aime. Je crois que je t'aime depuis l'instant où je t'ai vue, dans le bar, avec tes airs de biche effarouchée prête à s'enfuir à la première alarme. Et, comme un idiot, j'ai mis du temps à me l'avouer… en partie parce que j'avais peur d'aimer quelqu'un à nouveau, mais en partie aussi parce que je ne savais pas si tu m'aimais en retour.

Nessie sentit son souffle se coincer dans sa gorge.

— Comment tu as pu en douter ?

Il plissa le front.

— Parce que tu trouvais toujours des raisons pour qu'on ne soit pas ensemble. Donc je me suis dit que tu n'étais peut-être pas aussi intéressée que ça. Et puis, tu m'as expliqué ce que tu avais fait, que tu avais cédé au chantage de Gweneth pour nous protéger, Luke et moi, et j'ai compris que j'avais été aveugle.

Nessie se sentit envahie d'une immense joie.

— Bien sûr que je t'aime, chuchota-t-elle. Je t'ai toujours aimé.

Il la regarda fixement, comme s'il n'y croyait pas vraiment. Puis, au bout de quelques secondes qui parurent durer une éternité à Nessie, il sourit.

— C'est tout ce qui compte, alors, dit-il en se penchant pour l'embrasser.

Nessie crut qu'elle allait exploser de bonheur en enroulant les bras autour de son cou. Ils s'embrassaient peut-être depuis une minute, ou cinq, quand Nessie réalisa qu'ils avaient un public. Elle envisagea d'ignorer les intrus, mais, sa pudeur l'emportant, elle s'écarta doucement : Kathryn, Sam, Joss et Ruby les observaient, rayonnants, sur le seuil de la cuisine.

— Vous êtes là depuis longtemps ? demanda-t-elle, rouge de confusion.

— Assez longtemps, répondit Kathryn avec la plus grande satisfaction. Savez-vous seulement depuis combien de mois tout Little Monkham attend ce moment ?

Plaquant les mains sur ses joues, Nessie jeta un regard mortifié à Owen.

— Vraiment ?

Sam acquiesça.

— Oh, que oui ! Il y a même eu un concours. (Elle jeta un coup d'œil à Ruby.) Qui a parié sur le jour de Noël ?

Ruby consulta un petit carnet et sourit jusqu'aux oreilles.

— Je crois que c'est le jeune Luke.

Lequel Luke passa la tête par la porte, la mine réjouie.

— Eh ben, c'est pas trop tôt !

***

Bien plus tard...

Cal et sa famille avaient été installés dans l'une des luxueuses chambres d'hôtes, sous l'avant-toit du pub, et Luke dormait profondément dans l'autre. Ruby avait été raccompagnée chez elle, non sans avoir promis à sa petite-fille qu'elle ferait une bataille de boules de neige avec elle, le lendemain. Kathryn, épuisée, s'était excusée pour aller s'écrouler dans son lit pour la première fois depuis des semaines. Joss était monté dans la chambre de Sam et Owen s'en était retourné chez lui, afin d'y récupérer des vêtements propres pour le lendemain matin. Plantée avec Sam devant l'entrée du *Star and Sixpence*, à regarder le ciel constellé d'étoiles au-dessus du village enneigé, Nessie avait du mal à respirer tant elle était impatiente.

— Ça a été une sacrée année, lâcha-t-elle.

Sam eut un petit rire.

— Tu m'étonnes : une année complètement folle.

Nessie s'enveloppa de ses bras et sourit.

— « Folle » dans le bon sens du terme.

— Oui, convint Sam. Mais, si l'année prochaine pouvait être moins mouvementée, ça ne me dérangerait pas.

— Et nous devons tout cela à papa, ajouta Nessie, légèrement incrédule. Tu l'aurais cru si on t'avait prédit que tu lui serais reconnaissante ?

— Non, admit Sam au bout de plusieurs secondes. Mais je ne pensais pas non plus être en mesure de le comprendre un jour et, pourtant, c'est bel et bien le cas. Un peu, tout du moins. Suffisamment.

Nessie se retourna vers le *Star and Sixpence*, qu'éclairait la lumière de la cheminée.

— Moi aussi.

Sam la regarda fixement pendant quelques instants.

— J'ai une idée. Reste ici, ne bouge pas, même si Owen revient et essaie de te faire tourner la tête.

Elle disparut à l'intérieur du pub, laissant une Nessie rouge de confusion, qui ne put que la suivre du regard. Mais tout devint clair quand elle réapparut avec deux verres de porto rouge rubis.

Sam en tendit un à son aînée.

— Un toast, lança-t-elle en levant son verre. À papa. Merci de nous avoir donné exactement ce dont nous avions besoin sans le savoir.

Nessie leva son propre verre et trinqua avec Sam.

— À papa, répéta-t-elle en souriant. Et à une année de plus au *Star and Sixpence*.

Remerciements

Mon premier coup de chapeau va à l'agent spécial Jo Williamson, d'Antony Harwood Ltd, qui a cru au *Star and Sixpence* et m'a aidée à ouvrir ce pub. Un énorme merci à la dream team éditoriale, Clare Hey et Emma Capron, pour leur patience et leur bonne humeur : de nombreux délais ont été dépassés et archi dépassés dans la réalisation de ce livre – désolée. Un magnum de champagne à la légende qu'est SJ Virtue, et des remerciements éternels à toutes les superstars de Simon & Schuster : vous rendez toute cette entreprise tellement sympa !

Un écrivain n'est rien sans ses amis qui l'inspirent et j'ai donc une énorme dette de gratitude envers Kate Harrison (celle qui m'accompagne à tous les cocktails), ainsi qu'envers Miranda Dickinson, Rowan Coleman, Julie Cohen et Cally Taylor pour avoir partagé leurs lumières avec moi, de temps en temps. Merci à la Sororité, à CAN et à mes copines de baignade (qui se reconnaîtront !). Un gros bisou baveux à tous mes critiques et lecteurs : merci pour votre incroyable soutien.

Et enfin, merci à T & E, mon rayon de soleil par une journée pluvieuse.

À votre santé !

Cet ouvrage a été composé et mis en page
par Nord Compo à Villeneuve-d'Ascq

Imprimé en France par
CPI Brodard & Taupin
en septembre 2023
N° d'impression : 3053995

#lisez engagé !
www.lisez.com
Pour plus d'information :
Imprimé sur du papier issu de forêts gérées durablement.

Pocket – 92 avenue de France, 75013 PARIS

S33646/01